Die Schwingen der Freiheit

Das internationale Parteienbündnis *Schwingen der Freiheit* kämpft erfolgreich für Reformen der Energie- und Finanzmärkte. Reformgegner verwickeln zwei befreundete Paare aus dem Parteienbündnis in den kolumbianischen Bürgerkrieg. Die von den Schwingen-Parteien vorangetriebene internationale Kooperation zur Bewältigung der Energie-, Umwelt- und Sozialkrisen mündet trotz Bedrohung durch Meer und Terror in den Aufbruch zur Industrialisierung des Weltraums in den Bereichen des Librationspunkts L5 und der geostationären Umlaufbahn.

Randolph Kühn ist das Pseudonym eines Autors, der auf unterhaltsame Weise seinen Lesern neue Erkenntnisse der Energie-, Umwelt- und Wirtschaftsforschung nahebringen möchte.

Die handelnden Personen dieses Science-Fiction Romans sind fiktiv, der Hintergrund zur „Science“ steht im Literaturverzeichnis.

Randolph Kühn

Die Schwingen der Freiheit

Vom Umbruch der Wirtschaft
zum Aufbruch in eine neue Welt

Bibliographische Information der Deutschen Nationalbibliothek:
Die Deutsche Nationalbibliothek verzeichnet diese Publikation in der Deutschen Nationalbibliografie; detaillierte bibliografische Daten sind im Internet über http://dnb.dnb.de abrufbar.

Herstellung und Verlag
BoD = Books on Demand, Norderstedt

ISBN: 978-3-7431-6246-4

Eure alten Männer werden träumen, und Eure jungen Männer haben Visionen.

Das Buch Joël, Kap. 3, Vers 1

Inhaltsverzeichnis

Kapitel 1

Klostersee

„Glänzende Oberfläche – innen Müll“, knurrte Gregor Sanders und feuerte den ‘Spiegel’ ins Gebüsch.
„Hola, Schatz“, lachte Britta und kniff ihn in den mittleren Ring, der sich neuerdings zwischen Rippen und Hüfte vordrängte, „seit wann so zornig auf Dein Leibblatt?“
„Das mein’ ich doch nicht, ’s is nur die dämliche Reklame, schau her.“
Er angelte das Magazin aus dem Ginsterstrauch und hielt ihr die Hochglanz-Anzeige mit dem Party-Mädchen vor die Nase: „Verschaff Dir Respekt. Zeig Deine starke Seite. Das neue Super-Handy M66 wird Dich mit seinem markanten Design und seinen Dynamic Lights durch die Nacht begleiten. Spür die Kraft der Evolution. Be inspired.“
Sie verdrehte die Augen: „Ich versteh’ Dich nicht. Immer wieder ärgerst Du Dich mit Wonne über Werbung. Nimm den Schwachsinn einfach nicht mehr wahr. An mir läuft das schon lange ab. Jetzt machst Du wieder Dein finsteres Gesicht, und dabei ist der Tag so schön.“

Sie stand auf und streckte sich. Er schaute von unten zu ihr hoch, lächelte und entspannte. Der Tag war wirklich schön, besonders mit ihr, wie sie so dastand in der Sonne: straffe Figur, nahtlos braun vor dem blauen See, an dessen fernem Nordende sich die schiefergedeckten Barockkuppeln des Klosters über die hohen, tiefgrünen Weiden hoben. Sie waren jetzt 19 Jahre miteinander verheiratet, und noch immer war sie so schön wie in jenen Tagen, als sie sich am Strand von Viña del Mar kennengelernt und ineinander verliebt hatten.

„Du hast ja recht. Aber das Werbegeschrei hämmert's mir so ins Gemüt, in welche Sackgasse wir alle rennen. Drum reg' ich mich immer wieder auf. Doch jetzt Schluss mit Sich-Ärgern.“ Er sprang auf die Füße und nahm ihre Hand: „Komm, wir schwimmen.“

Drei Tritte die Böschung hinunter, und sie warfen sich ins warme Wasser. „Heute ist der See besonders klar. Schau, wie unsere Ringe unter Wasser in der Sonne blitzen.“
„Ja“, lachte er, „und besonders schön ist es, nur die Ringe anzuhaben.“

Sie küssten sich und schwammen in langen, gleichmäßigen Zügen aus der Badebucht mit den Gummibooten der fröhlich lachenden und plantschenden Kinder hinaus auf die weite, schimmernde Seefläche. Sonne, Mensch, Natur, und das herrliche Gefühl der Freiheit beim Gleiten durch das Wasser.
„Ich hab's“, rief er plötzlich.
„Was hast Du? Wieder 'ne Idee, wie man Werbung sabotieren könnte?“, neckte sie.
„Ach was. Ich habe den Namen für unser Projekt: Die Schwingen der Freiheit.“

„Kannst Du gar nicht abschalten? Und was für ein Projektname: Die Schwingen der Freiheit.“ Sie dehnte die letzten Worte, und dann spöttisch: „Klingt ziemlich nach Rosamunde Pilcher.“
„Du bist gemein. Meinen schönen Namen gleich in den Schmonzetten-Topf zu schmeißen.“ Er schwamm auf sie zu, fasste sie um die Taille, stemmte sie halb aus dem See und warf sie rückwärts ins Wasser. Weitere Angriffe wehrte sie lachend mit Fußfontänen ab. Schließlich tauchte er unter, kam neben ihr wieder hoch, zog sie an sich, und ihre Lippen verschmolzen. Sie sanken unter die Wasseroberfläche, ließen sich los, tauchten prustend wieder auf.
„Da vorn ist's flacher.“ Ihre Augen blitzten, sie ergriff seine Hand und schwamm in Richtung Ufer bis er stehen konnte. Dann umschlang sie ihn.

Später, auf der Heimfahrt, fragte Britta: „Ist es dir ernst mit dem Projektnamen?“
„Ja, warum nicht?“
„Also, ich will mich ja nicht wiederholen....“
„Ooch“, grinste er, „wir können ja noch mal alles wiederholen.“
„Pass auf die Straße auf“, rief sie und schob seine Hand von ihrem Schenkel, „jetzt wird Auto gefahren.“
„Oder auch nicht“, erwiderte er, zog den Wagen durch die beiden letzten Kurven, die auf die Höhe führten, und bog in den Parkplatz ein.
„He Greg, was soll das?“, protestierte sie.
„Du hast wieder angefangen mit dem Projekt. Jetzt spinnen wir's weiter.“
„Ach so. Und wo willst Du hin?“
„Auf die Bank am Hang, vor dem Trockenrasengebiet.“

Sie kannte ihren Mann. Wenn er entspannt war und dann eine Idee hatte, war er schwer zu bremsen. Außerdem liebte sie die Bank über dem Fluss. Jetzt, Ende Juni, würde es erst in drei Stunden dunkel werden, da konnten sie nochmal in Ruhe über die Pläne reden, mit denen sie nach ihrer Guatemala-Reise Gregor geimpft hatte, die seitdem in seinem Kopf spukten und inzwischen weit gediehen waren. Die Kinder waren heute nicht mitgekommen. Sie hatten sich mit Freunden verabredet, bei denen sie auch übernachten würden. Also spielte es keine Rolle, wann sie heimkämen.
„Also gut“, entschied sie „gehen wir. Und schließ den Wagen ab.“
Nach 15 flott gegangenen Minuten gab der Kiefernwald den Blick frei auf eine der schönsten unbekannten Landschaften Deutschlands.

Steil fällt der Hang über mehr als 100 Meter zum Fluss hinunter. Oben mit Schlehdorn, Hartriegel und niedrigen Kiefern bewachsen, zwischen denen der Diptam blüht, trägt er Rebstöcke im unteren Drittel, deren Grün heraufleuchtet. Am Fuß des Steilabfalls läuft die Straße parallel zum Fluss, der von Norden kommend sich in weitem Bogen nach Westen schwingt. Jenseits des Flusses steigen Dörfer, Gärten und Felder in langen Wellen zu den Waldbergen am Horizont auf, denen die Sonne entgegensinkt und das Land mit goldenem Licht überschüttet. Rechts schimmert der Klostersee, auf dessen Uferweg noch winzige, braune Gestalten wandeln.

Sie setzen sich auf die Bank. Sie legt ihren Kopf an seine Schulter. „Wir leben hier in unserem Land auf einer Insel der Seligen, und die wenigsten wissen

es“, flüstert sie.
„Und wie lange noch?“, fragt er in die Landschaft. Unten auf dem Fluss begegnen sich zwei Frachtkähne.

„Du meinst also, du hättest den richtigen Namen für unser Projekt“, eröffnet sie schließlich das Gespräch, von dem sie weiß, dass es lange dauern wird.
„Ich glaube schon. Und der richtige Name ist wichtig, um die richtigen Verbündeten zu gewinnen. Aber wem sag ich das. Schließlich hast Du ja die Idee von Deiner Frauen-Tour mitgebracht.“

Sie denken beide zurück an den Januar vor zwei Jahren: er, wie er auf ein Fax oder eine E-Mail von ihr gewartet hatte, sie an ihre Begegnung mit den Frauen von „Mujeres del Mundo“ in Guatemala-Stadt und ihre anschließende Reise durch das Land mit Adelgard, Carol und Carmen.

Sie und Adelgard waren vom Weltladenverband gebeten worden, als Beobachterinnen am zweiten Weltfrauenkongress („Congreso Mujeres del Mundo“) in Guatemala teilzunehmen.

Der „Primer Congreso Mujeres del Mundo“ war zwei Jahre zuvor in Buenos Aires von den Müttern und Witwen der während der Militärherrschaft Verschwundenen ausgerichtet worden. Den zweiten Kongress hatte die Witwenorganisation Guatemalas übernommen. In ihr hatten sich die Maya-Witwen der Männer zusammengeschlossen, die während des zwanzigjährigen Bürgerkrieges entführt, gefoltert und ermordet oder auch bei Gefechten in den Bergen umgekommen waren. Hauptthema beider Kongresse war die Stellung der Frau in den Gesellschaften der Entwicklungsländer. Natürlich lag der Schwerpunkt noch auf Lateinamerika, aber in Guatemala waren auch schon einige Frauen von den Philippinen und aus Angola mit dabei. Und eine der drei Nachmittagssitzungen war dem Thema „Frauen in den Industrie- und Entwicklungsländern: Die ökonomischen Grundlagen gleichberechtigter Partnerschaft“ gewidmet.

Das scheinbar trockene Thema hatte die erste Universitätsabsolventin der Mayas, Luz-Elena Flores, zusammen mit Carmen Mendoza aus Medellin durchgesetzt. Mit einem Stipendium der privaten deutsch-französischen Stiftung „Maiskorn“ hatte sie Tropen-Agrarwirtschaft studiert und vor einem Jahr ihre Ausbildung als Ingeniera abgeschlossen. Jetzt war sie die stellvertretende Leiterin einer Maya-Kooperative, die über die Organisationen des Fairen Handels ihre Produkte vermarktete. Während ihres Agrarpraktikums auf einer Zuckerrohr-Hacienda im kolumbianischen Valle del Cauca hatte sie Carmen, die Tochter des Hacendados, kennengelernt, die in Medellin Ökonomie studierte. Die beiden jungen Frauen hatten bald erkannt, dass sie, obwohl ganz unterschiedlichen sozialen Schichten entstammend, die Ursachen der Probleme ihrer Länder ganz ähnlich sahen: Korrupte politische Eliten, die das Ausland nachäfften und kein Interesse an einer wirtschaftlichen Entwicklung hatten, die auch nur eines ihrer Privilegien angetastet hätte. Sie waren schnell Freundinnen geworden und „Mujeres del Mundo“ bald nach der Gründung beigetreten.

Die Hoffnung, dass Männer in ihren Ländern etwas bessern könnten, hatten sie schon lange aufgegeben. Sie wussten aber auch, dass einheimische Frauen allein an den Machtstrukturen der Macho-Gesellschaften nichts ändern konnten. Sie waren auf Hilfe von außen angewiesen. Darum hatten sie im

Organisationskomitee des „Segundo Congreso Mujeres del Mundo“ vorgeschlagen, dass auch Beobachterinnen aus Europa und Nordamerika eingeladen würden und schließlich Erfolg gehabt, nicht zuletzt mit dem Hinweis, dass „Mujeres del Mundo“ durchaus ja auch die Frauen aus dem reichen Drittel der Menschheit einschlösse. Sie hatten sich dann an die ökumenischen Büros der Kirchen beider Kontinente gewandt, die die Aktivitäten für Entwicklung, Gerechtigkeit und Frieden koordinierten. In Verbindung mit den einschlägigen Nichtregierungsorganisationen hatten diese dann fünf Frauen aus Europa und Nordamerika gebeten, an dem Kongress teilzunehmen und darüber zu berichten.

Adelgard und Britta waren von Carmen am Flughafen abgeholt worden, zusammen mit Carol Hull aus Syracuse, N.Y., deren Maschine kurz nach ihrer gelandet war. Im Taxi auf der Fahrt in die Innenstadt verstanden sich die vier Frauen auf Anhieb. Verständigungsschwierigkeiten gab es keine, denn wie Britta sprachen auch Carol und Adelgard von früheren Lateinamerika-Aufenthalten her fließend Spanisch. Nach den Sitzungen saßen sie, meist auch mit Luz-Helena, lange zusammen und diskutierten darüber, wie man das Grundproblem wirtschaftlicher Entwicklung – ausreichende Produktion und gerechte Verteilung – in der Welt, so wie sie nun einmal ist, lösen könnte.

Der Kongress schloss mit einem Gottesdienst, der von einem Pfarrer der lutherischen Gemeinde Guatemalas und vom Nachfolger von Bischof Juan Gerardi gehalten wurde. Bischof Gerardi war kurz nach der Veröffentlichung seines Berichts über Menschenrechtsverletzungen während des Bürgerkriegs vor seiner Haustür erschlagen worden. In den Fürbitten wurde besonders der von der burmesischen Militärdiktatur in Einzelhaft gehaltenen Friedensnobelpreisträgerin An Suu Kyi gedacht.

Am Abend zuvor waren Carol, Carmen, Britta und Adelgard übereingekommen, noch 14 Tage lang gemeinsam durchs Land zu reisen und Selbsthilfe-Initiativen zu besuchen, die von den guatemaltekischen Kongress-Teilnehmerinnen vorgestellt worden waren. Luz-Helena konnte nicht mit von der Partie sein. Sie musste noch die Kongress-Abrechnungen machen und dann sofort zurück auf ihre Kooperative. Aber natürlich hatten sie Luz-Helena dort besucht, und waren, wie auch bei den anderen Projekten, tief beeindruckt von der Gastfreundschaft und Freundlichkeit der Campesinos und der Zähigkeit, mit der diese um ihre wirtschaftliche Selbständigkeit kämpften. Amüsiert-beeindruckt stellten sie fest, dass praktisch überall die Männer eingesehen hatten, dass es besser für die Gemeinschaft war, wenn das Geld von den Frauen verwaltet wurde. Die Gedenktafeln zur Erinnerung an die Rechtsberater, Lehrer, Nonnen, Priester und Katecheten, die sich für die Campesinos und ihre Unabhängigkeit eingesetzt hatten und von Auftragsmördern umgebracht worden waren, hatten sie erschüttert.

Die Sanders redeten nochmals so ausführlich über diese Dinge wie damals nach Brittas Rückkehr. *Ausreichende Produktion und gerechte Verteilung.* Das traf genau den Kern des Problems, das ihn umtrieb, seit eine missglückte Reform nach der anderen Deutschland immer tiefer in die Krise trieb. Weitere Verschlechtbesserungen drohten, orientiert – je nach ideologischer Präferenz – an einer der sich widersprechenden ökonomischen Theorien, zu denen neue Erkenntnisse scheinbar nicht passten. Ihm ging nicht mehr aus dem Kopf, was sie damals gesagt hatte: „Man müsste ein großes, internationales Projekt aufziehen, das die technischen, wirtschaftlichen, ökologischen, sozialen, machtpolitischen und psychologischen Aspekte von Wachstum und Gerechtigkeit global untersucht und dann das als richtig Erkannte politisch durchsetzen hilft.“ Das nannten sie kurz „Unser Projekt“. Und weil sie wussten, dass die Leute zu 80 Prozent aus dem Bauch heraus entscheiden und es deshalb so entscheidend auf die Verpackung ankommt, hatten sie während der zweijährigen Vorbereitung auf die Petersberg-Konferenz im September immer wieder nach einem Namen für das Projekt gesucht, das auf der Konferenz angeschoben werden sollte. Alle bisherigen Vorschläge, die sie noch einmal durchsprachen, waren entweder zu allgemein und abgegriffen oder zu speziell und trocken.

Britta blickte hinüber zum Klostersee. Ein Reiher segelte über das dunkel gewordene Wasser. In der Höhe kreiste ein Bussard mit weit ausgebreiteten Schwingen, und über den dämmernden Himmel zogen die Jets die schlanken Pinselstriche ihrer Kondensstreifen, denen eine untergegangene Sonne noch ihr goldenes Leuchten lieh. „Die Schwingen der Freiheit“, sinnierte sie halblaut, „vielleicht doch nicht so schlecht.“ Sie lächelten sich an, standen auf und gingen zum Auto.

„Eine Fahrt durch durch die Waschstraße würde dem Wagen auch nicht schaden“, bemerkte Britta beim Einsteigen auf dem Parkplatz. „Ach, das hat noch Zeit. Außerdem soll es nächste Woche regnen.

Das reicht“, meinte Gregor. Doch die Vogelgrüße auf der Frontscheibe verlangten eine Sofortmaßnahme, die er mit dem Rest aus ihrer Mineralwasserflasche und dem Scheuerschwamm fürs Grobe erledigte.

Als er mit einem Papiertuch gerade nachwischte, bog ein Mietwagen in den Parkplatz ein und hielt hinter ihnen. Zwei freundlich lächelnde, schwarzhaarige, junge Männer stiegen aus und baten in gebrochenem Deutsch um Auskunft über den kürzesten Weg in die Kreisstadt mit dem Zementwerk und der Moschee. Sie seien Omar aus Bagdad und Hassan aus Riad und am Nachmittag auf dem Flughafen Frankfurt eingetroffen. Auf dem Weg nach München wollten sie den Onkel von Hassan besuchen. Er sei der Iman der islamischen Gemeinde, aus der viele in dem Zementwerk arbeiteten.
„Gregor, lass uns den beiden den Weg zeigen“, schlug Britta vor. „Die Gemeinde kennen wir doch seit ihrem Tag der Offenen Tür. Das waren alles nette Leute. Und so groß ist der Umweg für uns ja nicht.“

Nach der Ankunft bei der Moschee mitten im Industriegebiet bedankten sich die beiden Araber vielmals für den Lotsendienst. Sie erzählten noch, dass Omar in München eine Stelle als Fertigungsingenieur in der Magnetschwebebahn-Produktion antreten wolle. Auch sein Freund Hassan könne als Elektronik-Techniker dort arbeiten – allerdings habe er auch ein attraktives Angebot aus den USA. Man müsse sehen. Auf jeden Fall würden sie sich jetzt dank der freundlichen Hilfe in Deutschland schon nicht mehr so fremd fühlen.

Während der Heimfahrt dachten Britta und Gregor zurück an ihre Zeit in Chile und wie ihnen gerade damals freundliche Fremde geholfen hatten, schnell heimisch zu werden. Während die Lichtbalken der Autoscheinwerfer durch die Kurven der nächtlichen Straße schwenkten, sinnierte Gregor: „Wie Omar und Hassan wohl zurecht kommen werden?"

Viele Jahre später würden er und die beiden Araber – ohne voneinander zu wissen – eingebunden sein in das Drama, das im großen Umbruch des 21. Jahrhunderts die Entwicklung zum Besseren einleiten sollte.

Kapitel 2

Petersberg

2.1 Theorie

ÖKONOMISCHES FORUM
BETTER ECONOMICS – BETTER WORLD
MEILLEURE ECONOMIE – MEILLEUR MONDE
MEJOR ECONOMIA – MEJOR MUNDO
MIGLIORE ECONOMIA – MIGLIORE MONDO
LUTSCHSCHAJA EKONOMIKA – LUTSCHSCHIJ MIR
BESSERE ÖKONOMIE – BESSERE WELT

stand in den Farben des Regenbogens über dem Eingang zum Kongresszentrum auf dem Petersberg. Die Konferenzteilnehmer waren nach der Eröffnungssitzung ins Freie getreten und kommentierten mit Kaffeebechern in der Hand die Eröffnungsansprachen. Nach der Begrüßung durch Alfred Stahl, Geschäftsführer der Werner-und-Elfriede-Hartmann-Stiftung, die zu der Konferenz eingeladen hatte und sie finanzierte, war Gregor Sanders, der Vorsitzende des Organisationskomitees, erfreulich kurz auf die Vorgeschichte und das Programm der Konferenz eingegangen und hatte sie dann vor dem Beginn der ersten Arbeitssitzung noch einmal für 15 Minuten auf die Aussichtsterrasse entlassen mit ihrem herrlichen Blick auf das Rheintal und die schon leicht herbstlich bunten Wälder auf seinen Hängen. Im Nordwesten, wo das Tal in die Ebene übergeht, ahnte man Bonn.

Die Glocke rief ins Plenum. Den ersten Plenarvortrag hielt Frederick Greenbam von der Manchester School of Social Sciences über das Thema: „Der Zusammenbruch des Sozialismus und die Krise des Kapitalismus“. Seine Großeltern hatten noch 1939 den damals einjährigen Friedrich Grünbaum aus Wien über Ungarn nach England retten können. Die Eltern waren von den Nazis nach Theresienstadt deportiert worden – nie mehr hatte er von ihnen gehört. Im ersten Semester seines Studiums der Geschichte und Politischen Ökonomie war er in die kommunistische Partei Englands eingetreten. Die Niederschlagung des Ungarn-Aufstands hatte er noch als historische Notwendigkeit im Kampf gegen den Faschismus akzeptiert. Doch als die Truppen des Warschauer-Paktes den Prager-Frühling liquidierten, auf den er wie viele seiner Altersgenossen große Hoffnungen gesetzt hatte, verließ er die Partei. Seine Dissertation über die Messung wirtschaftlicher Ungleichheit erregte international großes Aufsehen, seine Methode fand unter dem Stichwort „Greenbam-Koeffizient“ bald Eingang in die Lehrbücher der empirischen Sozialforschung, und mit 32 Jahren wurde er an die Manchester School of Social Sciences berufen. Trotz vieler Angebote von auswärts war er Manchester treu geblieben: In der Stadt, von der die hässliche Spielart des Kapitalismus ihren Namen bezogen hatte, war es reizvoll, dagegen zu arbeiten. Außerdem hatte er in dem seit 25 Jahren laufenden Großforschungsprojekt „Die Entwicklung der wirtschaftlichen Ungleichheit in den OECD-Ländern“ ein großes Team um sich versammelt, dem Verpflanzen nicht gut getan hätte.

„Mit dem Fall der Berliner Mauer begann der Niedergang des Kapitalismus“, waren seine Eröffnungsworte. Bald alarmierte er durch die jüngsten Forschungsergebnisse auch diejenigen im Saal, die vor der Konferenz noch nichts davon gehört hatten: Während in den letzten Jahren vor der Auflösung des Ostblocks und dem Zusammenbruch der Sowjetunion der „Greenbam-Koeffizient“ in den marktwirtschaftlichen Demokratien zwischen 20 und 30 gelegen hatte und das Einkommen der reichsten Zehn-Prozent der Haushalte etwa so groß war wie das der unteren Fünfzig-Prozent, lag der „Greenbam-Koeffizient“ jetzt durchweg bei 40, und die reichsten Fünf-Prozent bezogen so viel wie die Gesamtzahl aller Haushalte der unteren Siebzig-Prozent. Die Zahl der Personen mit einem Finanz-Vermögen von mindestens einer Million Dollar war in 2002, dem letzten statistisch erfassten Jahr, weltweit um 3,6 Prozent gestiegen. Robustes Wachstum fand nur noch in der Luxus-Produktion statt, während seit zehn Jahren das Wirtschaftswachstum insgesamt bei lediglich zwei Prozent lag. Dabei schrumpfte der Mittelstand stetig, und nur der Beschäftigungssektor der niedrigen, schlecht bezahlten kleinen Dienste expandierte. Die Verhältnisse näherten sich immer mehr denen in den alten Oligarchien Lateinamerikas und den neuen Oligarchien Russlands an. Greenbam stellte die These auf, dass nach dem Wegfall des konkurrierenden, theoretisch egalitären Gesellschaftsmodells des Sozialismus der Kapitalismus in seine überwunden geglaubten Frühformen zurückfiele und die Greenbam-Koeffizienten aller Länder im Laufe der Zeit gegen die russischen und brasilianischen Werte konvergieren würden. Dass die Deutschen bei der Lastenverteilung nach der Wiedervereinigung so ziemlich alles falsch gemacht hatten, was man falsch machen konnte und dadurch ihre bis dahin vorbildliche Soziale Marktwirtschaft gerade dann diskreditierten, als andere Länder sich danach auszurichten begannen, vermerkte Greenbam mit besonderem Bedauern. Er schloss mit einem tief-pessimistischen Ausblick auf eine Welt, in der eine kleine Schicht international agierender Oligarchen Marktwirtschaft und Demokratie faktisch außer Kraft setzten und hinter einer Fassade, auf der fügsame Medien die Illusion von „Freiheit und Wettbewerb“ in schreienden Farben immer wieder neu plakatierten, die Weltwirtschaft lenkten. In den Industrieländern könnten die Leute durch Sport- und Spielshows und das Surfen im Internet noch eine Zeitlang ruhig gestellt werden, aber wenn ein sparsamerer Umgang mit Ressourcen unvermeidlich würde, erwarte er das Aufbrechen bewaffneter Verteilungskämpfe unter ideologisch-religiösen Mäntelchen wie auf den Philippinen oder in Kolumbien und Nordirland.

Nach teils höflichem, teils lebhaftem Beifall kam es zu heftigen Diskussionen. Niemand bestritt die Fakten. Dafür war Greenbams Autorität zu groß. Aber stimmten seine Schlussfolgerungen, und was waren die Ursachen für die Entwicklung?

Als nach 20 Minuten Gregor Sanders die Diskussion beenden wollte, gab es Proteste. Viele hatten noch Wortmeldungen und wollten ihren Beitrag unbedingt loswerden.
„Also gut“, schlug Sanders vor „wir können noch

zehn Minuten länger diskutieren, wenn wir die Kaffeepause vor dem nächsten Vortrag auf fünf Minuten verkürzen."
Das wirkte wie immer. Eine deutliche Mehrheit war bei der Abstimmung für Schluss der Debatte, und man ging in die Kaffeepause. Für danach war im Konferenzprogramm der Vortrag „Energie und Ökonomie" mit dem Referenten Jan van Oisterhuiz vom Physikalisch-Chemischen Laboratorium der Rijksuniversiteit Utrecht angekündigt.

„Ich muss ihnen leider mitteilen, dass Jan van Oisterhuiz vor vier Tagen auf der Rückfahrt von einer Konferenz in Siena einen Herzinfarkt erlitten hat und auf der Intensivstation in Lugano liegt", eröffnete Gregor Sanders, sichtlich bewegt, die nächste Sitzung. „Auf der Siena-Konferenz vor zwei Jahren hatte ich Jan kennengelernt, und es sind nicht zuletzt die Arbeiten seiner Gruppe, die unsere Konferenz hier angeregt haben. Ich bin seinem Mitarbeiter, Helmut Eschenbach, sehr dankbar, dass er sich kurzfristig bereit erklärt hat, Jans Vortrag zu übernehmen. Kurz zur Person von Helmut Eschenbach: Er hat in Mannheim Betriebswirtschaft und in Rochester Physik studiert. Anschließend ist er nach Utrecht in die Energieforschungsgruppe von Jan van Oisterhuiz gegangen. Mit seinen dort angefertigten Arbeiten über Produktions- und Wachstumstheorie hat er voriges Jahr in der wirtschaftswissenschaftlichen Fakultät der Universität Karlsruhe bei Wilhelm Eder, der Jan gut kennt, promoviert. Herr Eschenbach forscht z.Zt. im Utrechter Zweig des niederländisch-deutschen Instituts für Interdisziplinäre Studien und wird heute über seine Arbeiten mit Jan van Oisterhuiz und Wilhelm Eder berichten. Helmut, Du hast das Wort."

Eschenbach präsentierte mit etwas Mathematik und vielen Bildern neueste Forschungsergebnisse des Projekts „Produktivität und Arbeitsmarkt“ der Europäischen Union, die gute Übereinstimmung von empirischem und theoretisch berechnetem Wirtschaftswachstum in einer Reihe von Industrieländern zeigten. Zentrales Ergebnis der computergestützten Optimierungsrechnungen war: In hochindustrialisierten Ländern werde das Wirtschaftswachstum einerseits getrieben von Investitionen in Maschinen und die zu ihrem Schutz und Betrieb benötigten Gebäude und Anlagen; andererseits trügen die jährlichen Veränderungen des Energie-Einsatzes am meisten und die der geleisteten Arbeitsstunden am wenigsten zu den konjunkturellen Schwankungen bei, wie sie beispielsweise im Zusammenhang mit den beiden Ölpreisschocks zwischen 1973 und 1981 die marktwirtschaftlichen Industrieländer erschüttert hatten. Das quantitative Maß für das wirtschaftliche Gewicht der Produktionsfaktoren, die Produktionsmächtigkeit – ökonometrisch: Produktionselastizität – liege für Energie zwischen 50% und 60%, für die menschliche Arbeit zwischen 20% und 10% und für das Kapital bei 30%. Andererseits entfallen von den Gesamtkosten der Produktion auf die Energie nur rund 5%, auf die Arbeit hingegen der Löwenanteil von ca. 70%, und auf das Kapital, d.h. die Maschinen und Anlagen, etwa 25%. [1] Das bedeute: einer großen Produktionsmächtigkeit billiger Energie stehe eine geringe Produktionsmächtigkeit teurer Arbeit gegenüber. Darum ersetzten im Zuge wachsender Automation in immer stärkerem Maße billige Energie/Kapital-Kombinationen die teueren Arbeit/Kapital-Kombinationen. Das erkläre den Verlust vieler gut bezahlter industrieller Arbeitplätze in Europa und den USA. Im Dienstleistungssektor nähmen Beschäftigungsverhälnisse im Mindestlohnbereich zwar zu, doch unterm Strich würden die mittleren Einkommensklassen schrumpfen, die für die soziale und politische Stabilität so wichtig seien. Greenbams Warnungen habe er nichts hinzufügen. Jan van Oisterhuis habe einmal gesagt, dass ihn die Verhältnisse an das Ende der römischen Republik erinnerten: Dort war im Gefolge der gewonnenen Eroberungskriege des 2. und 1. Jahrhunderts vor Chr. die Zahl der versklavten Kriegsgefangenen in den neuen agrarischen Großbetrieben gewaltig angestiegen. Gegen die konkurrenzlos billig produzierenden Sklaven konnten die freien kleinen und mittleren Bauern, deren Produktions- und Wehrkraft die römische Republik groß gemacht hatte, wirtschaftlich nicht mehr bestehen. Sie verkamen zum Proletariat, das nach den Wirren der Bürgerkriege die Cäsaren als Stabilitätsbringer begrüßte. Heute wirkten sich Energiesklaven ähnlich aus wie damals menschliche Sklaven.

„Und was versteht man unter Energiesklaven?“, wollte ein Zwischerufer wissen.

„Danke für Ihre Frage. Genau die sollte jetzt kommen“, antwortete Eschenbach, und alle lachten.

„Also, die Zahl der Energiesklaven eines Wirtschaftssystems berechnet sich aus dessen mittlerem täglichen Primärenergieverbrauch, dividiert durch den menschlichen Energiebedarf von 2,9 Kilowattstunden (kWh) pro Tag bei schwerer körperlicher Arbeit.“

Viele Zuhörer schauten so irritiert drein, dass Eschenbach nachlegte: „Ich würde gerne ein paar Beispiele vorrechnen. Aber ich habe meine Zeit schon überzogen. Möglicherweise wird Herr Pflügli am Nachmittag noch etwas dazu sagen. Drum hier nur Ergebnisse: Die Zahl der Energiesklaven pro Kopf der Bevölkerung beträgt zur Zeit in den USA 92, in Deutschland 45, im Weltmittel 15, und im Durchschnitt der Entwicklungsländer 6. Das passt zur globalen Wohlstandsverteilung, und das ist kein Zufall. Vielen Dank für Ihre Aufmerksamkeit."

Der erste Diskussionsbeitrag kam von einem Redakteur der Allgemeinen Finanz-Zeitung, AFZ, der gleich in die Vollen ging: „Was Sie uns da erzählt haben, muss falsch sein. Die von Ihnen als Produktionsmächtigkeiten bezeichneten Produktionselastizitäten von Kapital, Arbeit und Energie müssen den Kostenanteilen dieser Produktionsfaktoren gleichen. Das können Sie in jedem Lehrbuch der Ökonomie nachlesen. Wenn dem nicht so wäre, dann läge das Geld ja auf der Straße. Man bräuchte sich nur zu bücken, d.h. Arbeit durch Energie zu ersetzen, und es aufheben, d.h. riesige Gewinne machen. Warum tun wir das nicht?"

„Ja genau das wird doch getan", war Eschenbachs Antwort, „nur nicht auf einen Schlag. Der Automationsfortschritt, der der Energie immer breitere Einsatzfelder erschließt und immer mehr Energiedienstleistungen ermöglicht, braucht seine Zeit. Denken Sie nur daran: Als die maschinelle Informationsverarbeitung noch per Elektronenröhre betrieben wurde, wäre ein Rechner von der Leistungsfähigkeit Ihres Laptops ein viele Tonnen schweres, energiehungriges Monster von der Größe eines Mehrfamilienhauses gewesen. Doch seit der Einführung des Transistors und seiner Mikro- und Nanostrukturierung ersetzen immer mehr und immer dichter gepackte Informationsprozessoren im Verbund mit Wärmekraftmaschinen, den Arbeitspferden unserer Industriegesellschaft, des Menschen Hirn und Hand, so dass wir inzwischen Automobilfabriken haben, die praktisch vollautomatisch arbeiten. Sie brauchen nur noch ein paar Leute zum Drücken der Schalter, die die Energieströme in die Maschinen leiten. Und im Bankensektor werden ganze Kreditabteilungen durch einen Angestellten am Desktop-Computer mit Evaluations-Software ersetzt. Natürlich schreitet die Automation nicht in allen Wirtschaftsbereichen gleich schnell voran, zu unterschiedlich sind die Aufgaben und Anforderungen, und dann gibt es da auch noch ein paar hemmende Sozialgesetze. Aber im Prinzip sollte es nicht mehr lange dauern, bis die allermeisten Routinearbeiten von energiegetriebenen Generatoren, Motoren und Transistoren erledigt werden können. Jedesmal, wenn ein Unternehmen Fortschritte in dieser Richtung macht und wieder einen Teil seiner Belegschaft entlässt, steigt sein Kurswert an der Börse. So wird das Geld auf der Strasse immer schneller von den großen Energiesklavenhaltern aufgehoben, die die Verfügungsmacht über die Produktionsanlagen haben. Und alle Produktionsanlagen sind letztendlich Energieumwandlungsanlagen, in denen menschlicher Erfindergeist gespeichert ist.“

Zornig erregt schloss sich der zweite Diskussionsredner dem ersten Kritiker an: „Ich bin Professor Helmfurth. Was hier als Wissenschaft verkauft wird, ist ein typischer URUR-Effekt von Computerrechnungen: Unsinn Rein, Unsinn Raus. Ihre Theorie widerspricht den Grundlagen der modernen Wirtschaftstheorie. Sind Sie gescheiter als alle Ökonomie-Nobelpreisträger zusammen? Die vielsprachigen Sprüche unter der Ankündigung 'Ökonomisches Forum' auf dem Regenbogentransparent über dem Eingang ließen mich sowieso schon vermuten, dass es sich hier um eine Versammlung von – ich sag's mal lieber auf Italienisch – Sapientones handelt. Es ist für Wirtschafts-Fachleute schon sehr betrüblich, dass immer mehr Individuen aus anderen Fächern daherkommen, mit selbst gebastelten, völlig inadäquaten Instrumenten auf dem weiten Feld der Ökonomie herumackern, und apodiktische Urteile über eine Wissenschaft fällen, von der sie nichts verstehen. Wer glauben Sie, wer Sie sind, Sie – Herr?!“ Und damit stürmte er aus dem Saal.

Nach betretenem Schweigen gab es dann noch eine Reihe von Fragen zu Methode, statistischen Gütemaßen und der Zuverlässigkeit der empirischen Datenbasis. Als Gregor Sanders gerade die Mittagspause verkünden wollte, meldete sich noch Frederick Greenbam, der bis dahin geschwiegen hatte. „Wenn es richtig ist, was Sie sagen, wenn also Energie wirklich der mächtigste Produktionsfaktor ist, dann würde ich verstehen, warum Karl Marx mit seiner Verelendungstheorie nicht Recht behalten hat und der Kapitalismus den Sozialismus besiegen konnte: In den letzten hundert Jahren hätte der Kapitalismus dann nicht so sehr Menschen sondern Energiequellen ausgebeutet und eine ganze Menge des daraus geschöpften Mehrwerts breiten Bevölkerungsschichten zukommen lassen. Deshalb wurde er für die Menschen im Ostblock immer attraktiver, bei denen die Bürokraten der Nomenklatura alles vermasselt haben. Aber wie wird's in Zukunft weitergehen? Erklärt nicht Ihre Begründung für die wachsende Automation auch meine Beobachtungen wachsender Ungleichheit? Könnten wir etwas dagegen tun, indem wir an der Energiepreis-Schraube drehen?"

Jetzt konnte Sanders den Diskussionswillen des Auditoriums nur mit dem Hinweis brechen, dass es eine – leider oft begangene – Todsünde von Konferenzen sei, die Küche mit dem Essen warten zu lassen. Angesichts des ausgezeichneten Rufs der Petersberger Küche würden sich die Konferenzteilnehmer aber auch selbst schaden, wenn sie den Rheinischen Sauerbraten kalt werden ließen. Am Abend könne man die Diskussion im Ritterkeller ja noch fortsetzen. Mit „Der nächste Vortrag beginnt um 15 Uhr", schloss er die Sitzung.

Die Nachmittagssitzung wurde von Frederick Greenbam geleitet. Als erster Redner sprach Rochus Pflügli vom Institut für Umweltgeschichte der Universität Bern über „Energie, Zivilisation und Treibhauseffekt". Er zeigte, wie der zivilisatorische Aufstieg der Menschheit mit steigendem Energiebedarf pro Kopf und Tag einherging. Bei den Jägern und Sammlern vor einer Million Jahren lag dieser Bedarf bei 2 kWh, nach der Zähmung des Feuers bei 6 kWh. Seit dem Beginn der gegenwärtigen Warmzeit vor zehntausend Jahren, als im Zuge der neolithischen Revolution Ackerbau und Viehzucht den Zugriff des Menschen auf die solaren Energieflüsse erheblich erweiterten und die von Bauern und Handwerkern getragenen agrarischen Hochkulturen entstanden, stieg er auf 14 kWh vor 7000 Jahren und auf 30 kWh im Europa des Mittelalters. Die Erfindung der Dampfmaschine im 18. Jahrhundert durch James Watt löste die industrielle Revolution aus und erschloss der Menschheit die fossilen Energieträger Kohle, Öl und Gas. Diese stellen nunmehr im Verbund mit Otto- und Dieselmotoren, Dampf- und Gasturbinen sowie Öfen und Reaktoren jedem Einwohner der reichen Industrieländer für Ernährung, Güterproduktion und Dienstleistungen 100 bis 300 kWh pro Tag zur Verfügung. Im Weltmittel und in den Entwicklungsländern sind die Beträge deutlich kleiner. [2] Daraus erhalte man die von Herrn Erschenbach am Vormittag genannten Energiesklaven-Zahlen. Kehrseite der Medaille sei, dass die Ausscheidungen aller Energiesklaven die Umwelt belasten; insbesondere führten die Kohlendioxid-Emissionen wegen des Treibhauseffekts zu höheren mittleren Temperaturen der Erdoberfläche. Wegen der physikalisch unvermeidbaren Emissionen bei jedem Energieumwandlungsprozess gebe es auf der Erde unüberwindbare Grenzen für das Wirtschaftswachstum, das für die Stabilität unserer Industriegesellschaften so wichtig geworden sei. Nicht verschweigen wolle er in diesem Zusammenhang allerdings, dass sehr namhafte und politisch einflussreiche Wirtschaftswissenschaftler abgeschätzt hätten, dass von einem Klimawandel im Wesentlichen nur die Landwirtschaft betroffen sei, und wenn deren Produktion um 50 Prozent einbräche, bedeute das lediglich einen Verlust von maximal 1,5 Prozent des Bruttoinlandsprodukts (BIP), da die Landwirtschaft zum BIP der Industrieländer ja nicht mehr als 3 Prozent beitrage. Diesen Verlust könne man durch Wachstum im Industrie- und Dienstleistungssektor locker wettmachen (Zwischenruf aus dem Publikum: „Statt Kartoffel-Chips essen wir dann Computer-Chips?!“), so dass man am besten den wirtschaftlichen Fortschritt nicht durch Maßnahmen zur Eindämmung des Treibhauseffekts behindern solle. Es sei ökonomischer, wenn sich die

Leute an die Folgen des Treibhauseffekts anpassten. [3]

Nachdem Pflügli die Empörung seiner Zuhörer mit der wiederholten Beteuerung gedämpft hatte, dass er nur die Meinung der sehr namhaften Ökonomen referiert habe, ohne sie zu teilen, schlug Greenbam vor, gleich den Vortrag „Natur und Wirtschaft“ von Francois Vitoux, Centre des Etudes Economiques, Fontainebleau, anzuschließen.

Vitoux legte dar, dass sich die moderne Ökonomie eigentlich nicht für die physische Sphäre der Produktion sondern fast ausschließlich für das Verhalten der ökonomischen Akteure interessiere. Fundamentale Naturgesetze wie die von der Erhaltung der Energie oder der Zunahme der Entropie spielten in der Wirtschaftswissenschaft praktisch keine Rolle. Deshalb könne sie auch so tun, als sei die Wirtschaft ein Perpetuum Mobile, das Wertschöpfung aus dem Nichts dank eines gütigen Phantoms, genannt „Technischer Fortschritt“, schaffe. Man spräche auch von „Manna vom Himmel“. „Ach, jetzt ahne ich, wie es zu den von Pflügli zitierten Ansichten kommt“, meinte danach einer, der sich zuvor besonders aufgeregt hatte.

Das Folgereferat „Theorie der ökonomischen Evolution“ von Erich Wetter, Abteilung Ökonomie des Max-Planck-Instituts für Evolutionsforschung, Dresden, vertiefte Vitoux’ Ausführungen und betonte die Notwendigkeit, die naturgesetzlichen Beschränkungen, denen die Nutzung der Material- und Energieressourcen unterliegt, in alle Theorien ökonomischer Entwicklung miteinzubeziehen. Im übrigen seien die Theoretiker in der Nachfolge Adam Smiths davon überzeugt, dass vollkommene Märkte mit vollkommenem Wettbewerb völlig gleichberechtigter und gleichinformierter Akteure dann am effizientesten funktionierten und zu optimaler Wirtschaftsentwicklung führten, wenn der Staat sich weitestgehend heraushalte. Zugleich wüssten sie aber, zumindest die Klügeren von ihnen, dass es den vollkommenen Markt in unseren Tagen nicht mehr gibt. Darum müsse der Staat selbstverständlich mit gesetzlichen Rahmenbedingungen und Aufsichtsbehörden wie dem Kartellamt dafür sorgen, dass die Wirtschaft dem Allgemeinwohl dient. Er beschrieb dann den Homo Ökonomikus und die sehr unterschiedlichen Modellierungen des menschlichen Verhaltens auf Märkten, die zu den sich häufig widersprechenden wirtschaftspolitischen Empfehlungen der verschiedenen ökonomischen Denkschulen führten. Ein Erliegen des Wirtschaftswachstums durch Erreichen einer Bedarfssättigung würde jedoch von allen aufgrund des Sayschen Theorems ausgeschlossen, demzufolge jedes Angebot seine Nachfrage schaffe. Allerdings, so schloss er nachdenklich, müsse man sich schon fragen, wie weit es ethisch vertretbar sei, in den reichen Industrieländern mittels immer aufwändigerer Werbung immer neue Bedürfnisse zu wecken und mit knapper werdenden Energie- und Umwelt-Ressourcen zu befriedigen, während zwei Drittel der Menschheit kaum ihren Hunger stillen könnten [4].

Nach dem Abendessen lösten einige Konferenzteilnehmer ihre Sitzungsverspannungen durch Laufen im Petersberger Wald. Die meisten jedoch wählten die bequemere Lockerungsmethode: den guten Rheinwein in der gemütlichen Atmosphäre des Ritterkellers. Während die Themen des Tages in Gruppen bis tief in die Nacht diskutiert wurden, zog sich

das Organisationskomitee zur Auswertung und Strategiebesprechung ins Turmzimmer zurück. Helmut Eschenbach vertrat Jan van Oisterhuiz. Er und Britta Sanders warfen nochmal die schon früher diskutierte Frage auf, ob man nicht doch auch ein oder zwei traditionelle Wirtschaftswissenschaftler als Referenten hätte einladen sollen.
„Aber was hätte das gebracht?“, hielt Erich Wetter dagegen, „die wollen doch von dem, was wir heute diskutiert haben, überhaupt nichts wissen“, und Gregor Sanders erinnerte an den zornigen Ausbruch des Ökonomieprofessors, der am Vormittag die Konferenz verlassen hatte.
Doch abgesehen davon war man mit dem Engagement der Teilnehmer sehr zufrieden. Carol Hull schlug vor, zur Planungssitzung am nächsten Abend auch Frederick Greenbam hinzuzuziehen. Carmen, die nach ihrer Heirat jetzt Hernandez de Mendoza hieß, unterstützte den Vorschlag, er wurde akzeptiert, und das Komitee löste sich in Richtung Ritterkeller auf.

Dort war die Stimmung inzwischen locker geworden. Es standen ja auch schon genügend leere Wein- und Bierflaschen auf den Tischen. Aus einer Ecke schallte immer wieder Gelächter.
„Die Ökonomie ist die Königin der Wissenschaften, die alles in sich vereinigt“, erklärte gerade Greenbam. „Nur in diesem Fach können zwei Leute gemeinsam den Nobelpreis für Theorien bekommen, die einander widersprechen.“
„Da wir gerade bei der Ökonomie sind“, legte der AFZ-Redakteur nach, „kennt Ihr den Zweiten Hauptsatz der Ökonomie? Nein? So lernet denn: Nur eines ist gefährlicher als ein Ökonom – der Amateurökonom.“

„Soll das eine Anspielung auf einen der heutigen Vorträge sein?“, wollte ein Kollege wissen. Der AFZ-Mann grinste nur.
Da schaltete Wetter sich ein: „Als ich in London studierte, hatte ich einen gebürtigen Inder als Lehrer. In der ersten Stunde seiner Einführung in die Volkswirtschaftslehre motivierte er seine Studenten mit einem Beispiel aus der Reinkarnationslehre: Der gute, tugendhafte Ökonom wird als Physiker wiedergeboren, der böse, schlampige als Soziologe“.[1]
Britta hielt dagegen: „Neulich hing bei uns am Schwarzen Brett eine Partner-Suchanzeige: Attraktive, einfühlsame Frau sucht nach schwerer Enttäuschung zärtlichen, liebevollen, gebildeten Partner – Physiker ausgeschlossen.“
Ein junger Ökonom aus Eschenbachs Arbeitsgruppe ergänzte: „Vor kurzem war ich auf einer Konferenz, die die Möglichkeiten der Zusammenarbeit von Ökonomen und Physikern ausloten sollte. Zum Schluss wurden die Konferenzteilnehmer gebeten, auf einer Pin-Wand einen Halbsatz zu ergänzen. Dieser lautete: ‘Wenn Physik auf Volkswirtschaftslehre trifft, ...’. Allgemeine, fröhliche Zustimmung fand die Ergänzung: ‘... trifft Arroganz auf Ignoranz.’ Dabei war allen klar, dass man es genauso gut auch anders herum hätte sagen können.“

So ging es weiter durch die Berufe. Als es dann etwas derber wurde – so fragte ein Energietechniker: „Welchen Beruf hatte der liebe Gott bei der Erschaffung des Menschen?“ und lieferte, da niemand was sagte, die Antwort: „Bauingenieur. Wer sonst legt einen Abwasserkanal durch das Vergnügungsviertel?“ – zupfte Britta ihren Gregor am Arm und zeigte

[1] http://netec.mcc.ac.uk/JokEc.html

auf die Uhr. Der dachte an das schöne, breite Bett im großzügig eingerichteten Konferenzleiter-Zimmer, murmelte zu den anderen etwas wie „Es ist spät. Wir geh'n schon mal. Morgen gibt's viel zu tun", und verließ mit Britta den Raum.

Als sie die Treppe emporstiegen, schmiegte sie sich an ihn. Seine Hand glitt über ihre Hüfte, die sich geschmeidig-fest unter dem dünnen Stoff ihres Kostüms bewegte. Kaum hatten sie die Tür ihres Zimmers hinter sich geschlossen, schlüpften sie schnell aus den Kleidern und traten aneinander geschmiegt ans Fenster. Unten im Tal glänzte der Rhein silbrig im Mondlicht. Dann zog ihn Britta aufs Bett: „Vien, mon amor".

2.2 Erfahrung

Carmen Hernandez eröffnete die Morgensitzung mit: „Gestern war der Tag der Theorie. Heute wollen wir hören, wie sich wirtschaftstheoretische Vorstellungen ganz massiv auf das tägliche Leben auswirken. Als erster spricht zu uns Arthur Lion vom Energy Research Institute in Berkeley über 'Wie Kalifornien ins Dunkel stolperte: Ideologie gegen Technologie' " [5].

„Kalifornien, die sechststärkste Ökonomie der Welt, stolpert ins Dunkel, weil bei der Deregulierung des Energiemarktes in den 1990er Jahren die Wettbewerbsideologen das Sagen hatten und das Wissen der Energietechniker und Energieökonomen unberücksichtigt blieb." Mit diesen Worten begann eine brillant-polemische Abrechnung mit den Missionaren des blinden Glaubens an „die Marktkräfte", die den politischen Entscheidungsträgern Kaliforniens eingeredet hatten, dass Handel – in diesem Falle an Energiebörsen – der wichtigste Wohlstandsmotor sei und die dabei die technischen und ökonomischen Rahmenbedingungen der Stromerzeugung und -verteilung sträflich vernachlässigt hatten. So wurden Investitionen in den Kraftwerkspark und das Stromnetz unattraktiv, und das ganze technische System wurde immer brüchiger. Hinzu trat wachsender Strombedarf und absurde Energieverschwendung, z.B. durch das Klimatisieren von Garagen, die thermisch noch schlechter isoliert sind als die ohnehin miserabel wärmegedämmten Häuser. Als Folge kam und kommt es immer wieder zu großflächigen Netzzusammenbrüchen und Stromausfällen mit gewaltigen volkswirtschaftlichen Verlusten, für die am Ende der Steuerzahler aufkommen muss. „Leider", schloss Arthur Lion seinen Vortrag, „macht der Rest der Welt uns Amerikanern ja inzwischen fast alles nach. Wenn sich auch in anderen Ländern Ignoranz und Inkompetenz auf dem Energiesektor breitmachen, bekommen wir allesamt einige Probleme."

Rochus Pflügli meldete sich als Erster: „Die USA sind doch wohl deshalb der Welt größter Energieverschwender, weil dort die Energiepreise dank niedriger Energiesteuern am niedrigsten sind. Warum aber wird der, wie wir gestern gehört haben, wichtigste Produktionsfaktor nicht höher besteuert, so dass mit ihm effizient umgegangen wird, wie sich das für Produktionsfaktoren gehört?"
„Darauf gibt es zwei Antworten", erwiderte Lion. „Erstens betrachten viele einflussreiche Ökonomen Energie überhaupt nicht als einen Produktionsfaktor wie Kapital und Arbeit – und neuerdings Wissen – sondern als einen Rohstoff wie Kupfer oder Bauxit.

Wenn ein Rohstoff knapp wird, so sagen sie, sorgt der technische Fortschritt und die 'unsichtbare Hand' des Marktes schon rechtzeitig für Ersatz. Nun kann man zwar innerhalb naturgegebener Grenzen Energie durch Investitionen in Wirkungsgradverbesserungen einsparen. Dass aber wegen der thermodynamischen Hauptsätze Energie grundsätzlich *nicht* komplett durch irgendetwas anderes ersetzt werden kann, hat sich in der Wirtschaftswissenschaft noch nicht besonders weit herumgesprochen. Zweitens gehören üppige Energiedienstleistungen zu unserem 'American Way of Life in the Land of the Free'. Gegen ihre Verteuerung würden wohl die meisten meiner Landsleute heftig rebellieren. Es wäre wohl so, als beschnitte man ihnen etwas wie, sagen wir, 'The Wings of Freedom'."

Britta Sanders drückte die Hand ihres Mannes.

Ein Teilnehmer aus Bristol steuerte noch Pannen-Geschichten aus dem britischen Eisenbahnsystem nach dessen Deregulierung bei, dann ging es in die Kaffeepause.

Den zweiten Vortrag einleitend sagte Carmen Hernandez, dass sie gerne erzählen würde, wie die einst blühende kolumbianische Textilindustrie durch billige Textilimporte aus China ruiniert wurde, nachdem die kolumbianische Regierung auf Drängen der USA dem freien Welthandel zuliebe die Zollbarrieren gesenkt hatte, und wie die kleinen kolumbianischen Kaffeebauern nach der Aufkündigung des Weltkaffeeabkommens durch die USA und dem Verfall der Kaffeepreise in den Rauschgiftanbau oder die Guerrilla abgedrängt wurden, doch dürfe sie den folgenden Berichten nichts von ihrer wegen des Konzerts am Abend ohnehin knapper bemessenen Zeit wegnehmen. „Zudem“, schloss sie „kommt Lateinamerikas Leiden unter den Kollateralschäden ökonomischer Theorien jetzt in dem Vortrag ‘Wie die Chicago School of Economics die argentinische Wirtschaft ruinierte’ von Carol Hull zur Sprache. Als Mitarbeiterin des Department of Ecology der Syracuse University hat Carol mehrere Jahre mit Feldstudien in Argentinien verbracht.“

Carol Hull skizzierte den Zusammenbruch der argentinischen Wirtschaft, die im Zuge einer ausschließlich an monetaristischen Prinzipien ausgerichteten Wirtschaftspolitik zuerst eine Scheinblüte nach der festen Ankopplung des Pesos an den US Dollar erlebt hatte, in der die Argentinier weit über ihre Verhältnisse gelebt hätten. „Wir leben in den USA übrigens ganz ähnlich über unsere Verhältnisse. Ich frage mich, wie lange noch der Rest der Welt uns täglich mehr als eine Milliarde Dollar schicken wird“, bemerkte sie nebenbei. Nachdem die Konsumblase geplatzt war und der Staat zur Konsolidierung der Finanzen die Ersparnisse seiner Bürger praktisch konfisziert hatte, sei Armut bis weit in die früher wohlhabende argentinische Mittelschicht vorgedrungen, und keiner wisse, wann das Land wirtschaftlich wieder auf die Beine komme.

„Wenn sie einverstanden sind, verschieben wir die Diskussion und springen jetzt sofort nach Russland“, schlug Carmen vor. „Pjotr Davidov vom Sibirischen Zweig der Russischen Akademie der Wissenschaften in Akademgorodok spricht über ‘Privatisierung und die Erdrosselung der russischen Wissenschaft’“.

Davidov begann mit einer Karte Sibiriens, auf der Akademgorodok im Bezirk Novosibirsk markiert war, und erläuterte, dass kurz vor dem Zusammenbruch der Sowjetunion in den über 50 selbständigen Instituten und Laboratorien der Wissenschaftsstadt rund 40 000 Beschäftigte gearbeitet hatten. Nachdem die staatlichen Finanzmittel drastisch zusammengestrichen worden waren, würden jetzt dort noch etwa 17 000 Angestellte teils interdisziplinär forschen und teils in Kooperation mit westlichen Konzernen Hochtechnologie-Produkte für den Weltmarkt entwickeln. Mit den Einkünften aus diesen Kooperationen hätte man bisher die verbleibende akademische Infrastruktur Akademgorodoks aufrechterhalten können. Besonders erfolgreich war die neu aufgebaute Kristallzuchtabteilung des Instituts für Halbleiterforschung, der die Herstellung zentnerschwerer, hochreiner Einkristalle für die Halbleiterproduktion gelungen war. Vor einem halben Jahr sei nun aber verfügt worden, dass das Institut aus dem akademischen Verband ausgegliedert und privatisiert werde. Einer der „neuen Russen“, einer der früheren Parteikader im Wirtschaftsministerium und jetzt einer der reichsten Geschäftsleute Russlands, habe das Institut in sein Firmenkonglomerat überführt. Wegen der fehlenden Einkünfte aus diesem Institut hätten nun die Abteilungen für Systemanalyse sowie Energie- und Umweltforschung geschlossen werden müssen. Das hätten die Unternehmensberater von „Corporate Consulting“ empfohlen.

„Ich erzähle Ihnen diese Geschichte so ausführlich“, schloss Pjotr Davidov, „weil sie mich als Systemanalytiker direkt betrifft. Ich bin jetzt arbeitslos und werde mich hier in Deutschland nach einem Job umsehen. Dabei konnte ich noch verhältnismäßig lange in meiner Heimat bleiben. Viele, und gerade die Besten, sind schon bald ins Ausland abgewandert, nachdem Anfang der 1990er Jahre die Studienabgänger der Harvard Business School zu Wirtschaftsberatern der russischen Regierung avancierten und die schockartige Privatisierung des Staatseigentums empfohlen hatten, ohne dass die notwendigen, ja auch von Erich Wetter angesprochenen gesetzlichen Rahmenbedingungen und Institutionen existierten. Da hat sich die alte Nomenklatura der Kommunistischen Partei sofort alles unter die Nägel gerissen. Jetzt gebärden sich diese Typen als die glühendsten Verfechter der Freien Marktwirtschaft, und das Volk hungert."

Greenbam wollte wissen: „Wieviel verdienen russische Wissenschaftler heute?"

„Promovierte erhalten etwa 100 Euro im Monat."

„Und was kann man sich dafür kaufen?"

„Wenn man mit Besuchern in das einzige abends geöffnete Lokal Akademgorodoks geht, die New York Pizza, zahlt man für einen großen Pappbecher Bier einen Euro."

„Und wie kommen die Leute zurecht?"

„Früher wurde in unseren Instituten bis spät abends und auch an Wochenenden und Feiertagen gearbeitet. Jetzt fährt jeder, sobald er kann, auf sein Gartengrundstück in den Wäldern und kümmert sich um seinen Gemüsegarten und die Hühner. Das hilft etwas."

Nach der Pause übernahm Carol Hull die Sitzungsleitung und bat Chikara Ohta um seinen Vortrag „Lektionen aus dem Platzen der japanischen Immobilienblase".

Ohta, der vom Ministerium für Technologie

und Industrie in die wirtschaftsanalytische Abteilung des Kernforschungszentrums Tokay Mura 150 km nordöstlich von Tokyo entsandt worden war, schilderte, wie seine lange Zeit auf Adaption und Innovation ausgerichteteten Landsleute gegen Ende der 1980er Jahre ebenfalls der Wahnvorstellung verfielen, dass alle durch den Handel an Börsen reich werden könnten. Das trieb die Immobilienpreise derartig in die Höhe, dass der Grundstückswert des Tokioter Kaiserpalastes schließlich so hoch taxiert wurde wie der des gesamten kalifornischen Staates [6]. Nach dem Platzen erst der Immobilien- und dann der Aktien-Spekulationsblase rutschte Japan in eine Stagnation, von der sich das einstige Vorbild an wirtschaftlicher Dynamik bis heute nicht erholt hat. „Aber niemand scheint aus unserer Erfahrung gelernt zu haben“, schloss Ohta seinen Bericht, „denn die EU Regierungschefs hatten noch bei ihrem Treffen in Lissabon die Erwartung geäußert, dass die Arbeitslosigkeit in der EU binnen zweier Jahre durch das Internet halbiert werden würde. Nun bin ich gespannt, wie die Europäische Union das Platzen der Internet-Blase verkraften wird.“

„Damit sind wir von der Ökonomie auf die Psychologie gekommen“, leitete Carol zum letzten Vortrag über, „wobei es ja heißt, dass Ökonomie zu 50 Prozent aus Psychologie besteht. Emilio Piatti vom Centro dei Studie Politici in Siena wird uns mehr dazu sagen in seinem Vortrag über ‘Medien, Demokratie und Verantwortung’“.

Piatti erklärte, dass er sein Thema exemplarisch am Beispiel zweier sehr unterschiedlicher Nationen abhandeln wolle, die aber im Laufe ihrer Geschichte immer wieder eng miteinander verbunden waren: Italien und Deutschland. Wie Medienmacht die italienische Demokratie umgestaltet habe, nachdem sich die Wähler von den korrupten Volksparteien und ihren Intrigen abgewandt und dem „Cavaliere“ zugewandt hätten, sei ja hinreichend bekannt. Was ihn aber in der gegenwärtigen Situation am meisten erbittere, sei, dass mit der Parlamentsmehrheit der „Casa de la Liberta“ in Italien jetzt die größte Errungenschaft demontiert werde, die Rom der Welt geschenkt hat: die Herrschaft des Rechts. „Aber ich hoffe, dass wir Italiener uns bei der nächsten Wahl dagegen wehren werden und uns nicht mehr von ‘Bella Figura’ blenden lassen.“ Interessant seien im Vergleich die Deutschen. Während die Italiener schon lange nichts mehr vom Staat und seiner Bürokratie erwarteten und in der Schattenwirtschaft ganz erfolgreich an beiden vorbei wurstelten, stellten die Deutschen immer höhere Ansprüche an den Staat, angefangen vom Konzernlenker bis zum Sozialhilfeempfänger. Die Medien würden diese Ansprüche mit großem Getöse unterstützen – zum einen anhand von herzbewegenden Einzelbeispielen bedürftiger Menschen, zum anderen durch die ausführliche Widergabe der Sprüche von Lobbyisten und Verbandsfunktionären, von denen Erstere beim Verweigern von Subventionen mit dem Verlust tausender von Arbeitsplätzen drohten und Letztere das Festschreiben neuer Rechtsansprüche der Bürger auf staatliche Wohltaten forderten. Wie bei alledem fast alle gesellschaftlichen Gruppen in Deutschland Steuersenkungen verlangen könnten, sei ihm schlichtweg schleierhaft. Im übrigen sei Steuerhinterziehung in Deutschland wohl ein ebenso beliebter Massensport wie in Italien. Piattis Fazit: In Italien schmeicheln die Medien dem ästhetischen Bedürfnis des Italieners nach dem schönen Schein, in Deutschland bedienen sie Weinerlichkeit, Selbstmitleid und Selbstgerechtigkeit, in die sich das romantische Gemüt der Deutschen immer wieder mal verirre. Verantwortlichem staatsbürgerlichen Handeln seien beide Medieneinflüsse abträglich.

Die Deutschen und Italiener applaudierten kräftig, nur der AFZ-Redakteur wandte ein: „Es ist nicht fair, alles den Medien in die Schuhe zu schieben. Kamingespräche funktionieren wie eh und jeh, und der Golfplatz wird auch immer nützlicher. Ein Studienkollege in der Autobahndirektion Nürnberg erzählte mir neulich von einer Einladung, bei der der Chef eines großen Konzerns auf den durchgehend sechsspurigen Ausbau der A3 zwischen Frankfurt und Nürnberg drängte, damit innerhalb von 36 Stunden die LKW mit in Barcelona produzierten Bauteilen für die Endmontage Nürnberg erreichen können. Die Lagerhaltung auf der Straße haben die Unternehmen dem japanischen 'Just in Time'- System abgeguckt und passen ohne irgendwelche Mithilfe der Medien die Verkehrs-Infrastruktur diesem System an. Das kostet 'ne Menge Steuergelder – und Dieselkraftstoff.“

Gregor Sanders meldete sich: „Ich habe das Gefühl, wir driften in Richtung Chaos, und die Medien sind eine treibende Kraft. Welchen Eindruck haben Sie?“

Piatti zögerte einen Augenblick, dann tastend: „Das Chaos-Gefühl kenne ich. Aber was treibt uns ins Chaos? Die Medien können's nicht sein: Sie sind ja nur Medien, d.h. Mittel. Zu welchem Zweck sie eingesetzt werden, bestimmen Menschen. So weit, so trivial. Was ich jetzt noch sage, hat sich beim Anhören der Vorträge gestern und heute in meinem Kopf zusam-

mengebraut und ist noch unausgegoren. Aber wenn Sie mich schon fragen, darf ich vielleicht ins Unreine reden. Also:
1. Am Ende einer Periode gesellschaftlicher Stabilität steht die Degeneration der Elite.
2. Die Degeneration zeigt sich in Verschwendung.
3. Verschwendet werden die Basisressourcen, auf die sich die Macht der Elite und die Stabilität der Gesellschaft stützen.
Beispiele:
a) In der Feudalgesellschaft Frankreichs des 17. und 18. Jahrhunderts degenerierte der Adel seit der Zeit des Sonnenkönigs, in der Frankreich zur kulturell und militärisch dominierenden Vormacht Kontinental-Europas aufgestiegen war, und verschwendete in maßlosem höfischen Aufwand, den die Fürsten anderer Länder nachäfften, die Produktion der Agrarwirtschaft. Am Ende stand das Chaos der Französischen Revolution, die Neuordnung Europas durch Napoleon und der Beginn des bürgerlichen Zeitalters.
b) Das Bürgertum Kontinentaleuropas übernahm im 19. Jahrhundert von England die Industrielle Revolution und den Kapitalismus. Die teils noch feudal geprägte Machtelite degenerierte zu Anfang des 20. Jahrhunderts im Militarismus und verschwendete das Kapital im Wettrüsten. Am Ende stand das Chaos der beiden Weltkriege und die Ausdehnung der demokratisch-kapitalistischen Marktwirtschaft auf alle Industrienationen außerhalb des Sowjetbereichs.
c) Die Entwicklung seit dem Zusammenbruch der sozialistischen Planwirtschaft haben Greenbam, Wetter, Lion, Ohta und andere Vorredner ja schon beschrieben. Ökonomische Größe ist das Maß aller Dinge. Die Machteliten in Bürokratie, Interessen-

verbänden und Wirtschaft degenerieren im Wachstumsfetischismus, dem sie verschwenderisch opfern. Verschwendet wird Kreativität in der Werbung, die immer häufiger an die Stelle von sachgemäßem Handeln tritt. Verschwendet wird Kapital im von Großmannsucht getriebenen Wettbewerb um einen Spitzenplatz unter den 'Global Players'. Verschwendet werden Energie und natürliche Ressourcen in Lifestyle-Trallala. Als Träger von Werbung und Vermittler virtueller Welten mit virtuellen Helden sind die Medien am wachsenden Realitätsverlust beteiligt, in dem das Chaos gedeiht. Aber sie sind nicht die treibende Kraft."

Die Frage, was er nach dem befürchteten Chaos erwarte, wollte Piatti nicht beantworten. Seine Gedanken dazu seien noch weniger ausgereift, als das, was er gerade spekuliert habe.

Es gab noch Fragen zu Marktmacht und politischer Orientierung der Medienkonzerne. Dann schloss Carol Hull die Sitzung: „Wir müssen zum Essen. Von 15 bis 17 Uhr machen wir im Plenum weiter mit freier Diskussion der noch offenen Fragen. Anschließend fahren wir mit dem Bus nach Bonn in die Beethovenhalle. Chor und Symphonieorchester des Bayerischen Rundfunks geben dort 'Die Schöpfung' von Joseph Haydn."

Nach der Rückkehr aus Bonn gegen 23 Uhr versammelte sich das Organisationskomitee noch kurz im Turmzimmer. Frederick Greenbam war mit dabei. „Mein Eindruck ist, dass das, was wir gestern an Theorie und heute an Erfahrung gehört haben, eine gute Grundlage für die morgige Planung bildet", meinte Gregor Sanders unter allgemeiner Zustimmung.

„Morgen ist der wichtigste Tag. Sollen wir versuchen, den Gang der Dinge etwas vorzustrukturieren?“, fragte Britta.
Die Runde überlegte. „Ich glaube, das ist nicht nötig“, sagte schließlich Greenbam, der von Carol Hull über das Konferenzziel informiert worden war. „Wenn die Sanders morgen die Konferenz zusammenfassen und die Frage stellen: Was tun?, kommt der Vorschlag, und dann sehen wir, wie die Dinge laufen. Das entscheidende Problem wird der Nervus Rerum sein.“
„Dazu mache ich mein Angebot“, sagte Carmen Hernandez.
Greenbam nickte. „Dann können wir ja ruhig schlafen. Ich werde das jetzt auf jeden Fall versuchen.“
Die anderen schlossen sich an.

2.3 Planung

„Wir müssen heute viel arbeiten. Aber Haydns Schöpfung gestern Abend hat dazu doch einen ganz guten Motivationsschub gegeben“, bemerkte Gregor Sanders zur Eröffnung der Plenardiskussion unter dem Thema „Aktionen“. Er fuhr fort: „Wir haben in den vergangenen zwei Tagen gehört, wie wichtig es ist, dass sich Wirtschaftspolitik an der Realität und nicht an ideologischen Vorstellungen oder abstrakten Modellen eines Homo Ökonomikus orientiert, und dass zur Realität die energetischen Grundlagen der Produktion und das vielschichtige Verhalten des Homo Sapiens bei der Verfolgung seines Nutzens gehören. Aber wir sind ja hier nicht nur zusammengekommen, um etwas zu lernen.“

Britta Sanders übernahm und fuhr fort: „Ich denke, uns ist allen klar, dass wir neue, dem technischen Entwicklungsstand und der globalen Dominanz der Marktwirtschaft angepasste Gesetze und Institutionen brauchen, die Wirtschaft und Gesellschaft an den auf dieser Konferenz angesprochenen sozialen und ökologischen Instabilitäten vorbeisteuern. In der Einladung zur Konferenz haben Sie gelesen, dass wir heute darüber beraten wollen, was wir konkret tun können. Wer hat Vorschläge?“

Greenbams Hand ging in die Höhe. Dann stand er auf und wandte sich aus der ersten Reihe dem Auditorium zu: „Im Flieger von Stansted nach Bonn hatte ich mir einen Vorschlag überlegt. Aber den will ich gar nicht mehr erwähnen. Vielmehr möchte ich die Frage wiederholen, die ich schon einmal im Anschluss an Helmut Eschenbachs Vortrag gestellt hatte. Sie lautet: Sollte man an der Energiepreis-Schraube drehen? Ich will sie auch gleich beantworten: Ja, man sollte. Und wenn Sie mich fragen ‘Wie?’, dann ist meine Antwort: Überführen wir die in allen Ländern wachsende Partei der Nichtwähler in eine Energiesteuer-Partei. Das ist mein Vorschlag.“ Damit setzte er sich.

Überraschtes Schweigen im Auditorium, rascher Blickwechsel im Organisationskomitee. Schließlich räusperte sich Emilio Piatti: „Dr. Greenbam, könnten Sie Ihren Vorschlag näher erläutern?“
„Ich habe mir vorgestern Abend von Helmut Eschenbach einige seiner Arbeiten geben lassen und gelesen. Ich glaube, er kann meinen Vorschlag am besten begründen.“

Eschenbach ging zum Tageslichtschreiber und legte die Folie mit seiner Vortragszusammenfassung wieder auf. Er zeigte auf die Zahlen: „Ich darf kurz wiederholen. Nach unseren Analysen ist in den industriellen Volkswirtschaften Energie produktionsmächtig und billig, die menschliche Arbeit hingegen produktionsschwach und teuer. Teuer ist die Arbeit nicht nur, weil bei uns vergleichsweise gut verdient wird, sondern auch, weil die Gemeinschaftsaufgaben des Staates und die sozialen Sicherungssysteme zum Großteil über die Belastung des Faktors Arbeit mit Steuern und Abgaben finanziert werden. Darum müssen die Unternehmen in Rationalisierung und Automation ausweichen, oder sie verlagern die Produktion in Niedriglohn-Regionen wie China, Indien und Mittelamerika. Die resultierenden Beschäftigungsverluste lassen die Bemessungsgrundlage für Steuern und Abgaben schrumpfen, die Staatsverschuldung steigt, und die sozialen Sicherungssysteme brechen zusammen. Die Krise hat inzwischen praktisch alle Industrienationen erfasst. Aber wie jede Krise birgt sie die Chance zur Erneuerung – hier zur Modernisierung, Vereinfachung und Harmonisierung der Steuersysteme unserer wirtschaftlich so eng verflochtenen Länder. Man muss nur das Fundamentalprinzip einer gerechten Besteuerung, nämlich das Prinzip der Besteuerung gemäß wirtschaftlicher Leistungsfähigkeit, von den Individuen auf die Produktionsfaktoren übertragen und Energie gemäß ihrer großen Produktionsmächtigkeit hoch und die Arbeit gemäß ihrer geringen Produktionsmächtigkeit niedrig besteuern [7]. Das würde viele unserer wirtschaftlichen und sozialen Probleme lösen, insbesondere auch die mit der Umkehrung der Alterspyramide zusammenhängenden, und zudem der Umwelt nützen."

„Und", ergänzte Greenbam, „da so etwas von

Parlamenten beschlossen werden muss, bedarf es dazu einer politischen Partei. Die normalen Parteien können wir vergessen. Die sind alle in der Hand der etablierten Interessengruppen. Sie tönen zwar immerzu von Reformen, aber entweder wollen sie keine echten Veränderungen, die ihrer Klientel wehtun, oder sie sind dazu unfähig, weil sie in den alten ökonomischen Ideen befangen sind. Die Leute merken, dass nichts mehr geht, oder wenn, dann nur zugunsten der Reichen und Mächtigen. Deshalb bleiben sie bei den Wahlen daheim. Auch hier sind die USA der Vorreiter. Bei den letzten Präsidentschaftswahlen betrug die Wahlbeteiligung nur noch knapp 40 Prozent. Was dabei heraus kommt, sehen wir ja. Deshalb mein Vorschlag, in unseren Ländern eine Partei zu etablieren mit dem einen Programmpunkt: Verlagerung der Steuer- und Abgabenlast von der Arbeit auf die Energie. Gewinnen können wir die Nichtwähler für diese Partei, wenn wir sie davon überzeugen, dass dadurch die Veränderungen in Richtung eines Ressourcen schonenden technischen Fortschritts und innerer, internationaler und intergenerationeller Verteilungsgerechtigkeit in Gang kommen, deren Notwendigkeit wir alle ahnen. Die erforderliche Aufklärungs- und Überzeugungsarbeit zu leisten, wird allerdings ein schweres, vielleicht sogar ein gefährliches Stück Arbeit sein."

Es war richtig gewesen, den ganzen dritten Tag der freien Aussprache zu widmen. Eine so spannende, engagierte und bei allen, durchaus auch scharfen Kontroversen faire und über weite Strecken brillante Diskussion hatten die meisten der Teilnehmer noch nicht erlebt. „Wir haben schon die richtigen Leute eingeladen", meinte Erich Wetter in einer Pause.

Es ging im Wesentlichen um folgende Punkte.

a) Wenn es sich bei steuerlicher Energieverteuerung rentiert, in Wärmedämmungen, Energiespeicher, Anlagen der Kraft-Wärme-Kopplung, der Solarthermie, der Photovoltaik und andere Techniken der rationellen Energieverwendung und der nichtfossilen Energien zu investieren, dann würden bei rückläufigem Energieverbrauch auch die Steuereinnahmen zurückgehen. Dem wurde entgegnet, dass die Steuerlast pro Energieeinheit für Produzenten und Verbraucher vorhersehbar so erhöht werden kann, dass das Gesamtsteueraufkommen konstant bleibt. Und einer Gesellschaft, in der die schweren und gefährlichen körperlichen Arbeiten immer von energiegetriebenen Maschinen verrichtet werden, würde niemals die Bemessungsgrundlage für Energiesteuern abhanden kommen. Dafür sorgten die beiden Hauptsätze der Thermodynamik.

Das erledigte auch die polemische Frage: „Sollen wir in Zukunft wieder Baugruben mit Hacke und Spaten statt mit Schaufelbaggern ausheben, oder Leute in Laufkäfige sperren, die Elektrogeneratoren antreiben?“

Nur halb scherzhaft fragte ein Physiker, warum man nicht Wasser statt Energie besteuern solle. Schließlich könne man ohne Wasser ebensowenig leben wie ohne Energie.

„Aber Herr Kollege“, wunderte sich ein anderer, „versuchen Sie mal, Wärmekraftmaschinen und Transistoren mit Wasser zu betreiben. Wasser ist wichtig zum Kühlen und in chemischen Prozessen. Aber grundsätzlich kann es substituiert werden – z.B. durch Luftkühlung oder wärmeabstrahlende Radiatoren; und für Weltraumanwendungen hat man auch schon wasserfreie chemische Basisprozesse entwickelt. Energie hingegen kann durch nichts ersetzt werden – Erster Hauptsatz. Auf einem ganz anderen Blatt steht, dass das organische Leben auf der Erde neben Energie auch noch Luft und Wasser braucht: Luft für die Energieumwandlung im Körper, Wasser ganz wesentlich zur Entropieentsorgung [8]. Aber wenn ich die Diskussion hier richtig verstehe, geht es doch nicht allgemein um die Besteuerung von allem, was wichtig ist, sondern ganz konkret um die Besteuerung von Produktionsfaktoren gemäß ihrem Beitrag zur ökonomischen Wertschöpfung."

„Wie hoch müsste eigentlich eine Energiesteuer sein, damit sie richtig was bringt?" warf einer noch ein.

„Ich habe mal folgende Rechnung gelesen", erinnerte sich jemand: „Wenn sich, wie in Deutschland vor ein paar Jahren, alle Steuern und Sozialabgaben auf rund 850 Milliarden Euro belaufen und der gesamte Primärenergieverbrauch 4000 Milliarden kWh pro Jahr beträgt, würde eine Energiesteuer von ca. 21 Cent pro Kilowattstunde das gesamte Aufkommen an Steuern und Sozialabgaben abdecken" [9]. Er fügte noch hinzu: „Die maximale Leistung eines normalen Menschen liegt bei etwa 100 Watt. Um eine Kilowattstunde Arbeit zu verrichten, muss ein Mensch also 10 Stunden lang mit größter körperlicher Anstrengung arbeiten."

b) Die beiden Ölpreisexplosionen Anfang und Ende der 1970er Jahre hatten weltweit zu schweren Rezessionen geführt. Hätten Energiesteuer-Erhöhungen nicht ähnlich gravierende konjunkturdämpfende Wirkungen? Darauf wurde entgegnet, dass damals neben psychologischen Faktoren, dem Ölpreis-Schock, auch die Mittelabflüsse aus den ölimportierenden Industrieländern in die ölexportierenden Staaten eine wichtige Rolle spielten. Steuerliche, allmählich zum Tragen kommende Energiepreiserhöhungen würden sich so nicht auswirken, denn der Schock entfiele und die Mittel, die lediglich umverteilt würden, blieben im Lande.

c) Am spannendsten war die Frage nach den Gewinnern und Verlierern der Steuer-Verlagerung. Als Gewinner wurden identifiziert: Das Handwerk und andere arbeitsintensive Wirtschaftszweige. Reparatur statt Neuanschaffung würde sich wieder rechnen, die Kosten der Kranken- und Altenpflege würden langsamer steigen, Kinderbetreuung durch Menschen statt durch Fernseher und Spielkonsolen würden wieder eher die Regel, und ganz generell würde das hochflexible Hirn-Hand-System des Menschen wieder mehr gefragt, wenn es nicht mehr so teuer wäre. Für die mittelständischen Betriebe, die die Techniken der rationellen Energieverwendung und der erneuerbaren Energien produzierten, sollten Energiesteuererhöhungen wie eine Konjunkturspritze wirken. Zu den Verlierern zählte man Transportunternehmen, die Vieh von deutschen Bauernhöfen in spanische Schlachthöfe oder bayerische Kartoffeln zum Waschen nach Oberitalien karrten, die Profiteure des 'Just in Time'-Systems und des Transports von Luftfracht zwischen benachbarten Städten über weit entfernte, zentrale Verteilungs-Terminals; auch alle Liebhaber des Freizeitverkehrs würden jammern. Die unverzichtbaren Produkte der Metall-, Zement-, Chemie- und Papier-Industrie würden erheblich teurer. Doch deren höhere Preise, so meinten die meisten, würden die Verbraucher zugunsten niedrigerer Preise für vielerlei Dienstleistungen und des Erhalts oder der Schaffung von

Arbeitsplätzen in Kauf nehmen. Wirtschaftliche und soziale Härten könnten durch Übergangsregelungen, Aufbesserung des Heizkostenzuschusses bei der Sozialhilfe und Erhöhung der Kilometerpauschale für Pendler abgemildert werden.

d) Das damit zusammenhängende Problem der Beeinträchtigung der internationalen Wettbewerbsfähigkeit von Ländern mit Energiesteuern könnte durch die Einführung von Grenzausgleichsabgaben gelöst werden, die den Exporteuren die gezahlten Energiesteuern zurückerstatten und alle importierten Waren und Dienstleistungen mit Zöllen gemäß der zu ihrer Produktion und ihrem Transport benötigten Energie belegen [10].

„Die Details dürften ziemlich kompliziert werden“, meinte einer. „Aber bestimmt einfacher als die einer Gesundheitsreform“, ergänzte ein anderer.

Nach drei Stunden herrschte im Plenum Konsens, dass man versuchen sollte, den Greenbam-Eschenbach Vorschlag umzusetzen. Um das „Wie?“ sollte es dann am Nachmittag gehen.

Einige hatten den Saal allerdings verlassen und standen auf der Terrasse in einer kleinen Gruppe beisammen. Sie waren sichtlich unzufrieden. Das zeigten ihre Mienen, wiederholtes Kopfschütteln im Gespräch und überhaupt die ganze Körpersprache. Der AFZ-Redakteur gehörte dazu.

Beim Mittagessen setzte sich Gregor Sanders neben ihn, sie waren zusammen Studentenvertreter im Senat ihrer Hochschule gewesen, und fragte ihn: „Heinz, was stört Dich?“

„Die ganze Richtung, in die der Hase läuft. Du weißt, wie ich mich für die ökologische Steuerreform in meinen Leitartikeln eingesetzt habe. Darum hast Du mich ja wohl auch eingeladen. Aber was der Eschenbach da erzählt, das geht mir zu weit. Dazu bin ich denn doch zu sehr Ökonom. Wenn seine Theorie stimmte, wäre er ein Genie. Und wie ein Genie sieht er nicht aus.“

„Aber an der Theorie ist gar nichts Geniales. Die Mathematik ist so simpel, dass ich ihre Grundgleichungen in meiner Einführung in die Theorie partieller Differentialgleichungen als Übungsaufgabe von den Studenten herleiten lasse. Hier haben lediglich Naturwissenschaftler und ja auch gestandene Ökonomen die Produktions- und Wachstumstheorie unter einem neuen Blickwinkel betrachtet.“

„Trotzdem“, brummte Heinz Fahrtmann, „die Sache gefällt mir nicht. Ich reise nach dem Mittagessen ab. Ein anderer, der auch genug von all dem hier hat, nimmt mich in seinem Wagen mit.“

„Wir haben erste Verluste“, sagte Gregor zu Britta und Erich Wetter, als sie nach dem Mittagessen an der Kaffeemaschine beisammen standen, und berichtete über sein Gespräch mit Fahrtmann.

„Ich war gleich skeptisch, dass wir einen AFZ-Mann als Verbündeten in den Medien gewinnen können“, meinte Britta, und zu Wetter gewandt: „Aber Greg ist halt ein Optimist. Hoffentlich drischt Fahrtmann nicht demächst auf uns ein. Er versteht sein Geschäft, auch das der Polemik.“

„Vorläufig wird er Totschweigen für das Beste halten.“

Nach abgekürzter Mittagspause kam man um 14 Uhr im Plenum wieder zusammen. Als erster ergriff Rochus Pflügli das Wort: „Vor einiger Zeit lief an meiner Universität ein größeres Forschungsprojekt zu Energiesteuern. Im Abschlußbericht schrieb ein Politikwissenschaftler [11], dass Energiesteuern ja theoretisch sinnvoll sein mögen, politisch aber nicht durchsetzbar seien. Als Gründe nannte er unter anderen: 1. Die materiellen Interessen der unmittelbar betroffenen Branchen, Unternehmen und Arbeitnehmergruppen. 2. Die Verflechtungen der Nationalstaaten sowie der übereinander gelagerten Entscheidungs-Ebenen des politischen Systems. 3. Die Vergangenheitsprägung der mit enormen Kosten über lange Jahre hinweg entwickelten existierenden Steuersysteme. 4. Die Struktur der Parteiensysteme, die viel mehr von den historischen sozio-kulturellen Spaltungen als von den neuen Streitfragen moderner Gesellschaften geprägt sind.“

Francois Vitoux sprang auf: „Aber das spricht doch alles für eine international agierende Energiesteuer-Partei. Genau sie kann das Schwert werden, das den Gordischen Knoten zerschlägt, in dem sich die Entwicklungsstränge verwickelt haben. Aber natürlich wird das Ancien Regime sich wehren.“

Damit stand die Machtfrage im Raum. Außerdem wurde nochmal die Frage aufgeworfen, ob eine Partei mit einem einzigen Programmpunkt überhaupt attraktiv für die Wähler sein könnte. „Für die Nichtwähler auf jeden Fall“, sagte Emilio Piatti. „Wir beobachten doch immer wieder, wie neue Parteien mit einem einzigen populistischen Programmpunkt wie ‘Freiheit’ oder ‘Sicherheit’ oder ‘Ausländer raus’ kurzzeitig Nichtwähler mobilisieren und mit zahlreichen Abgeordneten in die Parlamente

einziehen. Dass sie dann bald wieder verschwinden, ist eine andere Sache.“
„Populismus kommt nicht in Frage“, rief Carmen Hernandez erregt, „der hat bei uns in Lateinamerika schon genug Länder vergiftet.“
„Selbstverständlich. Ich wollte doch nur sagen: Wenn populistische Parteien mit einem einzigen Programmpunkt es schaffen, dann können wir es vielleicht auch.“
„Ach so, dann ist es gut.“

Die Machtfrage und der Weg zum Wähler – das waren die beiden zentralen Themen der weiteren Diskussion. Und beide verschmolzen zu einem: Geld.

Alfred Stahl von der Werner-und-Elfriede-Hartmann Stiftung erklärte die Bereitschaft seiner Stiftung, zwei Assistentenstellen für je ein Jahr zu finanzieren. Eingebracht werden könnten sie in Gregor Sanders' Abteilung „Mathematik“ und Britta Sanders' Abteilung „Sozialentwicklung“ im Schweinfurter *Zentrum für Energie- und Umwelt-Studien* (ZEUS), das von der dortigen Fachhochschule und der Universität Würzburg gemeinsam betrieben wird. Die Stelleninhaber sollten helfen, das Energiesteuerpartei-Projekt auf den Weg zu bringen. Nach einem Jahr müssten allerdings andere Finanzquellen aufgetan werden. Die Satzung seiner Stiftung erlaube kein längeres Engagement.
„Das ist eine gute Nachricht. Damit können wir anfangen“, freuten sich die Sanders mit Dank an Stahl und Stiftung. Als erste Aufgabe für die Assistenten empfahl Arthur Lion die Kontaktaufnahme mit der „George Soros Foundation for Science and Development“. Andere nannten noch Namen weiterer mögli-

cher Geldgeber.
„Das ist ja alles schön und gut“, erklärte schließlich Rochus Pflügli, „aber mit den immer knappen Finanzen einiger progressiver Stiftungen kann man keine globale Partei aufziehen. Was anderes wäre es, wenn man Zugriff auf die Mittel einer der Stiftungen hätte, die in der Schweiz oder in Lichtenstein Geld bunkern. Aber daran auch nur zu denken, ist schon naiv.“

Jetzt war der Augenblick für Carmen Hernandez gekommen: „Wir haben Zugang zu einem Schweizer Konto.“
Schlagartig wurde es still.
„Sie haben sich vielleicht schon gewundert, was eine Frau aus Kolumbien hier tut. Im allgemeinen assoziiert man uns Kolumbianer ja mit anderen Dingen. Aber es gibt Verbindungen.“

Dann berichtete Carmen, dass sie vor einem Jahr Julio Hernandez geheiratet habe.

Sie hatten sich schon in jungen Jahren auf dem Colegio Aleman in Cali kennengelernt und waren einander nahe gekommen. Doch bald nach dem Abitur hatte sie jeden Kontakt zu Julio abgebrochen. Sein Vater, ursprünglich Architekturprofessor einer Universität in Cali, war in das Drogengeschäft ein- und zum Chef des Cali-Kartells aufgestiegen. Nachdem Pablo Escobar vom Medellin-Kartell – nach dem Abhören eines Telefonats mit seinem in der Schweiz lebenden Sohn – von einer Spezialeinheit der Armee gestellt und in einem Feuergefecht getötet worden war, konnte das Cali-Kartell den Großteil des Kokain- und Heroin-Handels an sich reißen. Da man sich in der Regel subtilerer Methoden bediente als die Killer des Medellin-Kartells und nur die Leute umbrachte, die vor die

Alternative 'Plata o Bala – Geld oder Kugel' gestellt trotz üppiger finanzieller Angebote die Kooperation verweigerten, war man mit Polizei, Justiz und Politik eigentlich ganz gut zurechtgekommen, und die Geschäfte liefen glänzend. Ein Teil der Einnahmen wurde in den USA und Europa mit Hilfe diskreter Banken gewaschen, und Vater Hernandez deponierte große Summen auf Schweizer Nummernkonten. Allerdings hatte er nicht viel davon gehabt. Vor zwei Jahren war er auf dem Weg zu seiner Hacienda La Esperanza im Valle del Cauca in eine Sprengfalle gefahren. Ob sie von Mitgliedern des Medellin-Kartells gestellt worden war oder von Paramilitärs, konnte nie geklärt werden. Beide hatten gute Gründe. Das arg geschwächte Medellin-Kartell wollte Marktanteile zurückerobern, die Paramilitärs verdächtigten Hernandez nicht zu Unrecht der Zusammenarbeit mit den Guerrilleros der FARC, die von einer linksrevolutionären Aufstandsbewegung zu Gruppen von Räuber- und Erpresserbanden verkommen waren und im südlichen Valle del Cauca den Kokainanbau kontrollierten.

Julio war der einzige Sohn und Erbe. In einem spektakulären Fernsehauftritt in Radio Caracol gab er den Rückzug der Familie Hernandez aus allen, wie er sagte, internationalen geschäftlichen Aktivitäten bekannt und stattete die *Fundación Isaias Duarte por Justicia y Paz* mit 10 Millionen US Dollars aus. Diese Stiftung war gegründet worden, nachdem der Erzbischof von Cali, Isaias Duarte Cancino, am Abend des 16. März 2002 im Anschluss an eine Massentrauung im Armenviertel Aguablanca vor der Kirche von zwei jugendlichen Motorrad-Attentätern erschossen worden war. Isaias Duarte hatte sich in zahlreichen Projektinitiativen an die Seite der Armen gestellt und in den Wochen vor seinem Tod die linke Guerrilla, die rechten Paramilitärs und die Korruption der Politik durch den Drogenhandel schärfstens kritisiert.[2] Nach Oscar Romero von San Salvador und Juan Gerardi von Guatemala war er der dritte Märtyrerbischof der lateinamerikanischen Kirche, der sein Eintreten für Gerechtigkeit und Frieden mit dem Leben bezahlt hatte.

Carmen Mendoza hatte nach dem Fernsehauftritt Julio Hernandez angerufen, und sie hatten sich in einem Eiscafe am Parque del Perro getroffen. Das war in Cali eine noch einigermaßen sichere Gegend. Julio erklärte ihr seine Motive, ihre alten Gefühle erwachten mit neuer Stärke, und die Nacht verbrachten sie gemeinsam in einer kleinen Pension im Barrio San Fernando. Sechs Monate später heirateten sie in kleinstem Kreise.

Britta war per E-Mail über den Stand der Dinge unterrichtet worden und hatte ihrereits Carmen über die Pläne zur Petersberg-Konferenz informiert. „Wir könnten doch Konferenzbegnungen zur Tradition werden lassen“, hatte sie Carmen geschrieben, „willst Du nicht kommen und Lateinamerika im Organisationskomitee und auch sonst repräsentieren?“ Carmen erzählte Julio von dem Projekt der Sanders. Er fand es interessant. „Flieg rüber“, schlug er vor, „und wenn auf der Konferenz was Gescheites rauskommt, kannst Du unsere finanzielle Unterstützung zusagen.“

Nachdem Carmen den Hintergrund ihrer Konferenzteilnahme kurz skizziert hatte, ohne auf die früheren

[2] Pressemitteilung der Bischöflichen Aktion „Adveniat“ vom 17. März 2002; Webpage ULTIMA HORA von Radio Caracol, 17. März 2002.

geschäftlichen Aktivitäten der Familie Hernandez einzugehen, schloss sie mit diesem Zitat ihres Mannes.

„Zwei Fragen“. Rochus Pflügli wollte Genaueres wissen: „Ich will niemandem zu nahe treten. Aber wir kennen die Herkunft des Geldes nicht. Könnte es damit Probleme geben? Und wieviel stünde zur Verfügung?“

„Der Auslandsbesitz der Familie Hernandez umfasste Finanzmittel in der Schweiz und Immobilien in europäischen und nordamerikanischen Großstädten. Die Immobilien hatte Vater Hernandez kurz vor seinem Tode verkauft, das Geld aber in der Schweiz gelassen bzw. dorthin transferiert. Es wird dort in voller Übereinstimmung mit den Gesetzen des Landes verwaltet und versteuert. Damit kann es keinerlei Probleme geben. Ich sage Ihnen gerne den Namen unserer Bank, und Sie können sich selbst überzeugen. Über den Umfang der Mittel möchte ich nur so viel sagen, dass man damit problemlos Wahlkämpfe in Europa und auch den USA bestreiten kann. Die Frage ist, ob Sie meinem Mann und mir helfen wollen, das Geld sinnvoll zu verwenden. Denn aus Gründen, auf die ich nicht näher eingehen will, nehmen wir persönlich davon niemals auch nur einen Centavo.“

Wenn noch jemand Skrupel hatte, äußerte er sie nicht mehr. Die Zeit war auch schon weit fortgeschritten. Der Bus, der die Konferenzteilnehmer nach Bonn bringen sollte, fuhr in einer halben Stunde. Man vereinbarte, dass nach Einrichtung des Schweinfurter Apparats die Sanders per E-Mail mit allen anderen das weitere Vorgehen abstimmen sollten.

Gregor Sanders dankte Carmen Hernandez und ihrem Mann für das großzügige Angebot. Alle klatschten. Dann sagte er: „Noch ein Letztes: Wir

brauchen einen Namen."
„Wofür?"
„Für unsere Partei. Wir gewinnen doch keinen einzigen Wähler mit einem Namen wie Energiesteuer-Partei. Wir brauchen einen Namen mit einer positiven Botschaft."

Nach kurzem Hin und Her fragte Francois Vitoux: „Greg, hast Du nicht schon was im Hinterkopf?"
„Danke für die Frage", lachte Sanders, „in der Tat." Und dann ernst: „Denken wir an die Diskussion nach Arthur Lions Vortrag. Darin erklärte er, dass hohe Energiesteuern von seinen Landsleuten als eine Beschneidung ihrer, wie er sagte, 'Wings of Freedom' betrachtet würden. Man kann das aber auch genau anders herum sehen. Energiesteuern werden im Gegenteil befreien, nämlich von der schon unerträglich starken Abhängigkeit von den Energiesklaven, deren Besitzer zu den heimlichen Herren der Völker werden und sie in Verschwendungssucht und soziale Spannungen bis hin zu bewaffneten Konflikten treiben. Darum schlage ich in unseren verschiedenen Sprachen folgenden Parteinamen vor: *Wings of Freedom (WoF), Ailes de la Liberté (AdL), Alas de la Libertad (AdL), Schwingen der Freiheit (SdF). . . .*"
„Hast Du auch noch einen Vorschlag für das Parteisymbol?"
„Angesichts der Machtverteilung und des Verhaltens der Leute wird vielen unser Vorhaben als Narretei erscheinen. Demonstrieren wir, dass wir uns dessen bewusst sind. Wählen wir als Parteisymbol:
Don Quijote und Sancho Pansa – in der Darstellung von Pablo Picasso."
So wurde es beschlossen.

Kapitel 3

Syracuse

3.1 Der Mann von La Mancha

„Wings of Freedom: Welcome to Syracuse Convention Center“, grüßten Transparente über allen Einfallstraßen in Richtung Innenstadt die Autofahrer, die, wie an jedem letzten Mai-Wochenende, zum „Industry Memorial Day“ nach Syracuse anreisten. Diesmal gab es noch einen weiteren Grund, die alte Industriestadt südöstlich des Ontario Sees im Staate New York aufzusuchen: den Parteigründungskongress der *Wings of Freedom.* Den Weg zum Ort der Versammlung wiesen überall Lanzen; sie ragten aus Plakaten mit einem hageren Ritter auf einem klapperdürren Gaul, neben dem ein kleiner, dicker Mann auf einem Esel hockte. An der von dem Ritter gesenkt gehaltenen, überdimensionalen Lanze hing eine Art Standarte mit der Aufschrift WoF.

„Funny people, these WoF people“, sagte der Fernsehreporter vom „Educational Channel“ zu seinem Kameramann, als sie mit ihrem ChryslerVan den Lanzen-Wegweisern über die hügeligen Straßen in Richtung Syracuse Convention Center folgten. Ihr Chef, Robert Franks, hatte die beiden nach Syracuse geschickt, um über die Parteigründung zu berichten. Wie sich herausstellen sollte, waren sie die einzigen Fernsehleute bei diesem Ereignis. Franks sollte es nicht bereuen, dass er dem Drängen seines alten Studienfreundes, Richard Hull, nachgegeben hatte, ein Team mit Übertragungswagen nach Syracuse zu schicken. Es war sowieso schwer, Dick Hull zu widerstehen, wenn der jemanden für einen Plan gewinnen wollte. Er hatte im Football-Team ihres Colleges den Quarterback gespielt. Durchsetzen konnte er sich auch sonst.

„Bob“, hatte er gesagt, „das kann eine tolle Geschichte werden. Die Resonanz auf unsere Internet-Werbung für die Parteigründung war überwältigend. Engagierte Kirchenmitglieder, alte Gewerkschafter, viele Mitglieder der American Businessmen for Sustainability sowie von Sierra Club, Greenpeace und anderen Umweltverbänden und natürlich jede Menge Studenten und Jungakademiker haben sich angemeldet. Sogar etliche meiner Kollegen kommen. Hier versammelt sich das Andere Amerika, das die Nase voll hat von den Durchstechereien der vergangenen Jahre.“

Carol Hull hatte ihrem Mann gleich nach der Rückkehr von der Petersberg-Konferenz ausführlich berichtet. Er wäre gerne selber mit dabei gewesen, aber seine Vorlesung über „Ecological Dynamics“ hatte so kurz nach Semesterbeginn keine Unterbrechung vertragen. Von dem Partei-Projekt *Wings of Freedom* war er sofort begeistert. Ihm war schon lange klar, dass gute Vorlesungen und wissenschaftliche Publikationen nicht ausreichten, um die Dinge in die richtige Richtung zu bewegen.

Drei Monate nach der Petersberg-Konferenz hatten die Sanders per Rundmail an alle gemeldet, dass die beiden von der Werner-und-Elfriede-Hartmann-Stiftung finanzierten Assistenten ihre Arbeit aufgenommen hätten und alle Fäden bei ihnen zusammenlaufen könnten. Aber es kam nicht viel. Greenbam musste einen Abschlussbericht über die letzten fünf Jahre seines Projekts schreiben, Vitoux war mit einem Antrag an die DG XII der EU-Kommission in Brüssel mehr als ausgelastet, Pflügli steckte bis über beide Ohren in seinem neuen Kurs zur globalen Energie-und Umweltgeschichte, Piattis Centro kämpfte ums finanzielle Überleben usw. Die Sanders selbst waren auch nicht erfolgreich gewesen bei dem Versuch, den Konferenzbericht im Wissenschaftsteil einer der großen, überregionalen Tageszeitungen unterzubringen. Bis auf eine Redaktion, die als Ablehnungsgrund angab, sie habe sich dem allgemeinen Trend zur Versportung nicht länger entziehen können und ihren Wissenschaftsteil zugunsten des Sportteils stark reduziert, war den anderen Zeitungen die Sache noch nicht einmal eine Ablehnungsnotiz wert gewesen. Lediglich das „Chemie Journal“ hatte eine sehr verkürzte Berichtsversion publiziert. Natürlich war der ausführliche Bericht auf der Homepage des ZEUS ins Internet gestellt worden, aber es kamen wenige Rückfragen. Deutschland war zu sehr mit dem Liebesleben eines Bundesliga-Torhüters, den Ausscheidungswettkämpfen trällernder Teenager um den Einzug in die „Hall of Fame of Music“, dem Rumgestolper im Reformtheater und den neuesten Geschichten aus der Filzfabrik der politischen Klasse beschäftigt.

Julio Hernandez hatte geschrieben: „Zusammen mit spanischen Freunden wollen wir versuchen, *Alas de la Libertad* in Kolumbien und dem weiteren spanischsprachigen Raum zu entfalten.“ Doch Geld könne erst aus dem Schweizer Konto fließen, wenn es konkret für die Gründung von AdL-, WoF- und SdF-Parteien und deren Arbeit benötigt würde.

Nicht lange, nachdem der kleine Organisationsapparat in Schweinfurt eingerichtet worden war, drohte auch schon seine Auflösung mangels Aufgaben und Mittel.

Eines Abends war Gregor aus einem Kolloquiumsvortrag angeregt-nachdenklich nach Hause gekommen. Der Leiter des Forschungszentrums Karlsruhe hatte über die neuesten Entwicklungen auf dem Gebiet der Mikromechanik berichtet, auf dem sein Institut, zusammen mit einer japanischen Gruppe, international führend war. Pumpen, Turbinen, Sonden, Fräs- und Schneidewerkzeuge mit Ausdehnungen von einem Tausendstel Millimeter und weniger versprachen große technologische Fortschritte in der Medizin- und Automationstechnik. Gefragt, ob die deutsche Industrie an der Auswertung der Patente interessiert sei, berichtete der Referent die Antwort eines führenden Managers auf eine Kooperationsanfrage: „Gehen Sie in die USA. Wenn Sie dort Erfolg haben, ziehen wir nach.“
„Wir müssen mit WoF in den USA starten“, sagte Gregor zu Britta, „dann können wir SdF als Kopie einer amerikanischen Bewegung in Deutschland etablieren.“

Die Sanders und Hulls telefonierten mehrmals lange miteinander. Die Hulls zogen mit. Per Internet schickten sie einen ausführlichen Bericht von der Petersberg-Konferenz an Freunde, Bekannte, Kollegen, Non Governmental Organizations und Kirchengruppen in den USA und nannten darin eine Reihe von Kontaktadressen für weitere Rückfragen. Im Schneeballsystem der Bürgerinitiativen wurde die WoF-Initiative schnell im ganzen Land bekannt, und nachdem sich der eintausendste Interessent hatte registrieren lassen, wurde die Parteigründung beschlossen. Als der Termin dafür feststand, ging der erste Scheck aus der Schweiz nach Syracuse, und eine E-Mail aus Cali sicherte die Anschlussfinanzierung der beiden Assistenten zu. Einer der beiden war nach Syracuse geflogen, um die Verwaltungsarbeit für den Gründungsparteitag zu leisten, die vor Ort erledigt werden musste.

Mit „Soaring Up“ eröffnete die Marching Band der Syracuse University die Gründungsversammlung am Samstag Morgen. Britta und Gregor saßen hinten auf der Zuschauertribüne des Convention Centers neben der Fernsehkamera, Carol und Richard Hull hatten vorne auf der rechten Seite des Podiums an einem kleinen Tisch Platz genommen.

Nachdem sich die Blech-Bläser unter einem letzten Trommelwirbel ins hohe C hinaufgeschmettert hatten und dann abrupt Stille eintrat, ergriff Carol das Mikrophon und sagte sanft: „Danke“, und an die Versammlung gewandt: „Danke, dass Sie gekommen sind, um die Wings of Freedom zu gründen.“ Dann wurde die Tagesordnung mit ihren vielen formalen Punkten beschlossen. „Das Parteiprogramm der WoF und ein Vorschlag für die Satzung sind Ihnen ja allen zugegangen. Wenn Sie einverstanden sind, arbeiten wir zuerst die Formalia ab: Geschäftsordnung, Satzung, Wahl des Vorstands."

Einige beantragten, zunächst die konkrete politische Arbeit zu diskutieren. Schließlich müsse der zu wählende Parteivorstand ja wissen, was die Mitglieder von ihm erwarteten. Aber die Mehrheit wusste, dass alles immer länger dauert als man denkt und wollte, „first things first", das Wichtigste zuerst erledigen.

In der Tat beanspruchten Diskussion und Verabschiedung der Parteisatzung trotz sorgfältiger Vorbereitung viel Zeit. Sie enthielt wesentliche Elemente aus Satzungen europäischer Parteien, die zumindest noch theoretisch programmorientiert waren. Gerade junge Leuten hegten dabei aber die Befürchtung, der Parteivorstand könne zu mächtig werden. Am liebsten hätten sie alle wichtigen Entscheidungen in die Verantwortung der Parteitage gegeben. Doch dagegen sprach das Effizienzargument. Schließlich wurde auch in den Punkten Organisationsstruktur und Kompetenzverteilung der Satzungsentwurf nach kleineren redaktionellen Änderungen akzeptiert.

Hilfreich bei der ganzen Debatte waren die praktischen Ratschläge etlicher ehemaliger Mitglieder des Repräsentantenhauses, die ihre politische Heimat bei den Demokraten und Republikanern verloren hatten, nachdem beide Parteien das Mantra „Wirtschaftswachstum durch Steuersenkung" einmütig nachbeteten, das Wachstum dennoch nicht ausreichte, um neue Arbeitsplätze zu schaffen, die so gut bezahlt waren wie die wegrationalisierten, und immer mehr Leute mehr als einen Job annehmen mussten, um über die Runden zu kommen. So stießen die Abgeordneten ärmerer Gegenden in ihren Wahlkreisen nur noch auf Desinteresse und Verachtung, und wer in einen bürgerlichen Beruf zurückkehren konnte, hatte die Politik an den Nagel gehängt.

Richard Hull übernahm die Versammlungsleitung und rief den Tagesordnungspunkt „Wahl des Parteivorstands“ auf.

„Na, ich bin gespannt, ob jetzt was kommt, über das sich zu berichten lohnt“, sagte der Reporter zum Kameramann, der seine Apparate nach dem Abgang der Marching Band ausgeschaltet hatte und sie jetzt wieder in Betrieb nahm.

„Wir müssen den Vorsitzenden, zwei Stellvertreter und den Schatzmeister wählen. Ich bitte um Vorschläge.“

Schweigen im Saale.

Schließlich rief Arthur Lion aus der kalifornischen Gruppe: „Dick, gib die Versammlungsleitung ab. Ich schlage Dich für den Vorsitz vor. Ihr habt doch die Sache bisher schon prima organisiert.“

„Danke der Ehre. Aber einer wie ich würde der Partei schlecht bekommen. Ich habe zu wenig Ahnung vom politischen Geschäft. Und außerdem möchte ich meine Wissenschaft nicht an den Nagel hängen. Dasselbe gilt übrigens auch für Carol“, fügte er vorsichtshalber hinzu.

Etliche der ehemaligen Kongressabgeordneten wurden vorgeschlagen. Alle winkten ab. Zu der Knochenarbeit eines Parteiaufbaus war niemand bereit. Außerdem hatten die meisten darauf vertraut, dass man sich seitens der Gründungsinitiative schon um Kandidaten kümmern würde. Die Unruhe im Saal wuchs.

Als der Kameramann den ersten Scheinwerfer wieder ausschaltete, hob Richard Hull die Hand und sagte: „Es geht schon noch weiter. Wir haben in den

letzten Wochen einige Leute gefragt. Gestern Abend kam die letzte Zusage. Folgende Personen sind zur Kandidatur bereit:
Für Vorsitz oder stellvertretenden Vorsitz:
1. John Gerritsen, ehemals Vizepräsident der Vereinigten Staaten von Amerika.
2. Thomas Wheeler, Vier-Sterne-General i.R., früher Oberkommandierender der NATO in Europa.
3. Für den zweiten stellvertretenden Vorsitz: Jennifer Richards. Gewinnerin des Oscars für ihre Rolle in 'The Alaska Conspiracy'.
4. Für das Amt des Schatzmeisters: Donald DeWees. Greensboro Chapter of the American Businessmen for Sustainability."

Das schlug ein wie eine Bombe. Während die Genannten aus einer Seitentür auf das Podium traten und an dem Tisch im Zentrum Platz nahmen, hackte der Fersehreporter die Nummer seines Chefs in sein Mobiltelefon und rief, als dieser sich meldete: „Bob, schalte uns sofort auf Sendung. Wir liefern Dir den Knüller der Woche. Und wir sind die einzige Station vor Ort."

Vom Stand der Dinge informiert, unterbrach Robert Franks die laufende Sendung des „Educational Channel" über die Kinder von El Paso und Cuiudad Juarez, diesseits und jenseits der Grenze zu Mexiko, und alles Folgende wurde live übertragen – zuerst vom „Educational Channel", dann bald auch von allen anderen Fernsehstationen, die sich in die Übertragung einkauften.

Richard Hull erläuterte: „John Gerritsen und Thomas Wheeler kandidieren beide für den Parteivorsitz. Der bei der Wahl Unterlegene steht dann für eines der beiden Stellvertreterämter zur Verfügung.

Auch wenn aus der Versammlung keine Vorschläge mehr gekommen sind, die eine echte Wahl zu allen Ämtern erlaubt hätten, sollen doch alle Kandidaten eine kurze Wahlrede halten. Als erster spricht zu uns John Gerritsen, danach General Wheeler. Dann wählen wir, und anschließend hören wir die anderen Kandidaten. Übrigens, wahlberechtigt sind alle, die sich in die Gründungsliste eingetragen haben."

Damit übergab Richard Hull das Wort an John Gerritsen. Dieser ging an das Rednerpult links vorne auf dem Podium und begründete seine Bewerbung: „Aus welchem Grund tritt ein Kerl wie Gerritsen aus dem alten Parteien-Establishment hier auf? werden Sie sich fragen. Hier ist meine Antwort: Aus gekränkter Eitelkeit." Pause. Dann: „Dabei geht es nicht um die Eitelkeit des Politikers, der eine Präsidentschaftswahl verlor, obwohl er mehr Stimmen als sein Gegner bekam. Es geht um intellektuelle Eitelkeit. Meine erträgt es nicht mehr, dass Sie und ich und alle Amerikaner zusammen von den Ökonomen, die unsere Regierungen beraten, – verzeihen Sie – verarscht werden."

Er nahm einen Schluck Wasser und fuhr fort: „Lassen Sie mich das erläutern, indem ich aus einem Interview George Hobbards, eines auch heute noch höchst einflussreichen ehemaligen Wirtschaftsberaters der früheren Regierung, zitiere und an die Fakten erinnere, die wir alle aus den Zeitungen kennen. Das Interview wurde vor einiger Zeit im Ausland publiziert[1] und dann bei uns nachgedruckt. Es ging darin um den Kern der von Hobbard durchgesetzten Steuerreform, der Senkung der Dividendensteuer. Der Interviewer erinnerte daran, dass der

[1]Der Spiegel, Nr.34, 52-53 (2003)

Milliardär Warren Buffet vorgerechnet hatte, dass er dank dieser Regelung einen deutlich geringeren Steuersatz habe als die Frau an der Rezeption seiner Fondsfirma, und dass Warren Buffet dies Klassenkampf zu Gunsten seiner Klasse nannte. – Übrigens, ich selbst habe durchaus auch von dieser Steuerreform profitiert.– Hobbards Antwort lese ich Ihnen im Wortlaut vor: 'Die Steuersenkungen, die jetzt angeblich nur den Reichen nützen, werden uns allen in ein paar Jahren zugute kommen. Denn wenn wir Risikokapital besteuern, und die Steuer auf Kapitalerträge ist nichts anderes, dann besteuern wir künftige Produktivität und Löhne. So gesehen haben wir alle die Last der Dividendensteuer getragen.' Dieser Bursche will uns also weismachen, Kapitalerträge würden alle letztendlich zum Wohle der Allgemeinheit investiert. Dabei weiß doch inzwischen jeder: Wenn von künftiger Produktivität die Rede ist, sind damit arbeitsplatzvernichtende Investitionen in Rationalisierungsmaßnahmen gemeint. Und wenn Hobbard von Löhnen spricht, geht es um die Löhne in China und in den Maquiladoras Mittelamerikas. Dort tätigen unsere Firmen gewaltige Investitionen, zahlen den Arbeitern und Arbeiterinnen einen Bruchteil des amerikanischen Minimallohns, überschwemmen unseren Markt mit Billigimporten, und die noch im Inland produzierenden Firmen gehen Pleite. Damit verglichen ist der Protz und Luxus unserer Reichen noch das kleinste Ärgernis. Aber so richtig auf den Arm genommen fühlte ich mich an einer späteren Stelle dieses Interviews. Da sagt er: 'Gelegentliche Neuverschuldung ist nicht so besonders Besorgnis erregend. Das eigentliche Problem ist die dauerhafte Staatsverschuldung, und die wiederum hat relativ wenig mit Steuerkürzungen zu tun, sondern vielmehr mit den Versprechungen, die wir den Amerikanern gemacht haben, was die Zuschüsse zu ihrer Rente und der Krankenversicherung im Alter angeht. Diese Programme müssen reformiert werden.' Hält dieser Universitätsprofessor und Regierungsberater uns Amerikaner für so blöd, dass wir schon vergessen haben, wie in der noch nicht lange zurückliegenden Ära der 'Vodoo Economics' bei massiven Steuersenkungen und gleichzeitig drastisch steigenden Rüstungsausgaben innerhalb der Amtszeit eines einzigen Präsidenten die Neuverschuldung der USA um einen Betrag stieg, der größer war als die gesamte seit George Washington akkumulierte Staatsverschuldung?"

Gerritsen nahm wieder einen Schluck Wasser und schloss: „40 Jahre in der Politik haben mich sicher stärker deformiert als ich es selber weiß – aber ein Minimum an folgerichtigem Denken habe ich mir aus den Tagen meines Jura-Studiums noch bewahrt. Das sagt mir: Das Wirtschaftsprogramm der Wings of Freedom ist schlüssig. Und da ich am Ende meines politischen Lebens noch einmal den aufrechten Gang versuchen und mithelfen möchte, unser Staatsschiff aus seinem ökonomischen Wahnsinnskurs herauszusteuern, kandidiere ich für den Vorsitz der Wings of Freedom."

Nach dem Applaus trat General Wheeler ans Rednerpult: „Ich bitte Sie, für John Gerritsen als Vorsitzenden zu stimmen. Für mich wird es eine Ehre sein, als Stellvertreter eines politisch so erfahrenen Mannes zu arbeiten."

Kurze Pause, dann weiter: „Nun zum Grund für mein WoF-Engagement. Wir haben großartige Streitkräfte, ausgerüstet mit modernster Technik. Die Sowjetunion hatte auch großartige Streitkräfte, deren Technik der unsrigen damals kaum nachstand. Die Sowjetunion ist zusammengebrochen. Heute wissen wir warum: Sie war ein militärischer Koloss auf ökonomisch tönernen Füßen. Sie stand auf der Ideologie des Marxismus. Und wie steht es um uns? Dank unserer Steuersenkungs-Ideologie sind auch wir nicht mehr weit vom Bankrott entfernt. In einer Reihe von Bundesstaaten fällt der Schulunterricht wegen Geldmangel aus, die Stromversorgung bricht immer wieder mal zusammen, und unsere Highways verkommen, wenn nicht Schulklassen den Müll von ihren Rändern aufsammeln. Seit mehreren Jahren liegen Haushalts- und Handelsbilanzdefizit bei über 300 Milliarden Dollar jährlich. Würde Erdöl nicht in Dollars bezahlt, würde also unsere Währung nicht durch die Ölreserven anderer Länder gestützt, würde die Welt unsere Defizite nicht länger hinnehmen. Darum ist es nur konsequent, dass unsere Regierung unsere Militärmacht nunmehr zur Sicherung unserer Ölversorgung einsetzt, auch wenn sie andere Gründe für die neuen Präventivkriege vorgibt.“

General Wheeler blickte über die Reihen im Saal. Alle Augen waren auf ihn gerichtet. Dann fuhr er langsam und mit großem Ernst fort: „Als Oberkommandierender der NATO in Europa hatte ich immer wieder eine Schreckens-Vision, wenn ich in den Berichten unserer Geheimdienste vom wirtschaftlichen Niedergang der Sowjetunion las: Ich sah die Panzerarmeen des Warschauer Pakts durch die Norddeutsche Tiefebene und den Fulda-Gap nach Westeuropa durchbrechen. So würden die konventionell überlegenen Sowjets die Fleischtöpfe der Europäischen Gemeinschaft an sich reißen. Die NATO hätte es nicht verhindern können – ich weiß, wovon ich rede. Gott sei Dank ist die Führung der Sowjetunion davor zurückgeschreckt. Sie hätte sonst trotz Marxismus noch eine Zeit lang als dominierende Militärmacht Eurasiens weitermachen können.“

Er schirmte seine Augen gegen das Scheinwerferlicht ab und sprach direkt in Richtung der Kamera auf der Tribüne: „Die USA sind als einzige Supermacht übrig geblieben. Aber wie lange noch können wir mit unserer militärischen Stärke die Welt blenden und ihre Ressourcen an uns ziehen? Ich weiß es nicht. Der zunehmende Terror gegen uns überall zeigt jedoch unsere wachsende Verwundbarkeit, nicht zuletzt aufgrund unserer steigenden Abhängigkeit von Ölimporten. Das können wir uns nicht länger leisten. In unserem Land gibt es gewaltige Energie-Einsparpotenziale. Wir müssen sie nur aktivieren und dabei die Jobs schaffen, in denen unsere brillanten Ingenieure und tüchtigen Arbeiter zeigen können, was sie draufhaben. Höhere Energiesteuern sind ein Weg dazu. Es ist wahr: Sie bedeuten eine Herausforderung für unseren American Way of Life. Doch unser Volk hat noch immer die Herausforderungen bestanden, in denen es um Unabhängigkeit und Freiheit ging. Jetzt geht es um die Unabhängigkeit vom Öl, um die Freiheit von ausländischen Ressourcen. Darum kandidiere ich für den Vorstand der Wings of Freedom.“

Die Wahl verlief wie von General Wheeler vorgeschlagen: John Gerritsen Vorsitzender, Thomas Wheeler Stellvertreter. Danach ging es in die Mittagspause.

Carol Hull eröffnete die Nachmittagssitzung mit der Vorstellung von Britta und Gregor Sanders: „Auf der Tribüne hören uns Freunde aus Deutschland zu. Sie haben die Petersberg-Konferenz organisiert, mit der alles begann.“ Britta und Gregor erhoben sich und verneigten sich kurz vor den Versammelten, die sich zu ihnen umgedreht hatten und freundlich klatschten. Dabei hielten sie sich so dicht an der Kamera, dass keine Aufnahme von ihnen möglich war. Nachdem der Beifall verklungen war, sagte Carol Hull: „Und nun spricht zu uns die Kandidatin für den zweiten stellvertretenden Vorsitz.“

Jennifer Richards trat ans Rednerpult: groß, langbeinig in Bluejeans, schlichte, locker fallende, weiße Bluse, das schmale Gesicht mit der hohen Stirn und den großen, sprechenden Augen umrahmt von den rotbraunen Wellen ihres schulterlang fallenden Haars.

Mit heller, klarer Stimme erklärte sie zu ihrer Kandidatur: „In der Vorbereitung auf meine Rolle als Greenpeace-Aktivistin in ‘The Alaska Conspiracy’ habe ich mich mit unserer Ölindustrie und ihren politischen Freunden im Kongress und der Administration beschäftigt. Ich bin dazu nochmal die Ausgaben von ‘Time’ und ‘Newsweek’ durchgegangen. Da steht ja eigentlich schon alles Wesentliche drin. Die Details, wer über welche Kontakte zu wem und mit welchen Mitteln dafür gesorgt hat, dass die Umweltschutzbestimmungen für Alaska ganz erheblich zugunsten des Baus der Alaska-Pipeline gelockert wurden, habe ich im Archiv von Greenpeace gefunden. Wie Greenpeace an die vertraulichen Dokumente herangekommen ist, weiß ich nicht, und will ich auch gar nicht wissen. Fest steht, dass die Dokumente echt sind. Nachdem die National Rifle Association und die Neo-Konservativen uns ja schon seit Jahren predigen, dass wir Bürger der Vereinigten Staaten der Regierung in

Washington prinzipiell misstrauen müssen und das ‘Second Amendment’ zum privaten Waffenbesitz deshalb so wichtig für unsere Freiheit sei, hätte ich ja eigentlich nicht mehr überrascht sein dürfen. Ich war es aber dann doch. In welchem Ausmaß, mit welchen Methoden und zu wessen Gunsten gerade diejenigen, die immerfort von Freiheit reden, dieses Land und seine Zukunft mit Umweltbelastungen knebeln, hat mich zutiefst erschreckt. Ich will etwas dagegen tun. Es gab und gibt ja Hollywood-Kollegen, die es schon zu Gouverneur und Präsident gebracht haben. So weit geht mein Ehrgeiz nicht. Aber den Wings of Freedom möchte ich gerne dienen.“

Die Wahl von Jennifer Richards erfolgte durch stehenden Applaus.

Auf gleiche Weise wurde Donald DeWees zum Schatzmeister gewählt. Er hatte seine Bereitschaft zur Übernahme dieses mit viel Arbeit verbundenen Amtes damit begründet, dass ihn das Sterben der ehemals blühenden Textilindustrie in Greensboro schon seit längerem an der Weisheit der Wirtschaftspolitik habe zweifeln lassen. Die Zusammenhänge seien heute ja hinreichend klar dargestellt worden. Er könne sich deshalb kurz fassen. Er wolle nur soviel noch hinzufügen: Der Importdruck, der zur Vernichtung der amerikanischen Textil- und Unterhaltungselektronik-Industrie geführt hatte, wäre deutlich schwächer gewesen, wenn Transportenergie durch global erhobene Energiesteuern deutlich teuerer wäre, oder wenn importierte Waren gemäß der zu ihrer Produktion und Verteilung aufgewendeten Energie mit Zöllen belastet würden. Er sei Unternehmer im Beratungsgeschäft und habe sich etwas im Sozialen Arbeitskreis der First Methodist Church of Greensboro engagiert. Dabei habe er Einblicke in die Nöte der auf ständig schrumpfende Sozialhilfe angewiesenen früheren Mitarbeiter des einstigen stolzen Zentrums der US-Textilindustrie gewonnen, die ihn davon überzeugt hätten: So dürfe es im reichsten Land der Welt nicht weitergehen.

Gegen 16 Uhr hatten die Wings of Freedom ihren Parteivorstand. Eine Stunde lang diskutierte dieser noch mit den Parteimitgliedern die künftige Arbeit. Dann schloss John Gerritsen die Versammlung. Carol Hull erinnerte daran, dass am Abend die studentische Theatergruppe der Syracuse University hier im Convention Center das Musical „The Man of la Mancha“ von Dale Wassermann und Mitch Leigh aufführen würde. „Ich war so begeistert von dieser Einstudierung, dass ich die Studenten bedrängt habe, extra für uns zu spielen. Bitte kommen sie alle.“

Und alle kamen. Keiner bereute es. Der „Educational Channel“ hatte nach der Resonanz auf die Übertragung des Gründungsparteitags auch die Musicalübertragung in das Programm eingeschoben. „The Man of La Mancha“, erinnerte sich Robert Franks, „das ist doch auch mal mit Peter O'Toole und Sophia Loren verfilmt worden: Diese Geschichte von Cervantes/Don Quijote, der im Gefängnis von Sevilla auf seinen Prozess vor der Heiligen Inquisition wartet und mit seinen Mitgefangenen ein Theaterstück über die Erlösung einer geschundenen Schankdirne durch die rein anbetende Liebe eines Narren aufführt. Eines Narren, zu dem ein kastilischer Kleinadliger wurde, der nach der Lektüre von zu vielen Ritterromanen das Elend und die Ungerechtigkeit der Welt als fahrender Ritter zu bekämpfen beschließt und von einem lächerlichen Abenteuer ins andere stolpert, bis er, von seiner Verwandtschaft brutal in die Wirklichkeit zurückgeholt, zusammenbricht, doch sterbend noch erlebt, dass er einen Menschen, die Dirne, gerettet hat. Richtig gespielt, ist das mit das Beste was Amerikas Musical zu bieten hat. Schaun wir mal, was die Studenten draus machen.“

Die Studenten machten es großartig. Was ihnen an gesangstechnischer Routine fehlte, machten sie durch Begeisterung und Hingabe an das Spiel wett. Brausender Beifall nach dem Finale mit allen Darstellern auf der Bühne.

„Bitte nehmen Sie das Programmheft. Auf der letzten Seite steht Don Quijotes Lied. Wir haben es ja gerade nochmal gehört. Versuchen wir, es gemeinsam zu singen“, bat Carol Hull. Pablo Picassos Bild des Ritters von der traurigen Gestalt mit hochgereckter Lanze und seinem kleinen Knappen wurde auf die Leinwand im Bühnenhintergrund projiziert, das Orchester spielte einige Takte vor, und als es erneut einsetzte, vereinigten sich erst zaghaft und dann mit anschwellender Stärke die Stimmen aller mit dem strahlenden Bariton des Manns von la Mancha in „The Quest“ :

To dream the impossible dream,
to fight the unbeatable foe,
to bear the unbearable sorrow,
to run where the brave dare not go.
To right the unrightable wrong,
to love pure and chaste from afar,
to try when your arms are too weary
to reach the unreachable star:
This is my quest
to follow that star

no matter how hopeless,
no matter how far.
To fight for the right, without question of cause.
To be willing to march into hell on a heavenly course.
And I know, if I only be true to this glorious quest,
that my heart will lie peaceful and calm, when I'm laid to my rest.
And the world will be better for this,
that one man, scorned and covered with scars,
still strong with his last arms of courage
to reach the unreachable star.

Ich träum' den unmöglichen Traum,
bekämpf' unbezwingbaren Feind,
ertrag' unerträgliche Sorge
und steh, wo der Tapfere flieht.
Gerecht, wo der Hochmut frech prahlt,
und lieben, nur rein und von fern,
ausgreifen, mit schwächlichen Armen,
zum weit-unerreichbaren Stern:
Dies ist mein Ziel, zu folgen dem Stern,
und sei's ohne Hoffnung, und sei er zu fern.
Zu kämpfen für Recht, ohne Dank, ohne Lohn.
Und bereit durch die Hölle zu gehn bis zum himmlischen Thron.
Denn ich weiß, bleibe stark ich und treu dieser Suche voll Ruhm,
wird mein Herz, in Erfüllung und Frieden, am Ende dann ruhn.
Und die Welt wird ein besserer Ort,
weil ein Mensch, Schmach und Leiden nie fern,
doch greift, noch voll Mut, im Versinken
hinauf zum unfaßbaren Stern.

Unvergesslich blieben den Fersehzuschauern die letzten Bilder der Übertragung. Sie zeigten in Großaufnahme das Gesicht Jennifer Richards, hingebungsvoll singend, während ihre schönen Augen sich mit Tränen füllten.

3.2 Aufwind

Bei den nächsten Kongresswahlen gewannen die *Wings of Freedom* auf Anhieb 49 Mandate im House of Representatives. Zum ersten Mal war das Zweiparteiensystem in den USA gesprengt worden. Die Welt hatte ihre Sensation.

John Gerritsen, Thomas Wheeler und Jennifer Richards waren in allen Talk-Shows zu Gast. Schließlich gaben sie eine internationale Pressekonferenz in Washington, zu der sie auch die Hulls und die Sanders eingeladen hatten. Als die Reporter von ARD und ZDF Jennifer Richards nach der Gründungsgeschichte der *Wings of Freedom* fragten, sagte sie: „Das können meine Freunde aus Syracuse besser beantworten. Ich darf ihnen Drs. Richard and Carol Hull vorstellen."

Die beiden traten an die Seite von Jennifer Richards und winkten Britta und Gregor zu sich. Sie erzählten knapp von der Petersberg-Konferenz und der WoF-Gründung in Syracuse und empfahlen die Sanders für weitere Hintergrundgespräche. Während diese am nächsten Vormittag in Washington stattfanden, hatten die „Tagesschau" und das „heute Journal" den Bericht von der Pressekonferenz und der Rolle der Sanders bei der Gründung der WoF schon groß herausgebracht.

Als diese zwei Tage später um acht Uhr morgens dem Lufthansa-Airbus in Frankfurt am Main entstiegen, warteten Reporter auf sie und fragten nach weiteren Plänen. „Wir wollen versuchen, eine deutsche Schwesterpartei, *Schwingen der Freiheit*, SdF, aufzustellen. Näheres dazu finden Interessenten auf der Homepage von ZEUS, www.ZEUS.de“, erklärte Britta Sanders, während Kameras von allen Seiten auf sie gerichtet waren. Später würde man Aufnahmen von ihr und Jennifer Richards oft gemeinsam zeigen und von der politischen Kraft schöner Frauen sprechen.

Dann ging alles ganz schnell. Zu der Gründungsinitiative stießen Leute der Konservativen, die die kirchliche Soziallehre noch nicht ad acta gelegt hatten und andere, die es immer bedauert hatten, dass der Vater der grünen politischen Bewegung einer der ihren gewesen war, bis er an den Rand der Partei und dann hinausgedrängt worden war. Von den Ökosozialen kamen diejenigen, die den Sozialabbau nicht mitmachen wollten, der angeblich unvermeidlich war, weil man nun einmal den Fehler begangen habe, die deutsche Wiedervereinigung aus den Sozialkassen statt über Steuern zu finanzieren; ferner solche, die nicht der Ansicht waren „Ein Joint muss durch das Land gehen“ und die auch nicht einsehen wollten, dass die Interessen aller Randgruppen einer parlamentarischen Vertretung bedürften.

Zum Gründungsparteitag der SdF im Congress Centrum Würzburg kamen der Parteivorstand der WoF und die Hulls. Das Mozartfest in der Würzburger Residenz bot den kulturellen Rahmen. Das vom genialen Balthasar Neumann für die Würzburger Fürstbischöfe Anfang des 18. Jahrhunderts im italienisch-österreichischen Barock erbaute Schloss, der vollkommenste Palastbau seiner Zeit, war bei der fast vollständigen Zerstörung Würzburgs durch alliierte Bomber am 16. März 1945 schwer beschädigt worden, dank der Befehlsverweigerung eines amerikanischen Kunstoffiziers vor dem völligen Zusammenbruch bewahrt und nach dem Wiederaufbau als drittes Gebäude Deutschlands in das UNESCO-Weltkulturerbe aufgenommen worden.

Auf dem großen Platz vor der Residenz, die ganze Breite des edlen Baus überblickend, sagte Richard Hull zu seiner Frau und den Sanders: „Geschichte hat mich immer interessiert. Und immer wurde ich wütend, wenn ich von der Verschwendung der Adligen im Zeitalter des Absolutismus las. Die kleinen Leute mussten sich bis aufs Blut abrackern, damit jeder ihrer Fürsten mit einem Klein-Versailles protzen konnte. Darum sind ja auch die Besten Europas nach Amerika ausgewandert. Und doch – wenn ich diese Herrlichkeit hier sehe, kann ich mir vorstellen, dass spätere Generationen, die sich, wie wir heute, daran erfreuen, die künstlerische Prunksucht des absolutistischen Adels wesentlich milder beurteilen werden als unsere Verschwendung, mit der wir einander beeindrucken wollen. Davon werden wir unseren Nachkommen allenfalls Umweltbelastungen hinterlassen. Typische Zeichen dafür stehen ja auch hier – massenhaft.“ Damit wies er auf die Geländewagen, die einen Gutteil des Residenz-Parkplatzes füllten.

Die Klänge Mozarts in den schwingenden Räumen der Residenz und der gute Frankenwein beim Empfang im Toskana-Saal sorgten für gelöste Stimmung am Vorabend der Parteigründung. Nach dem Erfolg in den USA fanden sich Kandidaten für den Parteivorstand. Alle erklärten jedoch, dass sie aus

Altersgründen nur für eine Legislaturperiode zur Verfügung stünden. Gewählt wurden zur Vorsitzenden Bärbel Stumpf, ehemals Sozialministerin in der bayerischen Landesregierung, als ihre beiden Stellvertreter der Umweltbeauftragte der hessischen Landeskirche Karl Ortler und der schwäbische Rechtsanwalt Winfried Hausmann; Schatzmeister wurde der Mainzer Fachhochschulprofessor für Steuerrecht Lothar Jacob.

Die Medien berichteten ausführlich, nicht nur in Deutschland, sondern auch in den Ländern der anderen Petersberg-Konferenz-Teilnehmer, die jetzt aktiv wurden, und bei der Bundestagswahl nahmen die Schwingen der Freiheit mit 6,5 % glatt die Fünfprozent-Hürde.

Britta und Gregor Sanders hatten sich so weit wie möglich im Hintergrund gehalten. Dennoch waren sie bekannter, als ihnen lieb war. Besonders Britta wurde mit Interview-Anfragen überhäuft. Aufdringlich-hartnäckig waren wie immer die Reporter der TZ, der „Trumpf Zeitung“, die sich weniger für die wirtschaftspolitischen Ziele der SdF als für das Privatleben der Sanders interessierten. Als die TZ schließlich auf der ersten Seite ein Nacktfoto von Britta während eines Sonnenbads auf der Terrasse ihres Hauses veröffentlichte, ein Reporter hatte es von einem Heißluftballon aus geschossen, riefen die Sanders den Presserat an und verweigerten von da ab jedes Interview mit der TZ. Auf letzterem hatte Britta bestanden. Sie ließ sich auch nicht durch Gregor mit dem Argument umstimmen: „Also Schatz, der Fotograf hat Dich doch eigentlich ganz schön ins Bild gesetzt. Und die TZ bestimmt mit ihren Wut-Wellen immer wieder die Richtlinien der Politik. Es ist gefährlich, sie zum Gegner zu haben.“

Damit sollte er nur zu sehr Recht behalten.

Kapitel 4

Prag

4.1 Verdacht

Die Türme von St. Veith leuchteten in der Morgensonne. Schlank ragten ihre gotischen Spitzen in den blauen Herbsthimmel. Auf der Karlsbrücke versammelten sich die ersten Busreisenden aus Deutschland und Österreich um ihre fähnchenschwingenden Stadtführer. Junge Rucksacktouristen aus aller Welt schlenderten einzeln oder zu zweit an den Brückenheiligen vorbei und fotografierten die überlebensgroßen Steinfiguren mit dem Hradschin im Hintergrund. Andere umstanden die Staffeleien der Straßenmaler und die Verkaufsstände mit den Kunstgewerbeartikeln.

Heinz Fahrtmann blickte aus dem Fenster seines Büros am Smetana Prospekt über Moldau und Karlsbrücke hinüber zur Prager Burg. Dort sollte übermorgen im Lobkovic Palais eine Besprechung von, wie es in der Einladung hieß, „wichtigen Persönlichkeiten aus dem internationalen Umfeld von Wirtschaft und Politik“ stattfinden, zu der er in seiner Eigenschaft als Leiter der Prager Redaktion der TZ eingeladen worden war.

Die Allgemeine Finanz-Zeitung hatte ihn entlassen. „Zu meinem größten Bedauern“, hatte ihm der Chefredakteur erklärt, „müssen wir die Rubrik ‘Börsenanalysen’ schließen. Die Finanzdienstleister schalten immer weniger Anzeigen. Zudem zeigen die Marketingumfragen, dass sich kaum noch jemand für Börsenanalysen interessiert. Sie kennen ja selbst die Leserbriefe, in denen die Leute schreiben, dass sie inzwischen ihre Aktienportfolios mit Hilfe von Dartpfeil-Würfen auf unsere Aktienkurs-Seiten zusammenstellten und dabei besser führen, als wenn sie den Analysten-Empfehlungen folgten. Das ändert nichts daran, dass ich Ihre Analysen und Ihre scharfsinnig-scharfen Leitartikel immer geschätzt habe, auch wenn Sie sich pro Ökosteuer manchmal sehr weit aus dem Fenster gelehnt haben. Aber wir müssen an Personal sparen. Sie wissen ja: die Lohnnebenkosten. Und dem Trend zum Infotainment müssen wir auch mehr Rechnung tragen.“ Man trennte sich, wie es in einer gemeinsamen Erklärung hieß, im gegenseitigen Einvernehmen, weil Dr. Fahrtmann eine Auszeit nehmen und dann etwas Neues machen wolle.

Damit stand er mit 42 Jahren auf der Straße und fand an sich selbst die Richtigkeit seiner Argumente pro Ökosteuer – Umweltverschmutzung belasten, Arbeit entlasten – bestätigt. Er hatte auch kurz mit dem Gedanken gespielt, zu Gregor Sanders wieder Kontakt aufzunehmen. Bei der letzten Wahl zum Europaparlament waren die „Schwingen“, wie der Zusammenschluss der AdL, SdF und WoF-Parteien kurz genannt wurde, drittstärkste Fraktion nach den Konservativen und den Ökosozialen geworden. Bisher hatten die sachkundigen und polemisch versierten ehrenamtlichen Mitarbeiter der Nichtregierungsorganisationen, die die „Schwingen“ unterstützten, noch jede Pressekonferenz so effizient vorbereitet und lebhaft gestaltet, dass schon aufgrund von deren Medienwirkung den „Schwingen“ immer mehr, und besonders junge Wähler, zuliefen. Dennoch würde auch diese Parteiengruppe irgendwann nicht mehr ohne einen mehrsprachig versierten Profi als Pressesprecher auskommen. Aber als er das Energiesteuer-Programm und seine ökonomische Begründung nochmal las, hatte der Ökonom in ihm doch wieder zu heftig rebelliert.

Da passte es, dass die TZ einen Leiter für ihre neu eröffnete Wirtschaftsredaktion in Prag suchte. Nach dem Beitritt Tschechiens, Polens und Ungarns zur Europäischen Union und dem Drängen der übrigen Kandidaten auf baldige Aufnahme in die EU hatte der TZ-Konzern durch Aufkäufe lokaler Zeitungen in Osteuropa stark expandiert und wollte nun den dortigen „Emerging Markets“ auch redaktionell verstärkte Aufmerksamkeit widmen. Die Bewerbung von Heinz Fahrtmann kam da gerade recht. Der ehemalige AFZ-Mann mit dem guten Namen konnte auch der Seriosität der TZ etwas aufhelfen.

Nachdem die Sanders der TZ jedes Interview verweigerten und auch die SdF, im Gegensatz zu den anderen Parteien, die jeweils wichtigen Informationen zu Personal- und Sachfragen nicht über die TZ sondern in allgemeinen Pressemitteilungen veröffentlichte, begann die TZ eine ihrer Kampagnen. Darin war von hochmütigen Akademikern die Rede, die dem berechtigten Informationsbedürfnis der Öffentlichkeit nicht Rechnung tragen wollten. „Was haben die Sanders zu verbergen?“, war eine Schlagzeile über einem Photo des Sanderschen Hauses mit herabgelassenen Rollläden. Zwei Wochen später titelte die TZ: „Die dunklen Geldquellen der SdF“. Im Wesentlichen stand darin, dass es den Reportern der TZ nicht gelungen war herauszufinden, wie sich die SdF finanziere. Nachdem die Frage im Raum stand, griffen auch andere Medien sie auf. Als Antwort wurde seitens der SdF immer nur auf den Rechenschaftsbericht an den Bundestagspräsidenten verwiesen, der nichts weiter hergab. Vom Schweizer Konto der Hernandez waren an Privatpersonen jeweils Summen von 10 000 Euro jährlich als Honorare für Beratertätigkeiten überwiesen worden. Nach ordnungsgemäßer Versteuerung der Einnahmen ging der Rest als Spenden an die SdF. Nichts deutete auf ihre Herkunft hin. Der größere Teil der Parteieinkünfte stammte aus den Mitgliedsbeiträgen und den Wahlkampfkosten-Erstattungen.

Sobald Heinz Fahrtmann in Prag mitbekam, dass sich die TZ auf die Sanders und die SdF einschoss, ging auch er in Stellung: Mit scharfen Leitartikeln gegen den ökonomischen Unfug eines Programms massiver, international abgestimmter Energiesteuer-Erhöhungen, die den bevorstehenden Wirtschaftsaufschwung in den neuen EU-Ländern besonders schmerzlich dämpfen würden, ohne irgend etwas zur Lösung der wahren Probleme beitragen zu können. Er berichtete auch von der Petersberg-Konferenz und betonte, dass der Vorschlag zur Gründung von Energiesteuer-Parteien zuerst von dem früheren Kommunisten Greenbam gemacht worden war. Er nannte das Ganze „Klassenkampf Zweiter Art“.

Besonders gut angekommen waren Fahrtmanns Artikel bei Otmar Hankel, dem Präsidenten des Bundesverbandes deutscher Unternehmensberater. Dieser hatte ihm vor fünf Tagen die Einladung zu dem Treffen im Lobkovic Palais geschickt, bei dem es um die Schwingen-Parteien gehen sollte. Natürlich würde er hingehen. Vielleicht könnte er auch noch Interessantes von der außerordentlichen Delegiertenversammlung der SdF berichten, die vor zwei Stunden in Dresden angefangen hatte. Sie war nicht öffentlich, aber er hatte dort einen Gewährsmann. Er wählte dessen Handy-Nummer. Es dauerte lange, bis der andere sich meldete und dann nur knapp sagte: „Es wird spannend. Ich muss wieder zurück in den Saal. Ich rufe später zurück.“

Im Konferenzsaal des Hotels „Königsforst“, das, im Zentrum Dresdens gelegen, noch den Plattenbau-Charme der alten DDR verströmte aber innen ansprechend modernisiert war und ein günstiges Preis/Leistungs-Verhältnis bot, ging es inzwischen hoch her.

Einberufen worden war die Delegiertenversammlung, weil zwei Mitglieder aus dem Parteivorstand der Konservativen wegen eines künftigen Zusammengehens von SdF und Konservativen vorgefühlt hatten. Nachdem sich die Liberalen bei den letzten Wahlen mit Parolen wie „Selbstbewusste Frauen statt Heimchen am Herd“ und dem Wirtschaftsprogramm „Privat statt Bürokrat“ so lächerlich gemacht hatten, dass es den jüngeren Wählern peinlich gewesen wäre, ihr Kreuzchen auf dem Wahlzettel bei den Liberalen zu machen und etliche Ehefrauen mittelständischer Unternehmer ihr Veto gegen weitere Spenden an diese Partei eingelegt hatten, drifteten sie in die politische Bedeutungslosigkeit und fielen als Koalitionspartner aus. Bei den Konservativen hatte man sich an Energiesteuer-Aussagen früherer, von ihr geführter Bundesregierungen erinnert und glaubte zudem, bei führenden Mitgliedern der „Schwingen“ eine im Grunde konservative Einstellung als Motiv für das revolutionäre Steuerprogramm zu erkennen.

Bei der Diskussion eines möglichen Bündnisses von Konservativen und SdF nach der nächsten Bundestagswahl hatte Hubert Schmanz, Gründungsmitglied der SdF, die, wie er meinte, Gretchenfrage „Wie hältst Du's mit der Kernenergie?“ aufgeworfen. „Überhaupt nicht“, hatte Gregor Sanders gerufen und die Delegierten beschworen, sich auf keine Kernenergie-Diskussion einzulassen: „Kernernergie ist Sprengstoff – auch für soziale Beziehungen und gesellschaftspolitische Bündnisse.“ Jan van Oisterhuiz, der sich von seinem Herzinfarkt soweit erholt hatte und als Gast an der Versammlung teilnahm, unterstüzte die Position Sanders', dass man weiterhin die Kernenergiefrage offen lassen solle: „Wenn Energie gemäß ihrer Produktionsmächtigkeit besteuert wird, regelt der Markt den Rest. Doch vielleicht können Sie den Kernenergie-Gegnern soweit entgegenkommen, dass Sie fordern: Jedwede Energienutzung muss gegen ihre Risiken voll privatrechtlich versichert werden. Staatshaftung ab einer gewissen Obergrenze scheidet aus. Das ist konsequent marktwirtschaftlich und wird die Einführung inhärent sicherer Kernreaktoren fördern. Beim Hochtemperatur-Reaktor, z.B., kann es zu keiner Kernschmelze kommen.“ Doch wegen des angeblich ungelösten Problems der Endlagerung beharrte eine lautstarke Minderheit weiterhin auf einer Festlegung contra Kernenergie, bevor irgendwelche Verhandlungen mit den Konservativen aufgenommen werden dürften.

Gregor, der in einem Bündnis mit den Konservativen die Chance für die „Schwingen“ sah, wurde ungeduldig. Und wenn er ungeduldig war, wurde er scharf. So hatte er schon früher Leute vor den Kopf gestoßen, und Britta hatte immer wieder gewarnt: „In Kontroversen pass auf Dich auf.“ Jetzt meldete er sich zur Geschäftsordnung: „Gezerre um die Kernergie bringt uns nicht weiter. Ich beantrage Schluss der Debatte.“ Die leidenschaftliche Gegenrede blieb ohne Wirkung. Der Antrag wurde mit großer Mehrheit angenommen, und nach einer weiteren einstündigen Diskussion über die Vor- und Nachteile eines Zusammengehens mit den Konservativen wurde der Vorstand ermächtigt, Gespräche über ein mögliches Bündnis zu führen.

Sofort danach erklärten sieben Kernenergie-Gegner ihren Parteiaustritt und verließen die Versammlung.

Fahrtmanns Gewährsmann, der kurz mit Prag telefoniert hatte, fing sie vor Verlassen des Hotels ab: „Dr. Fahrtmann würde sich gerne mit Ihnen unterhalten. Sie können ihn über mein Handy anrufen.“ Hubert Schmanz erinnerte sich an Fahrtmann von der Petersberg-Konferenz her und willigte ein. Man verabredete sich für den nächsten Tag in Prag.

Hubert Schmanz fuhr noch am selben Tag nach Prag, mietete sich am Abend im Hotel „Penta“ in der Innenstadt ein und stand am anderen Morgen um 10 Uhr in der Redaktion der TZ am Moldau-Ufer.

„Ein Arbeitsplatz mit einem herrlichen Blick – könnte mir auch gefallen“, bemerkte er, nachdem Fahrtmann ihn in sein Büro gebeten hatte.

„Ja, und wenn die Wirtschaftsaussichten so schön wären wie die Sicht auf den Hradschin, wäre alles noch besser“, erwiderte Fahrtmann.

Damit waren sie auch schon beim Thema: den

Schwingen der Freiheit, die mit einem einzigen, wirtschaftspolitischen Thema auf dem Weg zur Macht waren. Fahrtmann schwieg zu Schmanz' Begründung für seinen Bruch mit den „Schwingen". War er doch der Ansicht, dass jede Energiequelle mit Risiken verbunden ist, die der Öffentlichkeit immer erst dann bewusst werden, wenn die Quelle einen nennenswerten Beitrag zur Energieversorgung leistet. In der Kernenergie sah er das Paradebeispiel dafür. Aber er hütete sich, irgend etwas dergleichen zu Schmanz zu sagen, sondern befragte ihn nach Strategie und Organisation der SdF. Dann kam er auf die Finanzen zu sprechen: „Wie konnten die 'Schwingen' einen so schnellen Start in mehreren Ländern finanzieren?"

„Über Einzelheiten bin ich nicht so informiert, aber auf der Petersberg-Konferenz hatte eine junge Frau aus Kolumbien, die auch eine Sitzung geleitet hatte und Carmen Sowieso hieß, Mittel aus einem Schweizer Konto zugesagt."

„Das ist ja hochinteressant", fand Fahrtmann und wollte noch Genaueres wissen. Doch Schmanz, dem Prizipien so wichtig waren wie Organisatorisches gleichgültig, konnte sich an mehr nicht erinnern.

„Ich hatte gehofft, in der SdF Verbündete gegen die Kernenergie zu finden. Das war ein Irrtum. Die Partei interessiert mich nicht mehr", erklärte er, „aber könnte die TZ ihre Leser nicht stärker auf die Gefahren hinweisen, die von den tschechischen Kernkraftwerken ausgehen?"

Da wusste Fahrtmann, dass es an der Zeit war, das Gespräch zu beenden. Er lud Schmanz noch zum Mittagessen in einen der gepflegten Bierkeller am Moldau-Ufer ein, erstattete ihm die Kosten der Dresden-Prag-Reise und schlug vor, in Fragen der

Energiepolitik in Kontakt zu bleiben.

Den Nachmittag verbrachte er im Büro. Die Füße auf den Schreibtisch gelegt schaute er sinnend über die Moldau hinüber zu der Burg und den Parkanlagen, deren Buchen und Ahornbäume im glühenden Rot und Gelb des Herbstes leuchteten. Er hätte morgen zu dem Treffen im Lobkovic Palais auf jeden Fall eine Information beizusteuern, die alle interessieren dürfte. Er musste damit so umgehen, dass für ihn eine große Geschichte heraussprang. Jedenfalls brauchte er einen klaren Kopf. Er dachte an sein Heim, in dem normalerweise Tatjana abends lange auf ihn warten musste. Heute sollte es anders sein. Er rief sie an. „Ptitschka moja“, sagte er, „morgen ist ein wichtiger Tag. Heute Abend möchte ich richtig entspannen. Ich komme in einer halben Stunde“.

Tatjana erwartete ihn im grünen Hausmantel, unter dem sie nur Haut trug.

Er hatte sie während seines ersten Besuchs in Kiew kennengelernt, bei einem Bankett der ukrainischen Zeitungsverleger für eine Pressedelegation aus der EU. Zwischen den Wodka-Toasts auf Freundschaft und gute Zusammenarbeit von ukrainischen und westeuropäischen Medienmanagern war sie als Sängerin einer Volksmusik-Truppe aufgetreten. Sie hatte in der rot-weißen Volkstracht der Ukraine, deren Mieder ihren Busen prächtig hervorhob, die sehnsüchtig-temperamentvollen Lieder ihrer Heimat so mitreißend gesungen, mit strahlend grünen Augen unter goldblondem, sanft gewelltem Haar, und sich dabei so verführerisch zum Rhythmus des Gesangs in den Hüften gewiegt, dass alle Männer hingerissen waren und ein kleiner Japaner, der als Gast der deutschen Delegation an dem Treffen teilgenommen hatte, während des ganzen Abends in staunender Bewunderung neben dem kleinen Podium mit den Musikern stehen geblieben war und nur Augen für sie hatte. Als der Toast-Kommandeur bekannt gab, dass nunmehr zwischen den Toasts die Mitglieder der beiden Delegationen abwechselnd Lieder ihrer Heimat zu singen hätten, gab es für die Volksmusikanten nichts mehr zu tun. Sie verabschiedeten sich mit „Unser weites Feld“, Tatjana verbeugte sich, noch einmal einen tiefen Einblick in ihr Dekolleté gewährend, und verließ den Saal durch eine Seitentür, nicht ohne einen letzten, lächelnden Blick direkt in Heinz Fahrtmanns Augen zu werfen. Deren Verlangen hatte sie während der letzten Stunde immer heißer auf ihrer Haut gespürt. Fahrtmann verließ den Saal unauffällig durch den Haupteingang, traf auf dem Parkplatz, auf dem er den VW-Bus der Musik-Truppe zuvor hatte stehen sehen, Tatjana und ihre Begleiter, und lud alle für den nächsten Tag zum Mittagessen in das Restaurant seines Hotels ein: „Ich möchte mich für Ihren großartigen Auftritt noch einmal persönlich bedanken.“ Bei diesem Mittagessen gab er Tatjana seine Visitenkarte und bat sie, nach Prag zu kommen. Zwei Monate später war sie dort tatsächlich eingetroffen und zu ihm gezogen.

Jetzt ließ sie den Hausmantel von der Schulter gleiten und löste lächelnd Fahrtmanns Gürtel. Den Rest erledigte er selbst und drängte sich an sie.

„Noch nicht“, flüsterte sie, stellte sich auf die Zehenspitzen und biss ihn zärtlich ins Ohrläppchen. Während es ihm noch prickelnd über die Haut lief, zog sie ihn ins Bad und mit sich in die große Wanne voll warmen, duftenden Wassers.

Einander Waschen, Streicheln und Umgreifen, während sie eine ukrainische Volksweise summte, zu der er sang: „Liebste, Deine Schönheit trinken, wonnevoll in Dir versinken, macht den ärmsten Mann zum Fürsten. Lass mich nicht mehr länger dürsten."

„Also", lachte sie, „raus aus der Wanne und abtrocknen." Nachdem sie das ausgiebig getan hatten, legte sie ihre Hände um seinen Nacken, rief: „Stramm stehn!", und schlang ihre Schenkel um seine Hüften. Als sie spürte, wie er gehorchte, strahlte sie ihn an: „Komm." Er kam mit Freuden. Dann trug er sie in der Schaukel seiner Hände zum Bett.

Nach dem Abendessen – es gab Artischocken, Eier, Schinken, Weißbrot und Rotwein – hieß sie ihn wieder willkommen, und während er hinter ihr, mit warmem Behagen in sie geschmiegt, einschlief, dachte er noch: „Wie reich hat sie mein Leben gemacht. Wenn der kommende Tag so gut wird wie diese Nacht..."

Am nächsten Morgen lag Nebel über der Moldau, aber beim Gang über die Karlsbrücke war die Sonne schon zu ahnen. Als Fahrtmann vor dem Veitsdom stand, hatte sie den Nebel über dem Hradschin aufgelöst, und die noch feuchten Dächer der Burggebäude glänzten im Morgenlicht. Er passierte die St. Georgs-Basilika und bog dann rechts ab in das Lobkovic Palais. Ein Wärter wies ihm den Weg in den neu eingerichteten kleinen Konferenzraum, durch dessen Ostfenster man auf die von Turmspitzen durchbrochene Nebeldecke über der Stadt blickte.

In dem mit dunklem Holz getäfelten Raum standen drei Herren und eine Dame beisammen und unterhielten sich leise. Fahrtmann erkannte Otmar Hankel, der ihn gleich zu sich winkte und seinen Gesprächspartnern vorstellte: „Dr. Heinz Fahrtmann, Leiter des Prager Büros der TZ, Kenner und kompetenter Kritiker der 'Schwingen'.“ Dann nannte er die Namen der anderen: „Professor Jiri Klas, Ministerpräsident a.D. der Tschechischen Republik, Señora Juanita Sanchez, Gattin des spanischen Ministerpräsidenten, Dimitri Roerich, Vorstandsvorsitzender der Rusneft, Moskau. Wir warten noch auf Ted Sullivan. Er musste heute früh noch einen Termin wegen der Übernahme der Prager Volkszeitung einschieben.“

Nach zehn Minuten betrat mit federnden Schritten der neuseeländische Medientycoon, der in England die auflagenstärksten Boulevardblätter und in den USA den schnell expandierenden Fernsehkanal Fix-Channel kontrollierte, den Raum. Hinter ihm folgten ein blonder, athletischer, ca. 1,90 m großer Mann und eine sportlich-elegante, attraktive, dunkelhaarige Frau, beide in den Mittdreißigern. Er stellte sie vor als James D. Brush, Ex-Marine, und Danielle Lepen, ehemals Mitarbeiterin der Securité, beide jetzt in seinen persönlichen Diensten, wie er sagte. „Wir können uns auf die Verschwiegenheit der beiden hundertprozentig verlassen“, versicherte Sullivan, „und vielleicht benötigen wir ihre Dienste für Dinge, die wir selbst, hm, besser nicht anfassen sollten.“ Nach kurzem Zögern nickten die anderen Zustimmung. Schließlich hatte Sullivan das Treffen angeregt.

Anfangs hatte Ted Sullivan die Anhänger der „Wings of Freedom“ nicht ernst genommen und sie nur ab und zu in seinen Medien als Spinner verspotten lassen, die lediglich in der Auswahl ihres Parteisymbols einen gewissen Wirklichkeitssinn bewiesen hätten. Aber nach den Erfolgen in den USA und Deutschland hatte Frederick Greenbam die Gründung der britischen WoF angestoßen und mit der Unterstützung eines früheren James-Bond-Darstellers die Linke für die neue Partei mobilisiert. Auch ältere Konservative schlossen sich an, die unter dem maroden öffentlichen Gesundheitssystem litten. Die beiden großen Parteien, die beide voll auf Steuersenkungskurs lagen, spürten schmerzlich die Konkurrenz der WoF. Da erkannte Sullivan, dass die „Schwingen“ seine Interessen in Europa und den USA bedrohten und schaltete um auf Angriff. Greenbams kommunistische Vergangenheit und seine Warnungen vor wachsender Ungleichheit erschienen dafür als ideale Ausgangsbasis. „Tarnkappen-Kommunisten bedrohen Freiheit und Wohlstand“, ließ er titeln, „Energie muss billig bleiben“, forderten alle zu den Talk-Shows seiner Fernsehstationen eingeladenen Gäste, „Ungleichheit ist der Preis des Fortschritts“, verkündeten die Ökonomen in seinen Diensten. Aber es half nichts. Die „Schwingen“ blieben auch im Vereinigten Königreich auf dem Vormarsch.

Am Rande der Weltwirtschaftskonferenz in Davos war er mit Otmar Hankel zusammengetroffen und hatte ihn angepflaumt, welch schräge Typen aus Deutschland der Weltwirtschaft jetzt ein Kuckucks-Ei ins Nest legen wollten. „Wer steckt denn neben Greenbam, den Hulls und den Sanders noch hinter den ‘Schwingen’?“, wollte er wissen.
„Vielleicht weiß der Prager Wirtschaftsredakteur der TZ mehr dazu. Der hatte an der Gründungskonferenz

der ‘Schwingen’ zeitweise teilgenommen. Wir sollten uns vielleicht mal mit ihm zusammensetzen“, hatte Hankel vorgeschlagen.

„Einverstanden. Ich habe sowieso demnächst in Prag zu tun. Ich melde mich, wenn mein Termin dort steht.“

Beim Abendempfang der Kantonsregierung für ausgewählte Konferenzteilnehmer war Sullivan dann auf Jiri Klas gestoßen, im Gespräch mit einer Dame, Juanita Sanchez, die in Vertretung ihres Mannes, des spanischen Ministerpräsidenten, nach Davos gekommen war. Sullivan kannte Klas schon aus dessen Zeit als Ökonomieprofessor an der Harvard Business School. Als nach dem Wende-Jahr 1989 auch in Prag die Kommunisten die Macht verloren hatten, war er in seine Heimat zurückgekehrt und bei den ersten freien Wahlen als Kandidat des Bürgerblocks ins Parlament eingezogen. Seine Verbindungen in die USA, wiederholt kritische Äußerungen an die deutsche Adresse, gutes Aussehen und ökonomische Kompetenz hatten ihn schnell populär gemacht, und bald war er Regierungschef geworden. Als solcher verfolgte er eine Politik der „Marktwirtschaft ohne Adjektive“, d.h. der ungebremsten Entfaltung unternehmerischer Initiative, wie er sie verstand. Dabei verarmte ein Großteil der Tschechen. Die gepflegten Restaurants am Moldau-Ufer unterhalb des Hradschin, in denen früher viele Professoren der altehrwürdigen Karlsuniversität verkehrt hatten, waren für diese unerschwinglich geworden. Dafür wurden sie vornehmlich von deutschen Touristen bevölkert, die sich lautstark darüber freuten, wie billig sie das gute böhmische Bier mit ihrer starken D-Mark kaufen konnten. Die Stimmung in der Bevölkerung war gekippt, Klas wurde abgewählt, blieb aber Mitglied des Parlaments und war noch immer einflussreich.

„Hallo Jiri", hatte ihn Sullivan mit Schulterklopfen begrüßt, „willst auch Du die Weltwirtschaft retten?" Nachdem er mit Juanita Sanchez bekannt gemacht worden war, fuhr er fort: „Ich komme übrigens in diesem Jahr noch nach Prag – in eigenen Geschäften und um etwas gegen diese Plage von 'Schwingen'-Parteien zu unternehmen. He, die müssten Dir doch eigentlich auch sauer aufstoßen. Willst Du nicht mitmachen?"
Und ob Jiri Klas das wollte. Und Juanita Sanchez, die ganz Ohr gewesen war, fragte, ob auch sie zu dem geplanten Treffen kommen könne – die „Alas de la Libertad" setzten der Partei ihres Mannes in Spanien inzwischen ziemlich zu.

Ted Sullivan hatte Otmar Hankel vom Interesse Klas' und Sanchez' an einer Aktion gegen die „Schwingen" informiert und war dann nach New York geflogen, um den Heritage-Verlag zu kaufen. Dessen rechtspopulistische Pamphlete gegen Liberale und Linke hatten noch vor zwei Jahren die Bestsellerlisten angeführt, verkauften sich aber jetzt nach dem Stimmungsumschwung in den USA immer schlechter, so dass der Verlag in finanzielle Schwierigkeiten geraten und reif für eine Übernahme war.

Während sich Sullivans Prag-Reise immer wieder verzögerte, war Otmar Hankel als Unternehmensberater von Dimitri Roerich engagiert worden. Zu Sowjetzeiten war Roerich der Sekretär des kommunistischen Jugendverbandes Komsomol gewesen. Bei der Auflösung der Sowjetunion und der Privatisierung des Staatseigentums hatten ihm Wendigkeit und Beziehungen, ohne die keiner in der KPdSU hatte Karriere machen können, auch zu schnellem Aufstieg in der Privatwirtschaft verholfen. Jetzt war er Mehrheitsaktionär und Chef der Rusneft, des größten russischen Erdölkonzerns, und es ging um die Übernahme der sibirischen Erdgas-Gesellschaft Gas-Wostok. Dadurch entstand der viertgrößte Energiekonzern der Welt. Bei den Verhandlungen hatte Hankel darauf hingewiesen, dass sich die energiewirtschaftlichen Rahmenbedingungen drastisch ändern könnten, wenn die Schwingen-Parteien im Westen weiterhin auf Erfolgskurs blieben. Roerich hatte zunächst nicht viel darauf gegeben und die Übernahme wie geplant vollzogen. Dann hatte er aber doch nochmal genauer bei Hankel nachgefragt und erkannt, dass sich die Öl- und Gasexporte möglicherweise anders als in seinen Planungen angenommen entwickeln könnten. Hatten doch Systemanalysen gezeigt, dass es sich ab einer Verdreifachung des Energiepreises rechnen sollte, die Energie-Einsparpotenziale der Industrieländer, die in der Größenordnung von 30 Prozent liegen, mittels der Techniken rationeller Energieverwendung voll auszuschöpfen [12, 13]. Als Hankel das geplante Treffen in Prag erwähnte, hatte Roerich gebeten, ihn dazu einzuladen.

Otmar Hankel hatte sich, ohne konkreter zu werden, mit Heinz Fahrtmann wegen einer Zusammenkunft in Verbindung gesetzt. Nachdem er erfahren hatte, dass Fahrtmann im September und Oktober ununterbrochen in Prag sein werde, hatte er versucht, einen Termin in diesem Zeitraum mit den anderen abzustimmen. Das war nicht ganz einfach gewesen. Aber schließlich konnte er alle unter einen Hut bringen und mit Klas' Hilfe den Konferenzraum im Lobkovic Palais für ihre Zusammenkunft mieten.

Während Brush und Lepen sich im Hintergrund hielten, kam Ted Sullivan direkt zur Sache: „Die Schwingen-Parteien sind lästiges Ungeziefer. Sie jucken. Wir müssen sie loswerden. Weiß jemand ein Mittel der Schädlingsbekämpfung?“

Otmar Hankel erwiderte: „Wir haben unseren Unternehmern geraten, massiv an die traditionellen Parteien zu spenden. Aber denen laufen die Wähler weiter weg und zu den ‘Schwingen’ über. Den Meinungsforschern sagen die Leute, dass eine Partei mit einem konsequenten, einfachen Steuerprogramm den Karren auch nicht weiter in den Dreck fahren kann als die anderen mit ihrem widersprüchlichen Herumgeeiere. Drum sollten die ‘Schwingen’ eine Chance bekommen.“

„Die Waffe Werbung ...“ , begann Jiri Klas,

„... hat die WoF in den USA bestens genutzt“, unterbrach ihn Sullivan. „Wir hatten im Fix-Channel eine Kampagne gestartet, in der den Leuten gesagt wurde, wie sehr der American Way of Life durch die Energiesteuern der WoF beschädigt würde. Als Antwort zeigten die WoF bei der Konkurrenz das Zeichentrick-Video ‘Befreiung’. Darin verwandelt eine gütige Energiesteuer-Fee mit dem Aussehen von Jennifer Richards viele grimmige, schmutzige Energiesklaven, die das Lob der Verschwendung rappen und brave Amerikaner herum- und in die Arme korrupter Diktatoren auf Ölfässern hetzen, in stille, saubere Diener, die emsig in Effizienzkäfigen arbeiten, während die Menschen in blühenden Gärten einander liebevoll umsorgen. Dazu spielt Musik aus ‘The Man of la Mancha’, und auf der Informationsleiste laufen die, wie sie behaupten, wissenschaftlichen Fakten. Eine widerliche Mischung aus emotionalem Schwachsinn und angeblicher Information. Aber sie kommt an. Der Videoclip genießt inzwischen Kultstatus und wird per Internet massenhaft verbreitet."

„Was sollen wir tun?", fragte Juanita Sanchez. Hankel nickte Fahrtmann zu, aber der tat, als hätte er nichts bemerkt. Er schaute aus dem Fenster auf die Stadt, über der sich der Nebel gelichtet hatte. Das goldene Prag glänzte in der Herbstsonne.

Die anderen berieten weiter, ohne voranzukommen. Schließlich wandte sich Hankel direkt an Fahrtmann: „Sie hatten mir doch schon einmal kurz von Ihrer Teilnahme an der Petersberg-Konferenz erzählt. Da waren doch all die Leute versammelt, die die 'Schwingen' gegründet haben. Kennen Sie bei denen keine Schwachstellen, die man angreifen kann?"

Fahrtmann ließ sich Zeit bis er antwortete: „Solange ich an der Konferenz teilgenommen hatte, ging es im Wesentlichen um die wissenschaftlichen und politischen Gründe für eine Energiesteuer-Partei. Dazu kann ich Ihnen nichts sagen, was Sie nicht schon selbst von den 'Schwingen' in den Wahlkämpfen gehört haben. Nach meiner Abreise wurden dann die Organisationsfragen besprochen, die hier interessieren dürften. Persönlich habe ich davon keine Kenntnis." Er machte eine Pause und dann: „Aber ich habe recherchiert. Aus einer zuverlässigen Quelle erhielt ich kürzlich eine Information, die so, wie sie ist, schon für mindestens einen Aufmacher meiner Zeitung gut ist – von mir erwartet man übrigens bald einen Knüller, der die Kosten des Prager Büros rechtfertigt. Wenn man andererseits diese Information durch weitere Recherchen anreichert, kann man daraus wahrscheinlich einen Dauerbrenner machen, in dem die 'Schwingen'

schmelzen – wie einst die vom Sohn des Ikarus.“
„Ikarus – wer?“ wollte Sullivan wissen.
„Vergessen Sie’s, ein unwichtiger Vergleich, kam mir nur gerade so in den Sinn – von wegen überheblicher Höhenflüge“, antwortete Fahrtmann und fuhr fort: „Sie werden verstehen, dass ich auch meine Interessen im Auge haben muss. Wenn ich jetzt darauf verzichte, meine Information als Sensationsmeldung den ‘Schwingen’ um die Ohren zu hauen, muss ich sicher sein, dass es für weitergehende Recherchen die nötige Unterstützung gibt und dass ich für die gesamte Geschichte das exklusive Publikationsrecht habe.“

Sullivan machte ein saures Gesicht. Die anderen schauten ihn fragend an. Dimitri Roerich räusperte sich: „Soweit die, wie Sie sagen, Unterstützung Geld kostet, kann ich helfen. Wie sollte die Unterstützung denn aussehen?“
„Jemand müsste sich zuerst in der Schweiz und dann, nun, im spanischsprachigen Raum umhören.“
„Geht’s nicht ein bisschen genauer?“, knurrte Sullivan.
Fahrtmann kühl: „Gerne, wenn wir uns über die Publikationsrechte geeinigt haben.“
„Wie sollen wir Ihnen diese garantieren?“, wollte Jiri Klas wissen.
„Jetzt gilt’s“, dachte Fahrtmann, und laut: „Eine Million Euro auf ein Sperrkonto meiner Wahl und folgende unwiderrufliche Anweisung an die kontoführende Bank: Wenn eine nachweislich richtige Geschichte über bisher unbekannte Geldquellen der ‘Schwingen’ von einem anderen Verfasser als mir in einem nicht von mir ausgewählten Publikationsmedium erscheint, wird das Geld an mich ausgezahlt, sofern in der Geschichte zwei Ländernamen und ein Frauenname eine

zentrale Rolle spielen. Die drei Namen hinterlege ich bei Kontoeröffnung in einem versiegelten Umschlag bei der Bank.“

Stille. Dann lachte Sullivan los: „Fahrtmann, Sie sind ein harter Knochen. Und Sie müssen ja wirklich einen ganz großen Braten riechen. Also: Wenn Roerich das Geld hinterlegt, wird er’s meinetwegen nicht verlieren.“

Nach kurzem Nachdenken fragte Roerich: „Welche ist die Bank Ihrer Wahl?“

„Die Swiss International“, antwortete Fahrtmann. „Sie hat hier in Prag eine Dependance.“

„Das passt“, meinte Roerich, „sie ist eine unserer Hausbanken.“ Er griff zum Mobiltelefon und gab auf Russisch eine Reihe von Anweisungen. Dann wandte er sich an Fahrtmann: „Morgen ist das Geld auf dem Sperrkonto. Gehen Sie morgen zur Bank, legen Sie ihren Pass vor, identifizieren Sie sich zusätzlich mit der achtstelligen Ziffer des heutigen Datums, deponieren Sie den Umschlag mit den drei Namen und unterzeichnen Sie den Vertrag mit den Auszahlungsbedingungen. Sie sind so formuliert, wie Sie es gerade gesagt haben. Jeder von uns erhält davon eine Kopie. Und jetzt erzählen Sie uns, was Sie wissen. In zwei Stunden geht mein Flieger nach Moskau.“

Fahrtmann war klar, dass er nicht mehr zögern durfte. Er hatte zwar das Gefühl, sich noch nicht hundertprozentig abgesichert zu haben, aber es half nichts: Er musste jetzt die Karten auf den Tisch legen.

„Die drei Namen sind: Carmen, Kolumbien, Schweiz. Carmen ist eine junge Kolumbianerin, die, ungewöhnlich genug, eine Sitzung auf der Petersberg-Konferenz geleitet hatte. Im Konferenzprogramm

wurde sie als Carmen Hernandez de Mendoza aus der wirtschaftswissenschaftlichen Abteilung der Universität von Medellin aufgeführt. Nachdem ich die Konferenz verlassen hatte, hat sie – so mein Gewährsmann – die Finanzierung des Aufbaus von Schwingen-Parteien aus einem Schweizer Konto zugesagt.“
„Ist das alles?“, fragte Juanita Sanchez.
„Ist das nicht genug?“, fragte Fahrtmann zurück. Die anderen schauten ihn groß an. Jiri Klas stand auf und ging zum Fenster, durch das die Morgensonne in den Raum flutete und die schöne, dunkle Holztäfelung erst jetzt richtig zur Geltung brachte.
Abrupt drehte er sich um: „Wenn Sie das bisschen, was Sie uns eben mitgeteilt haben, für den Beginn einer Eine-Million-Euro-Geschichte halten, kann es dafür nur einen Grund geben: Sie vermuten, dass die ‘Schwingen’ durch Drogengeld finanziert werden.“
„Selbstverständlich, zumindest teilweise. Das liegt doch auf der Hand“, bestätigte Fahrtmann. „In den 1990er Jahren hatte die kolumbianische Drogenmafia den Präsidentschaftswahlkampf von Rodrigo Michelsen finanziert. Jetzt will sie in die internationale Politik einsteigen.“
„Aber warum gerade über eine Energiesteuer-Partei?“, wunderte sich wieder Señora Sanchez.
„Ach, das kann ich verstehen“, wurde Klas lebhaft. „Wenn durch hohe Energiesteuern die Wirtschaft ruiniert wird, flüchten die Leute aus der Krise in die Drogen. Der Drogentrip ersetzt den Flug in die Karibik.“
Fahrtmann nickte: „Das könnte ein Grund sein. Hinzu kommt, dass die USA an Kolumbien inzwischen mehr Militärhilfe zahlen als an Israel. Die Milliarden dienen der Bekämpfung der Drogenmafia und der

mit ihr geschäftlich verbandelten Guerrilla. Eine wirtschaftliche Schwächung der USA liegt also im vitalen Interesse der Drogenbarone.“

Sullivan kratzte sich am Kopf und brummte: „Geht uns hier nicht die Fantasie durch? Wie alle spinnerten Idealisten sind mir die Schwingen-Leute zwar gründlich zuwider, aber als Handlanger der Drogenmafia kann ich mir die Figuren in den WoF denn doch nicht vorstellen.“

„Und wenn sie an den Strippen mafioser Puppenspieler hängen, ohne es zu wissen?“, gab Hankel zu Bedenken. „Ich muss gestehen, die Vorstellung, dass die Drogenmafia einen parlamentarischen Arm in unseren Ländern bekommen könnte, hat mich eben zutiefst erschreckt. Das Risiko dürfen wir nicht eingehen.“

„Sie sprachen vorhin von Recherchen in der Schweiz und im spanischsprachigen Raum“, erinnerte sich Juanita Sanchez. „Woran haben Sie dabei gedacht?“

„Gracias, Señora, für die Frage“, sagte Fahrtmann mit einer Verbeugung und schlug vor: „Eine Person muss in der Schweiz alles über das Konto von Carmen Hernandez herausfinden: Bank und Höhe der Mittel; Zufluss der Mittel wann und woher; Überweisungen seit Kontoeröffnung an wen und aus welchen Gründen; dazu alle Informationen, die das Finanzamt interessieren. In Kolumbien müssen wir alles über die Familie von Carmen Hernandez erfahren: Vermögen, Geschäfte, soziale Stellung, verwandtschaftliche, gesellschaftliche und politische Beziehungen.“

„Wer soll recherchieren?“ fragte Roerich.

Sullivan hatte sich Hankels Bedenken und Fahrtmanns Vorschlag durch den Kopf gehen lassen. Jetzt

schlug er mit der flachen Hand auf den Tisch und dröhnte: „Ok. Roerich, wenn Sie für die Spesen aufkommen, können das meine Leute machen. Danielle Lepen übernimmt das Schweizer Konto und James D. Brush die Hernandez in Kolumbien. Beide sind ja schon komplett informiert. Hatte ich nicht wieder den richtigen Riecher, dass wir hier, äh, Spezialisten dabei haben sollten?“
Die Runde nickte anerkennend-belustigt. Ted Sullivan litt gewiss nicht an Minderwertigkeitskomplexen. Aber man musste zugeben: Er war ein entschlossener Mann mit Voraussicht. Verständlich, dass er es aus Neuseeland bis in die Chefetagen seiner Medienkonzerne gebracht hatte.

Lepen und Brush wurden gebeten, möglichst zweimal wöchentlich per E-Mail an alle Mitglieder der Runde zu berichten – vorzugsweise verschlüsselt über ihre Laptops mit Funkverbindung ins Internet. Als Code wurde „Schwingenstutzer“ vereinbart. Sie luden die E-Mail Adressen aller Anwesenden in ihre Laptops. Roerich, der nochmal kurz telefoniert hatte, überspielte ihnen von seinem Handy die PINs und Transaktionsnummern zweier Konten, von denen sie mit dem Passwort „Schwingenstutzer“ ihre Spesen abheben konnten: „Abgerechnet wird vierteljährlich. Ich erwarte Belege für alles.“ Dann bestellte er das Taxi zum Flughafen und verabschiedete sich.

„Gleich neben der St. Georgs-Basilika gibt es ein passables Restaurant. Wollen wir dort zu Mittag essen?“, fragte Fahrtmann. Man war einverstanden. Sie packten ihre Sachen zusammen, gaben dem Wärter im Lobkovic Palais ein gutes Trinkgeld und bummelten am Burggrafenamt vorbei durchs Goldene Gässchen. Im „Goldenen Helm“ war ein Nebenzimmer frei, das ihnen exklusiv überlassen wurde. Bleigefassste, hellgrüne Butzenscheiben dämpften das Sonnenlicht zu einem angenehmen Halbdunkel, in dem sich die silbergrauen Zinnkrüge auf der umlaufenden Leiste unter der Decke nur schwach von der braunen Holzverkleidung der Wand abhoben. Bei böhmischen Knödeln, Braten und Budweiser Bier, dem echten aus Budovice, sprachen sie über die nächsten Schritte.

„Danielle wird also in Schweizer Bankerkreisen ihren Charme entfalten“, meinte Sullivan beim Nachtisch mit einem Augenzwinkern. „Die Herren sind zu beneiden.“
Danielle Lepen schaute spöttisch-kühl in die Runde und fixierte dann Juanita Sanchez: „Wie stellen sich die Herrschaften denn meine Recherchiermethoden vor?“
„Huh“, machte die Sanchez und wurde etwas rot, Jiri Klas hüstelte.
Ted Sullivan grinste breit: „Danielle, ich glaube die Herrschaften hier sind voll und ganz davon überzeugt, dass Sie Ihren Job mit der gebotenen Professionalität machen werden. Es bedarf keiner Einzelheiten.“

Dann wandte er sich an James D. Brush: „James, Sie wissen es ja, Kolumbien gilt als eines der gefährlichsten Länder der Welt. Acht Entführungen pro Tag und 20 000 Morde pro Jahr, seit vierzig Jahren Bürgerkrieg gegen kommunistische Gangster. Und zugleich ist es eines der schönsten Länder dieses Planeten mit den schönsten Frauen Lateinamerikas. Ich war vor 15 Jahren, als die Gewalt im Lande – die Kolumbianer nennen's La Violencia – eine kurze Pause eingelegt hatte, in Cali; wollte das Lokalblatt ‘El Pais’ kaufen. Hab's zum Glück gelassen. Aber die Frauen dort – die reine Freude. Ich denke, Kolumbien bietet die richtigen Herausforderungen für einen Mann wie Sie. Spanisch sprechen Sie ja. Brechen Sie bald auf – und seien Sie vorsichtig."

„Was die Frauen betrifft", ergänzte Fahrtmann, „ist Ihre Zielperson, Carmen Hernandez, ein gutes Beispiel für das, was Sullivan gerade gesagt hat. Sie sieht blendend aus. Britta Sanders war der blonde und sie der schwarze Star der Petersberg-Konferenz. Bei ihrem Aussehen und Reichtum müssten die kolumbianischen Medien schon öfter über sie berichtet haben. Probieren Sie doch mal, ihr per Internet mit Google auf die Spur zu kommen."

„Das könnten Sie doch gleich versuchen", schlug Sullivan vor. „Fahrtmann, Sie haben doch sicher in Ihrem Büro einen Internetzugang. Kann Brush da nachher mal ein bisschen surfen? Ich habe heute Nachmittag noch in Prag zu tun. Am Abend könnten wir uns dann zusammen ansehen, was im Intenet steht."

Fahrtmann war einverstanden. Während Sanchez und Hankel von Klas zum Flughafenzubringer gebracht wurden, fuhr er Sullivan zum Karolinum und setzte Brush und Lepen in seinem Büro ab. Um 18 Uhr wollte man sich dort wieder treffen.

„Tatjana, kann ich Ted Sullivan und seine beiden Leute heute Abend mit nach Hause bringen?", fragte Fahrtmann, daheim angekommen. „Wir haben vorher noch in meinem Büro zu tun und werden uns vom Pizza-Service ein leichtes Abendbrot bringen lassen. Aber ein gemütlicher Ausklang bei einem Glas Wein wäre gut. Sullivan ist einer der wichtigsten Männer im Medienbetrieb. Private Kontakte helfen auch beruflich."

„Kein Problem", sagte Tatjana. „Ich sorge für's Ambiente."

4.2 Recherche

In Fahrtmanns Büro hatten sich Lepen und Brush über ihre Notebooks ins Internet eingeloggt und „Carmen Hernandez de Mendoza, Kolumbien“ in Google eingegeben. Nach zwei Sekunden meldete die Suchmaschine sechs Treffer. Drei in „El Pais“, Cali, und je einen in „El Tiempo“, „El Espectador“ und Radio Caracol, alle Bogotá. Die Internetseiten der beiden Hauptstadt-Zeitungen und von Radio Caracol hatten auf „Hernandez“ angesprochen und zeigten Berichte über Julios Fernsehauftritt in Radio Caracol, in dem er den Rückzug seiner Familie aus allen internationalen Geschäften und die Spende an die „Fundación Isaias Duarte“ bekannt gegeben hatte. Es gab auch einen Link zu einem Artikel über den Tod seines Vaters in der Sprengfalle, der Hinweise auf dessen Rolle im Drogengeschäft enthielt.

„Na, das ist doch schon was“, meinte James D. Brush zufrieden. „Jetzt fehlt nur noch die Verbindung zu Carmen.“ Die wurde schnell auf der Internetseite von „El Pais“ sichtbar. Die Rubrik „Sociedad“ berichtete über die Hochzeit von Carmen Mendoza und Julio Hernandez in kleinstem Kreise. Im Gegensatz zu den übrigen Eitelkeitsmeldungen aus der besseren Gesellschaft gab es kein Personenfoto. Doch zwei Artikel jüngeren Datums zeigten Julio Hernandez und seine Frau Carmen bei der Eröffnung einer Sozialstation der „Fundación Isaias Duarte“ im Barrio Aguablanca neben der Kirche, vor der Erzbischof Duarte von den Sicarios erschossen worden war. „Hier, auf diesem Bild ist Frau Hernandez gut zu erkennen – eine schöne Frau, in der Tat. Ich drucke die Seite aus. Fahrtmann wird uns nachher sagen, ob sie seine Carmen zeigt.“

Brush druckte auch die Kolumbien-Chronik von Areion Online aus und studierte die Dokumentation der endemischen Gewalt in der ältesten Demokratie Lateinamerikas: Nach der Proklamation der Republik Groß-Kolumbien durch Simon Bolivar im August 1819 brach 1830 der erste Bürgerkrieg aus; seitdem hatten die beiden Oligarchen-Parteien, die klerikalen Konservativen und die antiklerikalen Liberalen, immer wieder ihre Anhänger in blutigen Machtkämpfen aufeinander gehetzt. Die Bevölkerung des fruchtbaren und an Bodenschätzen, insbesondere Erdöl, Kohle und Smaragden, reichen Landes verelendete, bis sich seit den 60er Jahren des 20. Jahrhunderts verarmte Campesinos in kommunistischen Guerrillabewegungen zusammenschlossen, die in den Savannen, Regenwäldern und unwegsamen Bergregionen des alle Klimazonen umfassenden Landes sichere Zuflucht fanden und Aktionsbasen aufbauten. Sich zunehmend durch Raubüberfälle, Entführungen und Drogen finanzierend wurden die FARC und die ELN, die beiden führenden Guerrilla-Organisationen, wirtschaftlich immer unabhängiger von ihren früheren Geldgebern in Moskau und Havanna und überlebten auch den Zusammenbruch der Sowjetunion und das Ende des Kalten Krieges. Großgrundbesitzer wehrten sich mit paramilitärischen Selbstschutzgruppen gegen die Guerrilleros. Bald mordeten die Paramilitärs genauso, wenn nicht schlimmer, als jene und übernahmen von ihnen auch die Selbstfinanzierung durch Entführungen und Drogenanbau. Während in den Millionenstädten Bogotá, Cali und Medellin ein hochgebildetes, weltläufiges Bürgertum in zähem Ringen mit der korrupten politischen Kaste die Industrialisierung Kolumbiens voranzutreiben versuchte, brach Ende der 1990er Jahre die Gewalt stärker denn je aus den Wäldern und Bergen in die Städte ein und flutete seitdem über das ganze Land.

Kurz nach 18 Uhr erschienen Fahrtmann und Sullivan im Büro. Brush fasste die Ergebnisse seiner Internet-Recherche zusammen und zeigte das Foto aus „El Pais“.

„Das ist die Carmen Hernandez der Petersberg-Konferenz“, bestätigte Fahrtmann erregt. „Jetzt haben wir die ‘Schwingen’ am Wickel.“
„Ein paar Kleinigkeiten müssen wir noch beweisen“, meinte Sullivan trocken. „Danielle, Sie reisen noch heute in die Schweiz und James, Sie beantragen morgen Ihr Visum für Kolumbien.“
„Nicht nötig. Seit meiner Zeit als Ausbilder kolumbianischer Offiziere im Anti-Guerrrilla-Warfare Program der School of the Americas habe ich ein Dauervisum.“
„Umso besser.“

Es klingelte. „Das ist der Pizza-Service“, erklärte Fahrtmann. „Nur ein schnelles, einfaches Abendessen. Danach können wir noch zu mir auf ein Glas Wein gehen. Muss Madame Lepen wirklich schon heute aufbrechen? Ich würde mich freuen, wenn alle mitkämen.“
Sullivan war einverstanden: „Ok. Auf ein paar Stunden kommt es auch nicht an. Zumal wir heute schnell vorangekommen sind. Gute Idee, Fahrtmann, das mit dem Internet. Und überhaupt, Respekt vor Ihrem Riecher.“

Nach der Pizza schauten sich alle nochmal die Internetseiten mit den Hernandez-Berichten an und fuhren dann mit Fahrtmann in dessen Wohnung. Tatjana empfing sie in der ukrainischen Volkstracht, in der Fahrtmann sie kennengelernt hatte.

Während man bei Krim-Wein und Weißbrot mit Kaviar plauderte, blieb Danielle Lepen Tatjanas Wirkung auf Sullivan nicht verborgen.

„Das Kleid, das Ihnen so glänzend steht – trägt man so etwas im Alltag der Ukraine?“, wollte er wissen, als Tatjana begann, die Platten abzuräumen.

„Nein“, lachte Tatjana, sich aufrichtend, „die alte Volkstracht wird eigentlich nur noch in Shows getragen.“

„Sie waren im Showgeschäft?“, fragte Sullivan.

„Na ja, ich war die Sängerin einer Musikgruppe, die hauptsächlich bei Banketten auftrat.“

„Gibt es Aufnahmen von Ihren Auftritten?“

„Ein Video habe ich nach Prag mitgebracht.“

„Können wir's abspielen?“, wandte er sich an Fahrtmann.

Der legte das Video in die Kassette und schaltete den Fernseher ein. Sullivan zeigte sich echt begeistert. Beim Abschied gab er Tatjana seine Karte und sagte: „Wenn Sie und Ihre Kollegen mal im Fix-Channel auftreten wollen – rufen Sie mich an oder schreiben Sie mir eine E-Mail. Wir suchen immer nach neuen Formaten für gute Shows. Ihre hat Klasse.“

In ihrem Hotel angekommen, ließ Danielle Lepen sich aufs Bett fallen. „Der alte Bock wittert wieder junges Fleisch“, dachte sie grimmig. Vor Jahren war sie Sullivans Geliebte gewesen. Doch er war kein Mann für dauerhafte Beziehungen. Er brauchte Abwechslung. Aber er war großzügig gegenüber seinen Ehemaligen und bot ihnen am Ende der Bettgemeinschaft gut bezahlte Stellungen in seinen Firmen an. Als ehemaliger Agentin der Securité, die vier Sprachen beherrschte und mit Waffen ebenso sicher umging wie mit Männern, hatte er ihr die Stelle einer Ständigen Begleiterin angeboten. Sie hatte akzeptiert und in den vergangenen Jahren ihre vielseitigen Talente für seine gesellschaftlichen und geschäftlichen Interessen durchweg erfolgreich eingesetzt. Ihre Gefühle für ihn waren dabei völlig erkaltet. Sie hatte gesehen, wie skrupellos er seine Medienmacht für seine politischen Ziele einsetzte, die wiederum nur seinen Geschäften dienten. Vor einem Jahr hatte er sie auf ein Vorstandsmitglied von Attac angesetzt. Sie sollte ihn verführen und über die Pläne der Globalisierungsgegner aushorchen. Dabei hatte sie sich in ihr „Opfer“ verliebt, ihm alles erzählt, und war jetzt als Geheimmitglied von Attac das Ohr der Organisation in Sullivans Medienimperium.

Was sie im Lobkovic Palais gehört und im Internet über Carmen und Julio Hernandez gelesen hatte, ließ sie sehr daran zweifeln, dass die „Schwingen“ im Dienst der Drogenmafia stünden. Sie hatte sowieso den Aufstieg der AdL-, SdF- und WoF-Parteien mit wachsender Sympathie verfolgt. Ja, sie würde in die Schweiz fahren, sich dort auch mit Bankern treffen, sie aber nur in ihren Diensträumen nach Geldern aus Kolumbien auf ihren Konten fragen. Die Antworten wusste sie natürlich schon jetzt. Sullivan müsste sich mit der Erklärung zufrieden geben, dass nach den Bankenskandalen der letzten Jahre die Herren in den Vorstandsetagen als Männer nicht mehr so zugänglich waren wie früher.

Sie loggte sich mit ihrem Laptop ins Internet ein, ging auf die Homepage der SdF und schrieb eine E-Mail an Britta Sanders.

Kapitel 5

Cali

5.1 Das Tal

„A la derecha el Nevado del Ruiz. To our right the Nevado del Ruiz“, nuschelte die Stimme des Kapitäns von Flug AV 301, Bogotá – Cali, über den Bordlautsprecher. Britta Sanders schaute aus dem Fenster. Gewaltige Kumuluswolken türmten sich im Spiel von Licht und Schatten neben der Avianca-Boeing aus der Tiefe bis weit über ihre Flughöhe von 7000 Metern. „Kannst Du was sehen?“, fragte Gregor und beugte sich über Britta, um auch einen Blick nach unten zu werfen. „Da, durch das Wolkenloch unter dem Triebwerk seh' ich einen Gletscher – mit einem großen Loch drin, aus dem es dampft.“ „Das wird der Vulkan sein“, vermutete Gregor. Bewegung schwang in seiner Stimme. Er dachte daran, dass beim Ausbruch eines Seitenkraters des 5400 m hohen Nevado del Ruiz im November 1985 eine riesige Schlammlawine über 23 000 Menschen getötet hatte. Die Eruption war von Seismologen vorhergesagt worden, doch die Behörden hatten die Warnungen ignoriert. So stand's in seinem Reiseführer „Kolumbien: Paradies mit Katastrophen“. Darin wurde auch eine Version der Schöpfungsgeschichte zitiert, wie sie die Kolumbianer mit grimmigem Humor erzählen: „Als Gott der Herr die Welt erschaffen hatte und sich Kolumbien anschaute, sprach er: Zu schön ist dieses Land. Es macht dem Himmel Konkurrenz. Es braucht eine dunkle Seite. Und Er erschuf den Kolumbianer.“

Der Jet schwenkte in eine Linkskurve und ging, an Höhe verlierend, auf Südwestkurs. Die Wolken blieben bald zurück und unter ihnen leuchtete das Tal des Rio Cauca. In der Sonne schimmernd wand sich der Fluss durch tiefgrüne Felder. Eine breite Asphaltstraße mit regem Verkehr lief auf ihn zu und wich dann wieder nach Osten zurück. „Das muss die Panamericana sein – Traumstraße der Welt“, sagte Britta mit glänzenden Augen.

Im Anflug auf Cali sank die Maschine unter die Gipfelketten der West- und der Zentralkordillere, die bis in 4000 m Höhe ragen und das Valle del Cauca im Westen und Osten begrenzen. Sie glitt in der hellen Mittagssonne zwischen den in bläulichem Dunst liegenden Gebirgszügen über das 30 km breite Tal, das Humboldt als eine der schönsten Landschaften seiner Reisen bezeichnet hatte. Man konnte jetzt Einzelheiten erkennen: Zuckerrohrplantagen, von Bambuswald-Inseln unterbrochen, wechselten ab mit Baumwollfeldern und weit ausgedehnten Obstgärten. Orangen leuchteten aus dunkelgrünen Baumkronen. Den Flusslauf säumten Gemüsegärten. „La Sonrisa de Dios sobre la Tierra – Das Lächeln Gottes über der Erde, so nennen die Vallecaucanos ihr Tal“, stand im Reiseführer. Die Sanders sahen warum.

Aber das Lächeln lag nicht mehr überall auf dem Land. In den Hängen der Westkordillere, die jetzt zurückwichen, klafften lange, tiefe, gelb-rote Wunden: Erosions-Schrunden, dort wo der Bergwald großflächig abgeholzt worden war. Am Flusslauf konnte man dicht zusammengedrängte Holzbuden mit Blechdächern erkennen, teilweise verdeckt von hohen Bananenstauden. Auf den Schlammstraßen zwischen den Behausungen wimmelte es von Kindern.

Die Landeklappen schoben sich aus den Tragflächen. Die Maschine senkte den linken Flügel tief zum Boden, reckte den rechten der Sonne entgegen, schwenkte zurück in die Waagrechte und setzte kurz darauf mit einem leichten Stoß auf der Landepiste auf. Nachdem die Retrojets laut aufgeheult und den Flieger abgebremst hatten, rollte der langsam auf das Flughafengebäude zu, das die Ankömmlinge mit großen Lettern begrüßte: „Aéropuerto Alfonso Bonilla Aragón. Bienvenidos a Cali.“

Die rot-weiße Boeing kam zum Stehen. Zwei Ausstiegstreppen wurden herangerollt, und während aus den Bordlautsprechern heiße Salsa-Rhythmen klangen, drängten die Passagiere nach draußen. Die meisten waren Geschäftsleute aus Bogotá in dunklen Maßanzügen mit glänzenden Aktenkoffern, teils in Begleitung eleganter Damen. Die Sanders in ihren hellen Knitterleinen-Jacken und Jeans hielten sich zurück und stiegen als Letzte aus. Ein Schwall feucht-warmer Luft überfiel sie auf der Treppe. Im Mittagsglast flimmerte die heiße Luft über dem Rollfeld. Geblendet blieben sie einen Augenblick stehen und schauten sich um. Da erblickte Britta eine heftig winkende junge Frau auf der Besucherterrasse, die auf und ab hüpfte: „Brittaaa!!!“.

„Carmen!“, dann zu Gregor: „Jetzt sind wir in guten Händen.“

Am Ausgang der Gepäckausgabe standen zwei Militärpolizisten mit Maschinenpistolen: gleichmütige, olivfarbene Gesichter unter grünen Stahlhelmen, auf denen die großen, schwarzen Buchstaben PM in weißem Feld sie als Angehörige der Policia Militar auswiesen. Die Baggage Claims wurden von einem schwarzen Flughafenangestellten sorgfältig mit den Banderolen an den Koffern verglichen. Dann traten die Sanders ins Freie, und Carmen fiel Britta um den Hals.

Gregor wurde ebenso herzlich begrüßt. Dann wandte sich Carmen nach einem schlanken, mittelgroßen Mann um: „Julio – mein Mann. Julio, das sind Britta und Gregor.“
Julio beugte sich über Brittas Hand: „Encantado“. Mit breitem Lachen im gebräunten Gesicht strahlte er sie an und hieß Gregor mit kräftigem Händedruck willkommen. „Wenn es recht ist, fahren wir zuerst auf unsere Hacienda La Esperanza. Dort ist es ruhiger als in Cali. Unsere Leute sorgen für Sicherheit.“

Sie gingen zu einem geräumigen Jeep mit Antennenschüssel, in der GPS stand. „Über das Satelliten-Navigationssystem sieht unser Sicherheits-Chef immer, wo wir uns gerade herumtreiben“, erklärte Julio. „Außerdem sind Fernando und Ernesto ausgezeichnete Schützen.“ Er zeigte auf die beiden Mestizen neben dem Fahrer, die Sturmgewehre lässig vor der Brust trugen. Sie stiegen ein und setzten sich auf die beiden Rückbänke. „Vámonos muchachos“, rief Julio und schloss die Scheibe in der Trennwand zum Fahrerraum.

Der Jeep fuhr los und bog an der Flughafenausfahrt nach links in Richtung Palmira ab. Rechts wäre es nach Cali gegangen. Die breite, vierspurige Straße verlief schnurgerade unter dem dichten Blätterdach hellrot blühender Bäume beiderseits der Fahrbahn. Auf dem Mittelstreifen leuchteten in violetter Pracht die Sträucher der Bougainvillea.

„Gregor, Britta, es ist wunderbar, dass Ihr hier seid“, freute sich Carmen und drückte Brittas Arm. „Ist das Valle nicht eine Reise wert, auch ohne den ärgerlichen Anlass?“
Britta nahm das weite, fruchtbare Tal in sich auf. Das Dunkelgrün der Zuckerrohrfelder wechselte ab mit hellgrünen Weiden, auf denen schwarz-weiß gefleckte Holsteiner und Zebu-Rinder mit Madenhackern auf dem Rücken grasten. Und überall die Herrlichkeit der Blüten und Blumen. Über die Gipfel der Westkordillere wälzten sich gleich dicken Wattebäuschen die ersten Nachmittagswolken, während die von tiefen Schluchten durchzogenen, bewaldeten Flanken der Zentralkordillere vor ihnen emporwuchsen.
„Ja“, antwortete Britta und atmete tief durch. „In den letzten zwei Stunden hatte ich die Sorgen fast vergessen.“

Britta hatte Danielle Lepen sofort nach dem Erhalt der E-Mail unter der mitgeteilten Mobilfunk-Nummer angerufen und sie im Zug von Prag nach Frankfurt erreicht. In Frankfurt wollte Danielle nach Zürich umsteigen. Mit einer Reiseunterbrechung in Gemünden war sie einverstanden gewesen. Sie hatte bei den Sanders übernachtet und von dem Treffen im Lobkovic Palais berichtet. „In der Schweiz kann ich die Dinge hinziehen und am Ende alles ins Leere laufen lassen. Aber James Brush wird bald in Kolumbien sein. Er hat dort gute Beziehungen zum Militär und könnte schnell gefährlich werden.“

Nachdem Carmen per E-Mail knapp über das Wichtigste informiert worden war, hatte Julio bei der Iberia in Frankfurt/M. zwei Tickets für Britta und Gregor Sanders angewiesen; Lufthansa und Avianca beflogen die Strecke Fankfurt-Bogotá nicht mehr. „Wir sollten hier den Dingen gemeinsam nachgehen“, hatte er Carmen vorgeschlagen. „Beim Studium der Unterlagen, wenn wir überhaupt an sie herankommen, werden gute Deutschkenntnisse nötig sein. Unsere sind doch, was Spezialausdrücke angeht, eher dürftig. Die Einzigen, die richtig Deutsch können und denen wir in dieser Sache vertrauen dürfen, sind die Sanders. Außerdem wird ihre persönliche Anwesenheit hier der ganzen Angelegenheit den nötigen Nachdruck verleihen. Und wenn wir fündig werden, sind sie die sichersten Kuriere für die sensiblen Dokumente.“

Die Sanders zögerten nicht lange. Erst in vier Wochen gingen die Semesterferien zu Ende. Die Kinder wollten schon immer mal für längere Zeit eine sturmfreie Bude haben und waren groß genug, um alleine zurecht zu kommen. Das Reiserisiko mussten sie eingehen. Untätigkeit barg größere Risiken. Natürlich wäre es verantwortungsvoller gewesen, wenn nur einer von beiden gereist wäre. Aber sie hatten bisher immer alles Wichtige gemeinsam unternommen. Und nach ihrem früheren Chile-Aufenthalt wieder ins Spanisch einzutauchen, und das in einem so faszinierenden Land wie Kolumbien, reizte auch. So schlossen sie hohe Lebensversicherungen ab. Entführungsversicherungen gab es immer noch keine. Aber Carmen hatte ihnen versprochen: „Bei uns seid Ihr sicher. “

Julio strahlte in der Tat Sicherheit aus. Ruhig und klar überlegt machte er einen Vorschlag, wie man sich der Prager Clique, wie er sie nannte, erwehren könne. Er unterbrach sich, als der Jeep in die Einmündung einer Staubpiste abbog und anhielt. Er sprang aus dem Wagen und unterhielt sich kurz mit dem Bewaffneten in dem Betonunterstand neben der Piste. „Todo bien, sigamos!“, rief er dem Fahrer zu und stieg wieder ein. „Alles in Ordnung.“ Während der Jeep eine lange, weiße Staubfahne durch die Baumwollfelder zog und ihre Augen sich nach dem angenehmen Halbdunkel der baumüberwölbten Schnellstraße an das gleißende Sonnenlicht des offenen Geländes gewöhnten, erklärte er: „Auf dieser Piste ist mein Vater in die Sprengfalle gefahren. Seitdem wird sie überwacht. Wir bezahlen unsere Streckenposten gut, und ihre Verwandten haben Arbeit in unseren Betrieben der Fundación Isaias Duarte. Das sichert Loyalität. Im übrigen beschäftigen wir die Witwen von gefallenen Paramilitärs und Guerrilleros in einer kleinen Textilfabrik. Beide Gruppen sind daran interessiert, dass das so bleibt und lassen uns in Ruhe. Den Narcos sind wir egal, seit kein Hernandez mehr mit ihnen konkurriert. So sind wir hier sicherer als in Cali, wo man ganz gewöhnlichen Kriminellen in die Hände fallen kann. Die Bewaffneten fahren nur wegen der kleinen Gangster mit, die sich gelegentlich auch mal hier, aber viel seltener als in Cali, herumtreiben.“

Sie passierten wieder einen Betonunterstand im Schatten zweier Bananenstauden, deren schwere, rot-lila Blüten glühten. Aus den kobaltblauen Fruchtständen wuchsen schon die gelben Krummfrüchte. Ein Schäferhund döste an der Wand. „Mit dem Pastor Aleman geht er nachts Streife“, sagte Julio und winkte dem Posten zu, der in die Tür getreten war.

Dergleichen Begegnungen wiederholten sich noch mehrere Male. Dann stieg die Piste nach einer Linkskurve einen Ausläufer der Zentralkordillere hinan und endete an einem großen Tor. „La Esperanza“ wölbte sich in schmiedeeisernen Buchstaben über der Einfahrt. „Willkommen daheim“, rief Carmen, während der Jeep langsam den Hang hinaufrollte und vor einem flachen, langgestreckten Haus anhielt. Drei hohe, schlanke Palmen ragten vor der überdachten Terrasse in der Gebäudemitte, an die sich rechts und links von je zwei Fenstern durchbrochene, weiße Wände anschlossen. Ein trapezförmiges Ziegeldach deckte das Haus, dem zwei hohe Bäume mit weit ausladenden Zweigen Schatten spendeten. Umrahmt wurde es von herrlich blühenden Büschen. Stahlblau schimmernde Kolibris mit langen, gebogenen Schnäbeln schwirrten Nektar saugend vor weit geöffneten Blütenkelchen.

Sie stiegen aus und ließen den Blick über das Haus und dann zurück und hinunter in die Ebene schweifen, aus der sie gekommen waren. „Das ist ja traumhaft“, sagte Gregor andächtig und legte seinen Arm um Britta. Sonnenüberflutet strahlte die weite Ebene in allen Schattierungen des Grün, im Westen begrenzt von in Wellen emporsteigenden Bergketten. „Die Farrallones de Cali“, erklärte Julio, der Gregors Blick gefolgt war, und wies auf die Höhenzüge. „Und am Fuß der Farallones, unter der Dunstglocke, da liegt Cali. Morgen fahren wir hin.“
„Am liebsten bliebe ich nur hier“, seufzte Britta und bewunderte die Blütenpracht des Gartens. Plötzlich musste sie unwillkürlich gähnen.

„Ihr müsst ja schrecklich müde sein“, rief Carmen. „Kommt ins Haus und ruht Euch aus. Ich mache uns schnell was zu Essen.“

Julio bedankte sich bei den Männern im Jeep und bat sie, am nächsten Morgen um neun Uhr wieder zu kommen. Der Jeep verließ das Grundstück. „Wo fahren die hin?“, wollte Gregor wissen.
„Zu ihren Häusern, rechts jenseits des Tores. Dort leben sie mit ihren Familien. Nachts gehen sie Streife ums Grundstück, im Wechsel mit noch einigen meiner Leute, die auch dort wohnen.“

Sie traten ins Haus und staunten aufs Neue. Zwei klare Bäche flossen in Natursteinbetten durch einen quadratischen Innenhof und spendeten angenehme Kühle. Von den braunen Holzbalken der den Hof umlaufenden Galerie hingen große Schalen, aus denen üppige Orchideen in Weiß, Lila, Gelb und Rot quollen. Einige Türen waren zum Gang hin geöffnet und gaben den Blick frei in zwei geräumige Schlafzimmer und ein großes Wohnzimmer, alle eingerichtet im spanischen Kolonialstil, mit schönen, schmiedeeisernen Gittern vor den Fenstern. „Das linke Zimmer ist das Eure. Es hat Bad und Toilette. Wenn Ihr Euch frisch gemacht habt, können wir im Wohnzimmer essen“, wies Carmen die Sanders ein, die ihre Koffer ins Zimmer legten, das Nötigste auspackten und sich dann unter die Dusche stellten. „Aah, das tut gut. Endlich raus aus den verschwitzten Klamotten und runter mit dem Dreck“, freute sich Gregor.

Nach einer halben Stunde standen die Sanders im Wohnzimmer vor dem breiten Fenster nach Westen. Während sie noch auf Carmen und Julio warteten, senkte sich schnell die Nacht über das Land. Gegen halb sieben war es stockdunkel, und über die Ebene verstreut leuchteten die Lichter einzelner Häuser und Gehöfte. Die Dunstglocke über Cali glühte rötlich. Auf abgeernteten Feldern flackerten Feuer. Beim an- und abschwellenden Sirren der Zikaden huschten Fledermäuse zwischen den Bäumen hindurch ums Haus.

Carmen und Julio betraten den Raum. Jeder trug eine große Platte mit Fleisch, Früchten und Brot. „Unsere Muchacha hat heute ihren freien Tag. Drum hat es etwas länger gedauert“, entschuldigten sie sich. „Wir haben’s überhaupt nicht eilig. Wir könnten hier noch lange stehn und schauen“, beruhigte sie Britta. „Whisky, Bier, Cola, Mineralwasser oder Säfte?“, fragte Julio.
Gregor nahm „Cerveza Bavaria“, aus einer von Bayern gegründeten Brauerei, wie Julio bemerkte. Britta probierte Lulo-Saft und war davon so begeistert, dass sie Gregor einen Schluck aufdrängte.
„Stimmt, so etwas Köstliches habe ich noch nie getrunken“, musste der zugeben, und an Carmen und Julio gewandt: „Hey, wenn Ihr Kolumbianer Euer Land nicht so ruinieren würdet – was für eine Tourismus-Industrie könntet Ihr aufziehen mit all Euren Herrlichkeiten.“
„Wem sagst Du das? Alle wissen wir’s. Es gab auch schon hoffnungsvolle Anfänge. Aber die Narcos haben alles kaputt gebombt. Colombia-Locombia liebt La Violencia.“

Nach dem Abendessen besprachen sie nochmal das Vorgehen am nächsten Tag. Als sich dabei Gregors Augen immer öfter verdrehten oder einfach zufielen und Britta das Gähnen immer seltener unterdrücken konnte, sagte Carmen lachend: „Jetzt aber Schluss. Ins Bett mit Euch.“ Bei offenem Fenster, in

der Kühle des Sereno, des Abendwindes von den Bergen, fielen sie in tiefen Schlaf.
Durch die Nacht sangen die Zikaden.

5.2 Gewitter

Am nächsten Morgen waren Britta und Gregor um sechs Uhr wach. Noch lag Dunkelheit über dem Tal, doch die Gipfel der Farrallones de Cali leuchteten schon in der Morgensonne. Schnell wanderte das Licht die Bergketten hinunter und erfüllte bald das ganze Tal. Nur ihr Haus lag noch im Schatten des Berges, an dessen Hang es sich schmiegte. Leise traten sie vors Haus und gingen hinunter zum Tor. „Buenos Dias. Como amanecieron?", begrüßte sie der Wächter freundlich-zuvorkommend. Offenbar war er voll über sie informiert. „Bien, pero muy bien", antworteten sie und unterhielten sich eine Weile mit dem Mann im grauen Poncho. Die Nacht war ruhig gewesen, keine besonderen Vorkommnisse. Es versprach, ein heißer Tag zu werden – vielleicht ein Gewitter am Nachmittag.

Tief atmeten sie die kühle, frische Luft ein, als sie zurück zum Haus gingen, in dem es sich inzwischen regte. Carmen trat in die Tür, hinter ihr Julio: „Na, hat Euch die innere Uhr arg früh geweckt?"
„Bis sechs Uhr haben wir prima geschlafen. Was habt Ihr ein wunderbares Klima: Mittags Hochsommer, abends laue Lüfte und morgens Frühlingsfrische. Zum Auswandern schön ist es hier."
„Wartet erstmal Cali ab – da gibt es übrigens eine große deutsche Kolonie."

Nach dem Frühstück stand der Jeep pünktlich um Neun in der Einfahrt, mit denselben Männern wie am Vortag, die sie mit breitem, freundlichen Lachen begrüßten. Ohne Staubfahne rollten sie ins Tal, noch hatte die Sonne den Tau nicht von der Piste geleckt. Nach der Rechtskurve ging es eben durchs Tal, die Streckenposten winkten, und dann bogen sie nach links in die Schnellstraße ein. Sie passierten den Flughafen und fuhren noch eine Zeit lang durch das weite, grüne, blühende Baumgewölbe. Dann kamen sie ins Freie und überquerten den Rio Cauca auf einer hohen, weitgespannten Hängebrücke – rechts und links Armensiedlungen am Flussufer. Denen verliehen die vielen bunten Blumen und die langen, großflächigen Blätter der Bananenstauden in den kleinen Gärten der schäbigen Hütten ein fast romantisch-malerisches Aussehen – zumindest aus größerer Entfernung.

Der Jeep durchfuhr mehrere Kreisel um Brunnen mit Skulpturen athletischer Figuren, aus deren Mitte hohe Wasserfontänen sprangen. Sie erreichten das Felsenbett eines kleinen Flusses. „Der Rio Cali“, erklärte Carmen. Links der Straße ragten mehrere 15- bis 20-stöckige Hochhäuser aus dem Stadtzentrum, dazwischen ein-bis vierstöckige Wohn- und Geschäftshäuser mit schön geschnitzten Balkonen und Blumen vor den Fenstern. „Vamos por la Circumvalación“, wies Julio den Fahrer an. Die breite Umgehungsstraße stieg in den Fuß der Westkordillere, schwang nach links gen Süden und verlief dann parallel zum Berghang. Sie hielten an einem Aussichtspunkt: Ein gemauertes Halbrund, in dessen Mitte die Bronzestatue eines Conquistadors stand – barhäuptig, im Brustharnisch, den rechten Arm ausgestreckt, über Stadt und Ebene nach Osten auf die Zentralkordillere schauend. „Belalcázar, der Gründer Calis im Jahre 1536“, sagte Julio.

Die Straße senkte sich bergab. Im Barrio San Fernando bogen sie in eine Seitenstraße ein und hielten vor einer Villa mit zwei Türmen. Sie war von einer hohen, weißen Mauer umgeben, aus deren Krone die Zacken abgebrochener Flaschenhälse und -böden ragten. Julio stieg aus und klingelte unter dem Auge einer Überwachungskamera. Das Tor schwang auf, und der Jeep rollte neben Julio in den Hof, an mehreren Männern vorbei, die sie aufmerksam musterten. Im Hauseingang wartete ein älterer, grauhaariger Herr in dunklem Anzug. Julio wechselte mit ihm ein Paar Worte. Der andere nickte kurz, und Julio bedeutete Carmen, Britta und Gregor, ihm ins Haus zu folgen. Julio stellte vor: „Doctores Britta y Gregor Sanders de Alemania. Doctor Hernan Gutierrez, der frühere Anwalt meines Vaters.“ Dessen „Encantado“ klang keineswegs entzückt, bestenfalls höflich-kühl. Er wies seinen Gästen vier mäßig bequeme Stühle mit hohen Lehnen an, die vor einem großen, leeren Schreibtisch standen, hinter dem er Platz nahm. Gedämpftes Licht fiel durch heruntergelassene Jalousien in den sonst spärlich möbilierten Raum.

„Dr. Gutierrez“, begann Julio, „ich danke Ihnen sehr, dass Sie uns nach meinem Anruf vorgestern Abend schon heute etwas von Ihrer kostbaren Zeit schenken. Da wir uns nach der Abwicklung der Geschäfte meines Vaters nicht mehr gesprochen haben, verstehe ich Ihre, äh, Verwunderung wegen meiner Bitte um diese Unterredung. Ich glaube aber, dass, wie ich schon neulich sagte, wir Ihnen etwas mitzuteilen haben, das für Sie und Ihre Klienten wichtig

ist. Und vielleicht können sie auch uns hinsichtlich einiger Informationen behilflich sein.“
Gutierrez schwieg einen Augenblick. Dann sagte er nur: „Fahren Sie fort.“
„Vielleicht ist es besser, die Señores Sanders erzählen direkt von einem bemerkenswerten Treffen in Prag.“
Der andere nickte knapp.

Britta und Gregor berichteten kurz von der Gründungsgeschichte der Schwingen-Parteien und legten dar, was sie von Danielle Lepen gehört hatten. Danach schaute der Mann hinter dem großen Schreibtisch seine Gegenüber mit hochgezogenen Augenbrauen an: „Wieso sollten meine Klienten und mich die Schwierigkeiten interessieren, die Sie wegen Ihrer Parteienfinanzierung erwarten?“ Der feindselige Unterton in seiner Stimme war jetzt unüberhörbar.

Julio erklärte ruhig und mit Nachdruck: „Wenn Brush der Nachweis gelingt, dass die Schwingen-Parteien aus dem Vermögen der Hernandez finanziert werden und die Geschichte publik wird, werden die Regierungen der USA und der EU davon ausgehen, dass die im Drogengeschäft tätigen Organisationen die politischen Institutionen ihrer Länder unterwandern wollen. Dann werden die USA in Kolumbien gnadenlos zuschlagen – und nebenbei können sie noch unsere neuen Erdölfelder besetzen. Dieser Präventivkrieg wird mehr Zustimmung finden als der vorige. Oder man muss gar nicht von Krieg reden. Wahrscheinlich können die Gringos unsere Regierung zwingen, um internationale Unterstützung im Kampf gegen den Drogenterrorismus zu bitten. Überlegen Sie, ob eine derartige Entwicklung im Interesse Ihrer Klienten ist.“

Gutierrez hatte seine Augenbrauen sinken lassen.

Finster starrte er Julio an. „Erst ziehen Sie sich von den Freunden Ihres Vaters zurück, dann spielen Sie im Ausland den Wohltäter, und jetzt bringen sie uns hier in Schwierigkeiten."

„Die Lage ist wie sie ist", entgegnete Julio kühl und fuhr dann freundlicher fort: „Wenn Sie uns helfen, bekommen wir die Dinge unter Kontrolle."

„Wie kann ich helfen?", entgegnete mürrisch Gutierrez, das Ich betonend.

„Wir hatten ja damals vereinbart, dass alle Akten mit den Transaktionen meines Vaters bei Ihnen unter Verschluss bleiben. In ihnen dürfte der Schlüssel zur Lösung des Problems liegen. Gewähren Sie uns Akteneinsicht."

„Das müssen Sie mir erklären."

„Soweit ich weiß, hatten mehrere deutsche und Schweizer Großbanken meinem Vater geholfen, sein Geld nach Zürich zu transferieren. Welche das waren, müsste aus den Akten hervorgehen. Kennen wir die Namen dieser Banken und die Kanäle, durch die das Geld geflossen ist, können wir wahrscheinlich in den Chefetagen der Wirtschaft so viel Druck ausüben, dass man Fahrtmann von einer Publikation seiner Kenntnisse abhalten wird."

„Das löst nicht unser Problem. Brush und seine Auftraggeber können immer noch die Regierungen informieren, die dann zu den Maßnahmen greifen, mit denen Sie gerade gedroht haben. Und was sie gegen Ihre Parteien unternehmen werden – nun, das ist Ihre Sache."

„Deshalb darf Brush nichts – oder nur die volle Wahrheit erfahren."

„Mit voller Wahrheit meinen Sie Ihren Verrat an den Freunden Ihres Vaters", grollte Gutierrez bitter.

„Dr. Gutierrez“, sagte Julio und erhob sich, „wir haben niemanden verraten. Wir haben uns lediglich getrennt. Aber es ist wohl besser, wenn wir jetzt gehen.“ Dann versuchte er, wieder etwas Wärme in seine Stimme zu legen: „Ich wäre Ihnen zutiefst verbunden, wenn Sie mit Ihren Klienten über unser gemeinsames Problem und meine Bitte sprechen würden. Mit Ihrer Erlaubnis darf ich Sie morgen früh wieder anrufen, um Ihre Entscheidung zu erfahren.“ Carmen, Britta und Gregor waren ebenfalls aufgestanden. Nach kurzem Zögern erhob sich auch Gutierrez und geleitete sie zur Tür.

Auf der Heimfahrt hing jeder seinen Gedanken nach. Von der ursprünglich geplanten Besichtigung Calis hatten sie Abstand genommen. Der Verkehr in Cali war stark geworden. Überladene Busse, die schwarze Rußfahnen ausstießen, rasten von Haltestelle zu Haltestelle. Geländewagen überholten an den unübersichtlichsten Stellen. Immer wieder mussten sie offenen Kanalschächten ausweichen, deren Deckel fehlten. Aber es gab keine Unfälle. Alle fuhren hochkonzentriert und reaktionsschnell, ständig die Vorderräder der anderen Fahrzeuge und sonst keinerlei Verkehrsregel beachtend. Viele Lastwagen und Busse röhrten ohne Auspufftöpfe. Britta und Gregor sehnten sich nur noch nach der Ruhe und dem Grün von La Esperanza.

Auf der Staubpiste fiel die Klimaanlage des Jeeps aus. Die Mittagssonne heizte, und als sie schließlich auf La Esperanza ausstiegen, floss der Schweiß in Strömen. „Hinter dem Haus ist ein Schwimmbecken. Wie wär’s mit einer Abkühlung? Geht Ihr mit?“, fragte Carmen.
„Gern“, antwortete Britta. „Nur haben wir die Bade-

anzüge vergessen."
„Unseretwegen braucht Ihr keine", beruhigte sie Julio. „Wir schwimmen immer ohne."
„Dann nichts wie rein", freuten sich Britta und Gregor.
Eine Frau mit indianischen Gesichtszügen kam aus der Küche. „Hola, Rosa, los Señores Sanders", stellte Carmen vor. „Das ist Rosa, unsere Haushaltshilfe." Sie bemerkte die Frage in Brittas Augen und fuhr fort: „Sie und ihr Mann, der Gärtner, sind an unser Nacktbaden gewöhnt. Sie halten's übrigens genauso – aber nur, wenn wir nicht da sind. Sie wollen auch nicht mit uns zusammen essen, obwohl wir es ihnen mehrfach angeboten haben. Die einfachen Leute sind in diesen Dingen sehr konservativ: Herrschaft und Dienstboten leben getrennt, auch unter einem Dach. So war es immer. Unser übriges Personal kommt nicht ins Haus."

Die Männer hechteten ins Wasser, die Frauen benutzten die Einstiegsleiter und überschütteten sich dann lachend mit glitzernden Wasserwänden, die sie mit ausgestreckten Armen hochpeitschten. „Das ist genau das Richtige nach dem Stress am Morgen", rief Gregor fröhlich, nachdem er schnell eine ganze Reihe von Bahnen geschwommen war und sich neben Julio ans Beckenende lehnte. Sie schauten hinüber zu Carmen und Britta, denen das Wasser noch von Brüsten und Hüften perlte, während sie nach ihrer Wasserschlacht auf dem Rasen beieinander standen und plauderten. Dunkelhaarig, weißhäutig, schmale Taille zwischen vollem Busen und Po die eine – blond, goldbraun, schlank mit straffen Formen die andere.
„Julio", sagte Gregor, „jetzt ist das Paradies vollkommen."

„Vorsicht, Ihr Nordländer mit der Paradiessonne“, warnte Julio. „Ihr liebt die Bräune. Wir bleiben lieber blass, denn auf 1000 m Höhe und drei Grad nördlicher Breite hat's die Sonne in sich.“ Er verzog schmerzhaft das Gesicht.

„Was ist?“, fragte Gregor.

„Ach, nur Verspannungen im Nacken und Rücken. Kommt wohl von der Atmosphäre bei Gutierrez.“

Nach dem Mittagessen und der Siesta, die sich bei den Sanders bis in den Spätnachmittag hinzog, trafen sich die beiden Paare wieder auf der Terrasse. Über den Farrallones de Cali waren schwere Gewitterwolken aufgezogen und hatten die Sonne verschluckt. Dichte Regenvorhänge zogen übers Tal in ihre Richtung, und bald schüttelten heftige Windböen die Palmen vor dem Haus.

„Vor einem halben Jahr ist ein junges Paar in der Hochzeitsnacht von einer Palme erschlagen worden, die, vom Sturm entwurzelt, das Dach durchschlagen hatte und auf ihr Bett gestürzt war. Lasst uns lieber in unser Schlafzimmer gehen. Das liegt außerhalb der Fallweite unserer Palmen“, schlug Carmen vor. Dort streckten sie sich auf dem großen, breiten Bett aus – die Frauen in der Mitte, die Männer rechts und links von ihnen – und lauschten dem Regen, der jetzt eingesetzt hatte und heftig aufs Dach prasselte. Blitz und Donner folgten immer rascher aufeinander.

„Ich liebe Gewitter“, sagte Britta und wollte gerade aufstehen, um am Fenster mehr von dem Naturschauspiel zu sehen, als ein greller, blendender Blitz, umhüllt von metallisch-berstendem Krachen, sie regelrecht aufs Bett zurück und in Gregors Arme warf.

„Ui, so was habe ich noch nie gehört“, sagte sie, leicht zitternd.

„Ja, in den Tropen ist alles eine Nummer stärker“, bemerkte Carmen und zündete Kerzen an den Wänden an, denn der Strom war ausgefallen.

Im Zimmer stand noch die Mittagshitze. Wegen des Regensturms war das Fenster geschlossen geblieben. Julio lag still auf dem Rücken, mit einer tiefen Falte in der Stirn. „Sind Deine Verspannungen schlimmer geworden?“, fragte Gregor.
„Ich glaube schon.“
„Britta, lass Deine Massagekünste spielen“, schlug Gregor vor.
„Gerne“, war Britta einverstanden. „Am besten zieht sich Julio ganz aus. Wir tun’s auch, damit er sich nicht allein so bloß und ausgeliefert vorkommt. Dann legt sich Julio vor uns, und wir bearbeiten ihn gemeinsam.“
Die Drei knieten sich vor die gepolsterte Kopfwand des Bettes und Julio streckte sich bäuchlings vor ihnen aus. Britta ließ ihre Hände sanft beiderseits der Wirbelsäule vom Genick bis zum Gesäß gleiten und erspürte die Verspannungen. Dann gab sie ihre Anweisungen: „Gregor, Du nimmst Dir Nacken und Schultern vor, Carmen ist für Po und abwärts zuständig, und ich massiere den Rücken. Behutsam-fest Kneten und Streicheln“.

Bald begann Julio wohlig zu grunzen: „Aah, das tut gut“, und Britta spürte, wie sich die Muskeln lockerten.
Nach einer Viertelstunde sagte Carmen: „Julio, Du hast genug. Ich glaube, ich habe auch Verspannungen. Jetzt brauche ich eine Massage.“ Dabei versuchte sie ziemlich erfolglos, eine Leidensmine aufzusetzen. Die anderen lachten.
„In Ordnung, jeder kommt dran“, entschied Britta.

Julio kniete sich neben Britta. Carmen übergab sich ihm mit Kopf und Schultern, Gregor streichelte ihr Po und Beine, und Britta massierte leicht ihren Rücken. Bald glitten die Hände der Drei auch übereinander und die der Männer über Brittas Brüste. Die Zärtlichkeiten wiederholten sich, nachdem Carmen und Britta die Positionen getauscht hatten. Dann war Gregor an der Reihe und genoss mit geschlossenen Augen die Hände auf seinem Körper, während er sich an die Knie der beiden Frauen heranräkelte.
„Greg, hast Du noch Spannungen?“, neckte ihn Britta.
„Und wie“, antwortete er, rollte sich blitzschnell neben Britta, zog sie an seine Seite und schob sich in ihren Schoß. Sie empfing ihn mit zärtlichen Kontraktionen.

Als Julio und Carmen merkten, was sich bei den Sanders abspielte, machten sie es genauso, und dann lagen die beiden Paare ruhig ineinander gegossen sich gegenüber. Die Frauen lächelten sich an und hielten einander bei den Händen, während die Männer hinter ihnen die Köpfe in die Haare ihrer Frauen vergraben hatten und bisweilen wohlig brummten. Irgendwann mussten sie eingeschlafen sein. Geschirrgeklapper aus dem Wohnzimmer weckte sie. Mit einem letzten Streicheln lösten sie sich voneinander und zogen sich an. Der Sturm und das Rauschen des Regens hatten nachgelassen. Der Donner verhallte in der Ferne.

Nach dem Abendessen bei Kerzenschein – der Strom war immer noch nicht zurückgekommen – besprachen sie, wie es weitergehen könnte, falls Gutierrez Schwierigkeiten machen sollte.

Den Gedanken, Gutierrez damit zu drohen, seine

Verbindungen zur Drogenmafia den Drogenfahndern der USA zu offenbaren, verwarf Julio schnell wieder. Sie würden das nicht lange überleben.
„Warten wir ab, was er morgen sagt. Dann können wir uns immer noch den Kopf zerbrechen“, meinte Carmen schließlich. „Lasst uns noch eine Weile auf die Terrasse gehen.“
Dort lag heller Mondschein, der das Valle in silbernes Licht tauchte. Die Wolken hatten sich verzogen, der Himmel war voller Sterne. „Sie funkeln so viel heller als bei uns“, sagte Britta andächtig, an Gregor gelehnt. Der, glücklich: „Und Du, meine Sonne, strahlst auch in der Nacht.“

Am nächsten Morgen rief Julio um neun Uhr bei Gutierrez an und kam erleichtert zurück: „Wir können die Bücher einsehen; wenn wir wollen, in einer Stunde.“
„Verlieren wir keine Zeit“, entschied Gregor, „fahren wir sofort.“

Gutierrez empfing sie weniger frostig als am Vortag. Dafür schwang Sorge in seiner Stimme mit, als er sagte: „Meine Klienten sind sehr beunruhigt. Sie wollen sich um Mr. Brush kümmern, sobald er in Kolumbien eintrifft. Gibt es ein Bild von ihm?“
„Wir haben keins.“
„Wie lautet sein voller Name?“
„James D. Brush“.
„Na, hoffen wir, dass ihn damit einer unserer Freunde im Kontrollpersonal des Flughafens von Bogotá identifizieren kann.“
Er griff zum Mobiltelefon, wählte eine Nummer, und murmelte dann schnell einige Sätze, von denen die anderen nur „James D. Brush“ verstanden.

„Gehen wir ins Archiv“, schlug Gutierrez dann vor und stieg mit ihnen in den Keller der Villa. Er drehte am Kombinations-Schloss einer schweren Stahltür, schwang sie auf und führte sie zu einem Tisch, auf dem unter einer grell-weiß leuchtenden Neon-Röhre zwei Aktenordner mit der Aufschrift *Hernandez* bereit standen. Er wies darauf: „Bitte bedienen Sie sich“, und nahm am Tischende Platz.

Julio begann im ersten Ordner zu blättern. „Aha“, rief er nach einigem Suchen, „Britta, Gregor, lest mal.“ Er gab ihnen ein Fax, adressiert an Dr. Gutierrez, Cali. Das Deckblatt mit dem Briefkopf der Germania-Bank, Abteilung Investment-Banking, sagte in etwas holprigem Spanisch, dass die Folgeblätter die in seinem Auftrag getätigten Transaktionen auflisten. Dort standen in der Spalte *Eingang* fortlaufende Datumsangaben und große Dollar-Summen, daneben, in der Spalte *Von*, die Namen von Banken in Miami und New York und in der Spalte *Verwendung* Namen, die offenbar Immobilien in amerikanischen und europäischen Städten bezeichneten. Ähnliche Dokumente fanden sich auch von anderen deutschen und Schweizer Großbanken. Der zweite Ordner enthielt später ausgefertigte Dokumente, aus denen der Verkauf der Immobilien und die Überweisung der erzielten Erlöse an eine Privatbank in Zürich, die an keiner der früheren Transaktionen beteiligt gewesen war, hervorging.

„Dr. Gutierrez, dürfen wir Kopien der wichtigsten Dokumente anfertigen?“, bat Gregor. „Wir garantieren Ihnen, dass wir davon nur so Gebrauch machen werden, dass niemand Sie damit in Verbindung bringen kann.“

„Carmen und mich können Sie als, sagen wir, Bürgen

betrachten“, fügte Julio hinzu. Nach kurzem Bedenken willigte Gutierrez ein und führte sie zum Kopierer.

„Que tal un trago?“, fragte er, als sie sich verabschieden wollten. Angenehm überrascht nahmen sie die Einladung auf einen Drink an und folgten ihm in das Besprechungszimmer seiner Kanzlei, das sich in Eleganz und dezentem Luxus drastisch von dem abweisenden Ambiente des Raums ihrer ersten Begegnung unterschied. Nachdem sie in schweren Ledersesseln Platz genommen hatten, brachte ein schwarzer Butler mit weißen Handschuhen auf silbernem Tablett Whisky, Aguardiente, Eis und Mineralwasser. „In dem Aguardiente steckt auch Zuckerrohr unserer Hacienda“, bemerkte Julio. „Probiert ihn mal, am besten mit Eis.“ Britta schmeckte der wasserklare Zuckerrohrschnaps, Gregor schüttelte sich innerlich – er hatte noch nie Alkohol mit Anisgeschmack gemocht. Aber es fiel ihm nicht schwer, Genuss zu heucheln. Zu froh war er über die Dokumente in seiner Aktentasche. Sie schienen am Ziel ihrer Reise.

Bevor sie in den Hof traten, in dem der Jeep auf sie wartete, nahm Gutierrez Gregor zur Seite und sagte: „Sie verfügen doch über politischen Einfluss. Wenn für mich, wie für viele andere Kolumbianer, die Situation hier unerträglich würde, könnten Sie mir helfen, falls ich politisches Asyl in Deutschland beantrage?“ Jetzt verstand Gregor den atmosphärischen Umschwung. „In diesen Dingen ist in Deutschland politischer Einfluss nur begrenzt wirksam. Aber ich werde meinen Freunden gerne von der Unterstützung berichten, die wir heute von Ihnen erfahren haben.“ Mehr konnte und wollte er nicht versprechen, aber Gutierrez schien das auch zu genügen.

Diesmal nahmen sie sich mehr Zeit für Cali. Sie fuhren zuerst nach Süden, zu den Sportstätten der Panamerikanischen Spiele, der Plaza de Toros und der modernen Ciudad Universitaria. Dann kehrten sie zurück nach San Fernando und machten Halt im benachbarten Parque del Acueducto, von dessen Hügeln man die nahegelegene Innenstadt gut überblicken konnte. Der eindrucksvolle Kontrast zwischen den reich verzierten Bauten aus der Zeit des frühen 20. Jahrhunderts und den schlanken, eleganten Hochhäusern war auch ein Zeugnis der raschen Entwicklung Calis von einer tropischen Provinzhauptstadt zu einer modernen Metropole mit einer dynamischen, kreativen Bevölkerung. Einen zweiten Halt legten sie ein auf der palmenbestandenen Plaza de Caicedo im Zentrum. Durch dessen Straßenschluchten sah man im Westen auf einem Ausläufer der Farrallones de Cali eine hohe Christusfigur mit weit ausgebreiteten Armen stehen und im Norden auf einem Bergkegel drei Kreuze. Darunter quollen graue Rauchfahnen an zwei Stellen aus der Bergflanke. „Das sind seit Jahren brennende Kohlenstollen“, erklärte Julio. „Keiner kümmert sich darum.“

5.3 Cumbia

Als sie eine langgestreckte, rote, gedrungene Backsteinkirche mit heller Kuppel passierten, sagte Gregor: „Ich glaube, eine Messe würde uns am Wochenende gut tun. Wann ist denn hier Gottesdienst?“
Julio erklärte: „Also das ist die Bischofskirche, San Francisco. Am Sonntag Morgen gibt es da zu jeder vollen Stunde eine Messe. Zu Zeiten von Erz-

bischof Duarte bin ich oft hierher gekommen, wenn ich's vor meinem Vater verbergen konnte. Dem haben natürlich Duartes Predigten gegen Drogenmafia, Korruption und Gewalt gar nicht gefallen. Mich haben sie verändert. Aber seit der Ermordung Duartes haben hier alle Angst und beschränken sich aufs rein Zeremonielle. Mir liegt das nicht so. Wir gehen deshalb meistens ins Centro Isaias Duarte. Wir haben es im Barrio Rio Azul aufgebaut. Ursprünglich hatten wir an Aguablanca gedacht, aber da gab es Schwierigkeiten mit den Grundstücken. Übermorgen wird im Centro eine Priesterweihe stattfinden, und wir wollten Euch schon fragen, ob Ihr daran teilnehmen möchtet. Aber unsere kleine Kirche dort ist natürlich nicht so prächtig wie die Kathedrale."

„Natürlich schließen wir uns an. Prächtige Kirchen, in die kaum jemand mehr geht, haben wir in Deutschland genug. Wer wird denn geweiht?"

„Ein Indigeno aus Silvia. Dort leben die Indianer noch in geschlossenen Stammesgemeinschaften und wehren sich seit längerem erfolgreich, übrigens auch mit deutscher Unterstützung, gegen die Versuche von Guerrilla und Paramilitärs, das Gebiet unter ihre Kontrolle zu bringen. Wir haben das Theologiestudium des jungen Mannes an der Javeriana in Bogotá finanziert. Jetzt wird er als dritter Geistlicher in der Pfarrei der Fundación im Barrio Rio Azul arbeiten. Wie ich die Leute des Barrios kenne, werden sie ein großes Fest veranstalten. Da könnt ihr authentisches Kolumbien erleben. Übrigens – wenn Euch die Bildungseinrichtungen des Centro und seine Textilfabrik interessieren, machen wir auf der Heimfahrt einen kleinen Abstecher dorthin. Ich müsste sowieso noch ein paar Dinge mit meinen Leuten dort besprechen."

Die Sanders waren nur zu interessiert. Vor der Brücke über den Rio Cauca bog ihr Jeep von der Schnellstraße ab, und bald wühlten sich seine Räder durch den tiefen Schlamm, in den die Regenfälle der vergangenen Nacht die unbefestigten Straßen der Barrios Populares, wie die Armenviertel im offziellen Sprachgebrauch heißen, verwandelt hatten. Bald begannen ihnen Kinder zuzuwinken. Die Kleinsten spielten halbnackt im Dreck. „Jetzt sind wir in Rio Azul“, erläuterte Carmen. „Der normale Bürger traut sich hier nicht hin. Aber wie Ihr seht, kennt man unsere Karre und uns. Wir können zu jeder Tages- und Nachtzeit hier aufkreuzen. Noch nie ist uns was passiert.“

Als sie den Gebäudekomplex des Centro Isaias Duarte erreicht hatten, verstanden die Sanders das Wohlwollen, das den Hernandez von allen Seiten entgegenschlug. In einer sechsklassigen Grundschule mit je drei Parallelklassen saßen sauber gewaschene kleine Mädchen und Buben aller Hautschattierungen auf einfachen Bänken in luftigen Rohziegelbauten und folgten mit Fleiß und Hingabe dem Unterricht ihrer Lehrerinnen. „Sie bekommen hier Frühstück und Mittagessen, die Eltern zahlen dafür einen symbolischen Unkostenbeitrag“, sagte Carmen. Neben der Grundschule standen die Werkstätten und das Computerzentrum der Berufsschule. Jugendliche hobelten, feilten, frästen, schweißten oder huschten mit flinken Fingern über die Tastaturen ihrer Rechner. Julio, nicht ohne Stolz: „Wer bei uns seinen Abschluß macht, hat gute Chancen in Handwerk und Industrie.“

Im Computerzentrum betraten sie einen Raum, auf dessen Tür in dicken, roten Buchstaben „Privado“ stand. Vor einem großen Bildschirm saß ein junger Schwarzer mit wachen Augen. „Doña Carmen, Don Julio“, strahlte er sie an. Der Bildschirm war in verschiedene Felder unterteilt. Auf einem sah man die Zufahrt zu La Esperanza, auf zwei anderen die Einmündungen zweier Straßen auf das Gelände des Centro; ein weiteres zeigte den Eingang zu einer Kirche, die so klein gar nicht war. Die andere Hälfte des Bildschirms war von einer Karte des Valle del Cauca ausgefüllt, auf der ein Punkt blinkte. „Der blinkende rote Punkt ist unser Jeep hier im Hof. Jorge ist unser Sicherheitschef. Er wechselt sich mit seinen beiden Stellvertretern ab. Jeder hat eine Schicht von acht Stunden. Wenn sie ein Problem sehen, rufen sie uns an oder die Männer von unserem Wach- und Sicherheitsdienst“, erklärte Julio und fuhr fort: „Carmen, willst Du Britta und Gregor die Kirche und die Textilfabrik zeigen, während ich mit Jorge das Nötigste bespreche?“

Carmen wollte und ging zuerst mit den Sanders zu der langen, flachen Kirche, die ähnlich gebaut war wie die Schule, und dann zur Textilfabrik am Rande des Centro. Dort beugten sich in zwei hellen, luftigen Hallen etwa sechzig Frauen und Mädchen über moderne Nähmaschinen. Die meisten der Frauen sahen verhärmt aus. Aber ihre Augen leuchteten auf, als Carmen eintrat, und freundlich-neugierig musterten sie Britta und Gregor, die ihnen Carmen als „los Doctores Sanders de Alemania“ vorstellte. Carmen besprach mit einer Gruppe von fünf Frauen einige Einzelheiten der Feier anläßlich der Priesterweihe. Als eine der Frauen erwähnte: „Und zum Schluss tanzen die Mädchen die Cumbia“, freute sich Carmen: „Das wird unseren Freunden aus Deutschland sicher sehr gefallen.“

Nach einer halben Stunde trafen sie sich wieder mit Julio am Jeep und fuhren zurück nach La Esperanza. Als sie ins Haus traten, kam ihnen gleich Rosa aus der Küche entgegen: „Dr. Gutierrez hat vor einer Stunde angerufen. Sie möchten bitte sofort zurückrufen. Es ist dringend.“ Julio ging ans Telefon, wählte, sagte seinen Namen und musste einen Augenblick warten. Dann hörte er aufmerksam zu, während sich seine Gesichtszüge verhärteten. Mit einem „Mil gracias, Doctor Gutierrez“ legte er auf. Den Dreien, die ihn gespannt ansahen, teilte er mit: „Vor fünf Tagen ist ein James D. Brush in Bogotá eingetroffen. Zur Zeit wohnt er im Hotel Tequendama. Gutierrez lässt ihn beobachten.“

Rosa brachte Fleischpasteten und starken, schwarzen Kaffee in kleinen Tassen, in die Carmen und Julio sich je zwei Kaffeelöffel voll Zucker schaufelten. „Empanadas und tinto dulce genügen uns mittags. Wenn Ihr mehr braucht, macht euch Rosa gerne eine volle Mahlzeit.“

„Das reicht“, entgegnete Britta. „Mir ist sowieso im Augenblick der Appetit vergangen.“

„Mir auch“, sagte Gregor und fuhr fort: „Eigentlich wollten wir jetzt unseren Rückflug nächste Woche besprechen. Aber ich habe das Gefühl, wir sollten Euch nicht allein lassen, solange Brush sich in Kolumbien herumtreibt.“

„Also, wenn Ihr länger als geplant bleibt, hätte Mr. Brushs Ankunft wenigstens ein Positives“, sagte Carmen mit Wärme.

„Allerdings“, gab Julio zu bedenken, „will Brush vielleicht nicht nur schnüffeln sondern auch irgendeine Gemeinheit durchziehen. Wollt Ihr Euch dem ausset-

zen?“
„Im Chile Pinochets waren wir mitten drin in Gemeinheiten. Wir werden wegen Brush hier nicht schlechter schlafen als daheim. Ich würde dort jeden Tag unruhig auf E-Mails oder Anrufe von Euch warten“, erwiderte Britta. Gregor nickte.
„Also gut. Caminamos juntos“, schloss Julio und umarmte Britta und Gregor. „Wir müssen erfahren, mit wem Brush sich trifft. Dann können wir Gegenmaßnahmen einleiten. Solange wir nichts Neues von Gutierrez hören, bleibt nur Abwarten.“

Den Nachmittag verbrachten Britta und Gregor lesend auf der Terrasse. Britta studierte die Informationsbroschüren von Fundación und Centro Isaias Duarte. Gregor las die Geschichte des Departamento del Valle, die mit vielen Bildern und Karten auch die Landschaften dieser Region zwischen Pazifik und den Gipfeln der Zentralkordillere beschrieb. „Die Flora und Fauna an der Pazifikküste um Buenaventura herum muss faszinierend sein“, sagte er zu Britta und zeigte ihr eine Reihe von Bildern. „Schau mal hier, wie ulkig: Eine ganze Pelikan-Kolonie in hohen Bäumen.“

Beim Abendessen schlug Julio vor, dass sie am nächsten Tag einfach auf La Esperanza entspannen sollten, während er die Zuckerrohr- und Baumwollplantagen abfahren wollte, um nach dem Stand der Ernte zu sehen. Am Samstag Nachmittag würden sie dann gemeinsam ins Centro zur Priesterweihe fahren. „Jetzt sind wir erst zweieinhalb Tage hier, und es kommt mir vor wie Wochen“, stellte Britta fest. „Es stimmt schon, was ein Dichter, ich glaube es war John Steinbeck, einmal schrieb: Die Girlanden der Zeit hängen an den Pfosten der Ereignisse. Ja, Julio. Morgen lassen wir die Zeit einfach baumeln.“

Sie schliefen lang in den Freitag Morgen, frühstückten ausgiebig mit Carmen auf der Terrasse mit Blick auf das sonnenüberglänzte Tal, bummelten durch den blühenden Garten und beobachteten lange einen Heerzug von Blattschneiderameisen, die grüne Blätterstücke von der vielfachen Größe ihres Körpers gleich Segeln über sich zu ihrem Bau trugen. Am Nachmittag stiegen sie auf schmalem Pfad ein Stück weit den Berghang mit seinen gewaltigen, von Lianen umschlungenen Bäumen hinauf und genossen anschließend wieder Schwimmbad und Fruchtsäfte. Britta würde diesen Tag heiteren Friedens nie vergessen.

Am Morgen desselben Tages beugte sich James D. Brush zusammen mit Coronel Guzman über eine Karte des Valle del Cauca und der Pazifikküste. In unregelmäßigen Abständen dröhnten durch den Raum die Gasturbinen der Helikopter, die vom nahegelegenen Militärflugplatz in den grauen Himmel über der Sabana de Bogotá aufstiegen. Nach seiner Ankunft vor sechs Tagen hatte sich Brush sofort mit Guzman, einem seiner früheren Schüler in der School of the Americas, in Verbindung gesetzt und ihm sein Anliegen geschildert. Guzman befehligte eine Anti-Guerrilla-Spezialeinheit, die zur Zeit versuchte, die FARC aus dem Gebiet der Laguna de Tota nordöstlich von Bogotá zu vertreiben. Was die Paramilitärs betraf, hatte er keine Berührungsängste. Jeder Verbündete im Kampf gegen die kommunistischen Banditen, wie er sie nannte, die ein Drittel seines Landes kontrollierten, war ihm willkommen.

Guzman hatte Brush gesagt, dass nach allem, was er wisse, die Hernandez tatsächlich völlig aus dem Drogengeschäft ausgestiegen seien. Es hieße, dass sie das von Vater Hernandez im Narcotrafico gewonnene Vermögen auch außerhalb der Fundación Isaias Duarte einsetzten. Aber Einzelheiten zum Verdacht von Brushs Auftraggebern könne man wohl nur aus dem engsten Kreis der Hernandez erfahren. Er bot an, sich mit einem lokalen Kommandeur der Paramilitärs in Cali in Verbindung zu setzen. Diese versuchten zur Zeit, in den dortigen Barrios Populares Fuß zu fassen. Vielleicht könne der helfen. Der Mann hatte nämlich gestern Abend angerufen und berichtet, dass eine der Paramilitärswitwen, die in der Textilfabrik des Centro Isaias Duarte arbeitete und ihn über die Vorgänge in Rio Azul auf dem Laufenden hielt, vom Besuch zweier Alemanes mit Namen Sanders erzählt und auch erwähnt hatte, dass diese morgen, zusammen mit den Hernandez, ihren Freunden, an der Priesterweihe im Centro teilnehmen wollten. Das hatte ihn auf eine Idee gebracht, die er Brush erläuterte. Der fand die Idee ausgezeichnet, und Guzman rief seinen Informanten wieder an. Das Gespräch zog sich in die Länge. Dann sagte Guzman: „Wir müssen den Plan modifizieren. Gegen die Hernandez unternimmt im Valle kein Paramilitär etwas. Die Hinterbliebenenversorgung ist den Kämpfern zu wichtig.“ Brush war mit dem modifizierten Plan einverstanden. Ja, er fand ihn sogar noch besser als den ursprünglichen. Guzman besprach mit seinem Mann in Cali die Änderungen. Der hatte keine Einwände mehr. Brush verabschiedete sich von Guzman mit „Hasta mañana. Morgen Mittag bin ich wieder hier“, und bestellte ein Taxi ins Zentrum von Bogotá.

Die Kirche war schon überfüllt, als die Hernandez und

die Sanders am Samstag Nachmittag im Centro Isaias Duarte eintrafen. Man hatte für sie Sitze in der ersten Reihe vor dem Altar reserviert. Der Weihekandidat stand mit fünf Priestern im Altarraum. Er ging sofort zu Carmen und Julio und umarmte sie: „Wir warten noch auf den Bischof“. Kurz darauf kam Bewegung in die Menge am Eingang, und der Bischof schritt, nach rechts und links segnend, durch den Mittelgang zum Altar. Begleitet wurde er von seinem Sekretär, der sich etwas ängstlich umschaute. Er begrüßte die fünf Konzelebranten, drei von ihnen – zwei Spanier und ein Deutscher – aus benachbarten Barrios, und ergriff mit strahlendem, warmen Lächeln beide Hände des Weihekandidaten. Dann führte er ihn zu einem kleinen Schemel vor den Altar, und die Messe begann.

Der Pfarrgemeinderatsvorsitzende, ein schmaler Mann mit hageren Gesichtszügen, in dunkler Hose und weißem Hemd, trug die Schriftlesung vor: „Aus dem Buch Isaias, Kapitel 9, 11, und 42:
Das Volk, das im Dunkeln wandelt, sieht ein großes Licht. Über den Bewohnern eines finsteren Landes strahlt ein Lichtglanz hell auf.
Reichen Jubel schenkst Du, schaffst große Freude. Man freut sich vor Dir, wie man sich freut bei der Ernte.
Denn das Joch ihrer Last, den Stab auf ihrer Schulter, ihres Zwingherrn Stock zerbrichst Du.
Ja, jeder Soldatenstiefel, der klirrend einherstampft, jeder Mantel, im Blute geschleift, wird verbrannt und im Feuer verzehrt.
Denn ein Kind wird uns geboren, ein Sohn wird uns geschenkt, auf dessen Schultern die Herrschaft ruht. Man nennt ihn: Wunderrat, Gottheld, Ewigvater, Friedensfürst.

Groß ist die Herrschaft und der Friede ist endlos in seinem Reich; er errichtet und stützt es durch Recht und Gerechtigkeit von nun an bis in Ewigkeit.
Er richtet die Armen gerecht, entscheidet richtig für die Stillen im Lande. Den Gewalttätigen schlägt er mit dem Stab seines Mundes.
Das geknickte Rohr zerbricht er nicht, den glimmenden Docht löscht er nicht aus.
Er öffnet den Blinden die Augen und führt die Gefangenen in die Freiheit."

Der schmale Mann übergab die Heilige Schrift dem Bischof. Der öffnete sie bei Markus 9 und las: „In jener Zeit fragte Jesus seine Jünger: Worüber habt Ihr unterwegs gesprochen. Sie schwiegen, denn sie hatten unterwegs miteinander darüber gesprochen, wer von ihnen der Größte sei. Da setzte er sich, rief die Zwölf und sagte zu ihnen: Wer der Erste sein will, soll der Letzte von allen und der Diener aller sein. Und er stellte ein Kind in ihre Mitte, nahm es in seine Arme und sagte zu ihnen: Wer ein solches Kind um meinetwillen aufnimmt, der nimmt mich auf."

Der Bischof schloss das Buch, hob es mit beiden Händen hoch über seinen Kopf und sagte zum Volk: „Evangelium unseres Herrn Jesus Christus."
„Lob sei Dir Christus", antwortete die Menge.

In seiner Predigt sprach der Bischof von der Hoffnung, dass die Verheißungen der Erlösung in Isaias' Liedern vom Gottesknecht sich auch irgendwann einmal für ihr armes, geschundenes Kolumbien erfüllen werden und dass mit der Weihe „unseres indigenen Bruders aus Silvia" ein neuer Knecht Gottes als Diener aller für Frieden, Gerechtigkeit und Liebe in ihrer Mitte arbeiten werde.

Dann weihte er den auf die Stufen des Altars

hingestreckten jungen Mann zum Priester und feierte mit den fünf Geistlichen am Altar und der ganzen Gemeinde die Eucharistie. Als beim Gang zur Kommunion die Menschen an Britta und Gregor vorbeizogen, bewunderten diese die schlichte Eleganz der in billige, aber geschmackvoll-farbenfrohe Stoffe gekleideten Mädchen und Frauen und waren bewegt von der natürlichen Würde der Bewohner des Armenviertels.

Die Menschen strömten aus der Kirche in den angrenzenden Hof. Dort hatten sich schon Männer in weiten Umhängen, auf den Köpfen große Sombreros, aufgebaut und stimmten ihre Instrumente: Gitarren, Flöten und Schlagzeug. Auf mehreren Feuerstellen standen große Töpfe, aus denen es dampfte. „Zur Feier des Tages lädt die Gemeinde alle ein zum Sancocho de Gallina, unserem Nationalgericht. Man braucht nur meistens etwas Geduld, bis die Hühner in der dicken Gemüsesuppe gar gekocht sind“, erklärte Carmen. „Vorher könnt Ihr ja die Arepas und Empanadas probieren.“ Nachdem Gregor zwei Maisfladen gegessen und beschlossen hatte: „Die schmecken wie Pappdeckel“ und sie auch nicht mit Aguardiente einweichen wollte, hielt er sich an die Fleischpasteten, während die Musik Salsas, Paseos und Merengues spielte und sich schon die ersten Paare auf dem Lehmboden der Tanzfläche drehten.

Der Bischof war noch kurz geblieben, musste dann aber zur Vorabendmesse zurück in die Kathedrale. Julio begleitete ihn zu seinem Volkswagen, der hinter der Einfahrt zum Centro geparkt war und von einem Mann des Sicherheitsdienstes bewacht wurde. Nicht weit davon standen zwei Männer, die Julio hier noch nie gesehen hatte. Er schob seine Hand in die

Beintasche mit dem Revolver. Aber die Männer knieten nur nieder und baten den Bischof um seinen Segen. Danach verschwanden sie, und Julio hatte sie bald vergessen.

Die fünf Geistlichen und der Neupriester hatten sich auf eine Bank an der Kirchenwand gesetzt. Aber da blieben sie nicht lange. Eine Gruppe von Frauen und Mädchen steuerte auf sie zu und rief: „Que bailen, que bailen!“ Die Priester widerstanden nur kurz der Aufforderung zum Tanz, und bald drehten sie sich fröhlich mit wechselnden Partnerinnen in der Menge.

Zwei Handglocken läuteten energisch. „Der Sancocho ist fertig“, riefen zwei stämmige Köchinnen. Jeder ließ sich seinen Teller füllen, und für kurze Zeit herrschte essensandächtige Stille.

Es war dunkel geworden, und Kerzen und Petroleum-Lampen wurden angezündet. Die Musiker griffen wieder zu ihren Instrumenten, die Gitarren schlugen einige Takte, und der Gruppenchef verkündete: „La Cumbia de las muchachas.“ „La Cumbia“, jauchzte das Publikum als Antwort. Dann erklang die Cumbia, jene Weise, in denen das Herz Kolumbiens tanzt – von den tropischen Küsten über die rauschenden Ströme in die weiten, fruchtbaren Täler. Und mit den Tönen tanzten barfüßig zwölf junge Mädchen in langen, weißen, mit blauen Bändern besetzten, weit schwingenden Kleidern hinein in den Kreis der Menschen um die Tanzfläche. Sie trugen Kerzen in den Händen und schwebten im Rhythmus der Cumbia mit zauberhafter Anmut über den Lehmboden. Junge schwarze, braune und helle Gesichter – mal ernst, mal strahlend lächelnd, schlanke Körper – aufrecht, in edler Haltung, dann sich neigend und wiegend in natürlich-vollendeter Grazie.

„Diese Schönheit in der Armut“ – fast ehrfürchtig staunte Gregor über die Möglichkeiten des Menschen.

Nachdem sich die Tänzerinnen ins Publikum zurückgezogen haben, treten eine junge Frau und vier Männer mit ihren Instrumenten in die Runde. „Los Quinteros“, rufen die Leute, freudig überrascht. „Und jetzt singt Shakira – Cumbia Violencia“, kommt die Ansage. Die Leute werden ganz still, und die Frau beginnt langsam, und dann schnell leidenschaftlicher werdend, die melodisch wunderbare, ergreifende Klage:

„Se oye un llanto	Man hört ein Weinen,
que atraviesa el espacio	es durchdringet das All,
para llegar a Dios.	im Streben hin zu Gott.
Es el llanto	Es ist das Weinen
de los niños	der Kinder,
que sufren	die leiden
y lloran de temor.	und in Schrecken schreien.
Es el llanto	Es ist das Weinen
de las madres	der Mütter,
que tiemblan	die zittern
de desesperación	vor Verzweiflung.
Ese llanto	Dieses Weinen
es el llanto de Dios.	widerhallet von Gott.
Violencia!	Gewalt!
Maldita violencia!	Verfluchte Gewalt!
Porque no permites	Warum zerstörst Du
que reine la paz,	den Frieden,
que reine el amor?	die Herrschaft der Liebe?
Porque no te empeñas	Warum nur lässt Du nicht,
en cultivar la tierra de Dios?	Gottes Erde erblühn?
Violencia!	Gewalt!

Maldita violencia!	Verfluchte Gewalt!
Porque no permites	Warum erlaubst Du nicht
que salga nueva oraciõn?	Aufsteigen neuen Gebets?
Recuerda que duerman	Wie gerne doch schliefen
los niños en cunas	die Kinder in Wiegen,
sonriendo de amor.	im Lächeln der Liebe.
Violencia!	Gewalt!
porque no permites	Warum zerstörst Du
que reine la paz?	den Frieden?“

Sie schließt mit dem Aufschrei: „No mas guerra! No mas violencia! – Kein Krieg mehr und keine Gewalt!“ Von allen wiederholt steigt der Schrei in die Nacht. Nach kurzer Stille geht die Feier weiter.

„Die Fiesta dauert noch lange. Wollt Ihr bis zum Ende bleiben?“, fragt Julio. „Wenn's am schönsten ist, soll man aufhören“, meint Britta. Sie verabschieden sich von den Padres und den Gemeinderäten, besteigen mit Fahrer und Leibwächtern den Jeep und rollen aus dem Centro hinaus auf die vom Mond nur schwach beleuchtete Straße.
Im Schatten eines Hauses spricht ein Mann in ein Mobiltelefon.

5.4 Das Licht

„Da vorne ist die Schnellstraße“, sagt Julio. Im Dunst, der den Rio Cauca umlagert, schneiden Autoscheinwerfer Lichtbalken durch die Nacht. Vor ihnen liegen noch etwa 500 m auf der Schlammstraße von Rio Azul. Da schiebt sich schattenhaft aus einer dunklen Seitenstraße ein Lastwagen auf die Fahrbahn und blockiert die Weiterfahrt. Scharf bremst ihr Fahrer. Die Leibwächter reißen die Gewehre hoch, metallisch-hartes Klacken beim Entsichern.

Von der Ladefläche des Lastwagens springen dunkle Gestalten und umstellen den Jeep, Sturmgewehre im Anschlag. „Nicht schießen“, ruft Julio seinen Leuten zu. Er zählt sieben Männer und drei Frauen in Kampfanzügen, mit breiten Armbinden in den gelb-blau-roten Nationalfarben Kolumbiens, auf den Köpfen schwarze Barette mit den Kokarden der FARC, der Fuerzas Armadas Revolucionarias de Colombia – der Revolutionären Streitkräfte Kolumbiens.

Einer der Männer vertauscht sein Gewehr mit einer Pistole, tritt zum Jeep und leuchtet mit einer starken Stablampe ins Innere. Aufmerksam mustert er die Insassen. Dann sagt er zu Fahrer, Leibwächtern, Julio und Carmen: „Hände hoch und Aussteigen“, zu Gregor und Britta: „Drinbleiben.“ Auf seine Kopfbewegung hin steigen drei Mann in den Jeep, zwei nehmen Platz auf der Fahrerbank, einer setzt sich mit entsicherter Pistole zu Britta und Gregor auf eine Rückbank: „Vámonos!“. Der Jeep fährt los und biegt auf der Schnellstraße ab nach Westen, Richtung Zentrum Cali. Die restlichen Sieben gehen rückwärts zum Lastwagen – die Gewehre auf die mit erhobenen Händen dastehende Gruppe gerichtet – und schwingen sich hinein. Der Lastwagen rollt an, und bevor ihn noch das Dunkel von Rio Azul verschluckt, ruft eine helle Frauenstimme: „Saludos de la FARC!“

Das Ganze hatte nur fünf Minuten gedauert. Nach weiteren sieben Minuten kam aus der Richtung des Centro Isaias Duarte ein Toyota mit aufgeblendeten

Scheinwerfen auf die Gruppe zugerast und bremste so scharf, dass er durch den aufspritzenden Schlamm schlingerte. „Que pasó?“, rief Jorge, der Sicherheitschef. „Ich habe auf dem Monitor gesehen, wie Euer Jeep anhielt und danach in die falsche Richtung abbog.“ Nur mühsam seine Erregung beherrschend erzählte Julio, was vorgefallen war. Carmen stand still an ihn gelehnt – halb unter Schock, gewürgt von emporquellender Sorge.

„Die haben jetzt eine Viertelstunde Vorsprung. Eine Verfolgung ist zwecklos. Der Jeep ist viel schneller als der Toyota“, stellte Jorge fest. „Wir fahren zurück ins Centro und beobachten die Route des Jeeps“, entschied Julio. „Dabei müssen wir überlegen, ob wir das Militär einschalten wollen.“ Im Sicherheitsraum des Centro blinkte der Signalpunkt des Jeeps im Zentrum Calis, und auf dem Telefon neben dem Monitor leuchtete eine rote Lampe. Julio hob den Hörer ab, las die Nummer in der Anzeige – es war seine eigene auf La Esperanza – und wählte. Am anderen Ende der Leitung meldete sich Rosa: „Doctor Gutierrez hat angerufen. Er sagte, die Nachricht sei dringend. Sie lautet: Heute Mittag ist Mr. Brush aus dem Hotel Tequendama ausgezogen und hat ein Taxi zum Militärflugplatz genommen.“

Der Jeep erreichte den Rio Cali und folgte der Uferstraße. Als die Häuser der Stadt zurückblieben, wurde die Straße breiter und stieg in schwingenden Kurven hinauf in die Westkordillere. Ab und zu huschten Hütten am Straßenrand im Dunkeln vorbei, streunende Köter kläfften in der Nacht. Die Entführer sprachen kein Wort. Ihr Wächter beobachtete Britta und Gregor scharf. Sie überquerten eine Passhöhe. „1800 m“ las Britta im Mondlicht auf einem Straßenschild. Dann tauchte eine Ortstafel auf: „El Carmen“. Langsam rollte der Jeep durch das schlafende Dorf und hielt kurz hinter dem Ortsende. Ein dunkler Mercedes stand am Straßenrand. Der Jeep bog ab in einen Feldweg und hielt nach fünf Metern. „Aussteigen!“, befahl der Bewacher von Britta und Gregor, und dann, ins Dunkel zeigend: „Vorwärts!“ Sie stapften mit ihren Entführern über den schlammigen Weg, der in eine lange, ansteigende Felsplatte überging. Als ihre Schuhe keine Dreckspuren mehr auf dem Fels hinterließen, befahl der Anführer: „Halt! Schuhe ausziehen, in den Händen tragen.“ Danach liefen sie in großem Bogen zurück zur Straße.

Der Anführer riss die Türen des Mercedes auf und leuchtete ins Wageninnere. Der Schlüssel steckte im Zündschloss. „Einsteigen!“ Er schob Britta und Gregor mit der Pistole auf die Rückbank und blieb neben dem Wagen stehen. Inzwischen hatten die beiden anderen den Kofferraum geöffnet, sich die Barette von den Köpfen gerissen und ihre olivfarbenen Kampfanzüge gegen schwarze Hosen, Hemden und Kopftücher eingetauscht, die sie dem Kofferraum entnahmen. Dann übernahmen sie die Bewachung der beiden Gefangenen. Nachdem auch der Anführer sich umgezogen hatte, setzte er sich links neben Gregor. Die beiden anderen stiegen vorne ein, der Motor sprang an, und der Wagen beschleunigte bergab.

Hohe Bäume wachsen in die Nacht. Ihre Kronen verchwinden im Nebel, der sich immer tiefer senkt. Der Fahrer geht mit hohem Tempo in die Kurven. Offenbar macht es ihm Spass, sie mit Gaspedal und

Bremse zu durchschleudern. Immer häufiger kommt der Fahrbahn die Asphaltdecke abhanden. Dann rutschen sie auf Sand auch schon mal gefährlich dicht an den Rand der Schlucht neben der Straße. Gregor hält Britta auf seiner rechten Seite umschlungen und flüstert: „Die Kerle sind leichtsinnig. Vielleicht gibt uns das eine Chance. Wenn sie kommt, tu was ich sage.“

Die Windschutzschscheibe ist von einer dünnen Sandschicht bedeckt. Jetzt beschlägt sie auch noch mit Nebeltröpfchen. Der Fahrer betätigt den Scheibenwischer. Der zieht einen braunen Film über das Glas, gerade als der Wagen in eine Linkskurve schießt. „Mierda“, ruft der Fahrer. Er kann kaum etwas sehen und tritt voll auf die Bremse. Der Wagen schleudert in die Böschung, prallt zurück, rotiert über Sand um seine Achse und prallt mit der linken Seite gegen einen Baum – dem einzigen Hindernis zwischen Straße und Abgrund. Die rechte Tür ist aufgesprungen. Gregor stößt Britta hinaus, schreit: „Lauf zurück!“, und entreißt ihrem Bewacher die Pistole – der war mit dem Kopf gegen die Wagenwand geschlagen und hatte einen Augenblick benommen dagesessen. Britta verschwindet in der Dunkelheit.

Bevor Gregor ihr folgen kann, hat sich der Beifahrer vorne berappelt, dreht sich um und stößt ihm den Gewehrkolben in die Schläfe. Gregor sinkt auf den Rücksitz, sein Bewacher schiebt ihn auf die Straße und tritt ihm krachend in die Rippen.

„Julio, der Jeep steht jetzt schon seit einer Viertelstunde hinter El Carmen.“
Julio schreckte auf und schaute Jorge etwas benommen an. Die Augen waren ihm zugefallen. Es war weit

nach Mitternacht. Carmen hatte in einem Nebenraum lange wachgelegen, war dann aber doch eingeschlafen. „Wahrscheinlich haben sie sich zu Fuß in die Büsche geschlagen. Da oben ist FARC-Landia.“
„Wenn wir jetzt das Militär informieren, kann man sie vielleicht noch abfangen, bevor sie im Kerngebiet der FARC verschwinden“, überlegte Julio. „Das Batallon Pichincha verfügt über einen schallgedämmten Hubschrauber aus den USA. Wenn die Entführer damit überrascht werden, können Britta und Gregor in der Dunkelheit vielleicht entkommen.“
Dann grübelte er: „Wenn ich nur wüsste, was die FARC mit der Entführung bezwecken. Wenn sie Lösegeld von uns erpressen wollten, hätten sie uns doch gleich mit einsacken können. Sollten sie darauf spekulieren, dass die deutsche Regierung wie schon bei früheren Gelegenheiten wieder ein paar Millionen Euro Lösegeld zahlt? Aber der könnte es ja durchaus passen, wenn die Sanders eine Zeit lang aus dem Verkehr gezogen werden.“ Er entschloss sich, weckte Carmen, die stimmte zu, und er wählte den Notruf der Militärpolizei.

Eine halbe Stunde später hörten sie ein Brummen in der Luft. Julio küsste Carmen, drückte Jorge die Hand, sprang aus der Tür und stieg in den Hubschrauber, der dicht über der Straße schwebte, sofort wieder aufstieg und nach Westen abdrehte. In seinem Inneren kauerten zehn schwer bewaffnete Soldaten.

Sie folgten der Carretera al Mar über den Pass, den „Diesyocho“, wie er wegen seiner 1800 Meter Höhe genannt wird. „Da unten liegt El Carmen“, sagte der Pilot. Sie gingen tiefer. „Dort steht der Jeep“, rief Julio und zeigte auf den mondbeschienen Feldweg am Ortsende. Sie landeten, inspizierten den Wagen.

„Keine Spuren“, sagte Julio.
„Doch“, widersprach der Kommandeur der Truppe, der mit zweien seiner Männer die Umgebung abgesucht hatte. „Da, weiter hinten auf der Felsplatte, laufen ganz deutliche Spuren von fünf Personen in Richtung Berge. Drei davon tragen, wie die Leute von der FARC, Gummistiefel – unverkennbar das Profil.“

Sie stürmten zum Hubschrauber, der schwang sich in die Höhe und flog in Richtung der Spuren über das rasch ansteigende Gelände. Drei Soldaten blickten angestrengt durch Infrarot-Nachtsichtgläser in die Tiefe – nichts zu sehen. Nach einer halben Stunde gaben sie die Suche auf und flogen zurück nach Cali. Zwei Soldaten hatten sie zuvor beim Jeep abgesetzt, die ihn nach Rio Azul zurückfuhren.

Nach der Landung auf den Kasernengelände des Batallons Pichincha im Süden Calis besprach Julio mit dem Standort-Kommandanten, General Ortega, die Lage. Der General war ein Cousin des ermordeten Bischofs und Mitglied der Junta Directiva der Fundación Isaias Duarte. Er befürchtete: „Ein direkter Befreiungsversuch wird nun für die Alemanes zu gefährlich. Sie stecken jetzt wahrscheinlich schon in einem der schwerbewachten Lager in den Farrallones de Cali, in denen die FARC ihre Geiseln bunkern. Erst vor drei Monaten wurde im Departamento Boyaca ein seit einem halben Jahr entführtes deutsches Rancher-Ehepaar ermordet in einer Berghöhle gefunden, nachdem unsere Truppen das Gebiet zurückerobert hatten.“
„Und indirekte Befreiungsversuche?“, fragte Julio.
„Ja, daran denke ich gerade. Wir planen sowieso eine Offensive gegen die FARC, aber weiter südlich, im Departamento del Cauca. Wenn wir Druck machen

und ein paar wichtige Leute fangen, wäre unsere Regierung im Interesse guter Beziehungen zu Deutschland vielleicht ausnahmsweise bereit, die FARC-Gefangenen gegen Ihre deutschen Freunde auszutauschen."

„Wann wollen Sie losschlagen?"

„Übermorgen."

„Sollen wir über Presse und Rundfunk einen Appell an die Entführer richten?"

„Warum nicht? Man kann ja darin andeuten, dass sich die Sicherheitskräfte im Interesse der Geiseln hier vorläufig zurückhalten. Vielleicht gelingt dann umso besser die Überraschung im Cauca."

Julio und der General setzten den Appell auf und faxten ihn an die lokalen Rundfunkstationen und Zeitungen. Zum erstenmal wurde er um 10 Uhr morgens gesendet. Gedruckt erschien er erst in den Montagsausgaben der Zeitungen.

Julio war todmüde, als ihn der Hubschrauber im Morgengrauen zurück ins Centro flog. Carmen erwartete ihn, tiefe Ränder um die Augen. „Nichts", sagte er. „Vorläufig können wir nur warten und beten." Er schloß Carmen kurz in die Arme und ging dann in den Ruheraum des Computerzentrums. Dort fiel er nach sorgenvollem Grübeln in unruhigen Schlaf.

Die Nachricht von der Entführung hatte sich in Rio Azul mit Windeseile herumgesprochen. Nach den Zehn-Uhr-Nachrichten wusste jedermann davon. Die Sprecherin der FARC-Witwen aus der Textilfabrik trommelte ihre Compañeras zusammen: „Sind die Comandantes denn völlig übergeschnappt? Verdammte Machos – so etwas gegen die Hernandez und ihre Freunde zu unternehmen. Was wird aus uns, wenn Carmen und Julio die Textilfabrik verkaufen, um das

Lösegeld aufzubringen?“
„Ich treffe mich heute nachmittag mit meinem Schwager in Siloe. Nachdem mein Mann gefallen war, hat er dessen Kommando übernommen. Soll ich ihm unsere, eh, Sorgen vortragen?“, fragte eine der Frauen.
„Tu das“, sagte die Sprecherin. Die anderen nickten.

Carmen und Julio fuhren am Sonntag Mittag nach La Esperanza zurück. Der Toyota mit fünf Bewaffneten begleitete den Jeep. Nach zwei Stunden unruhigen Schlafes saßen sie jetzt auf der Terrasse und sahen zu, wie die Sonne hinter die Farrallones de Cali sank. „Da oben stecken jetzt irgendwo Britta und Gregor“, flüsterte Carmen. Tränen liefen ihr über die Wangen. Julios Kiefer mahlten.

Das Telefon klingelt. Rosa ruft Julio.
„Wer ist dran?“, fragt er.
„Ein Mann. Er will nur mit dem Senõr sprechen.“
„Jetzt geht's los“, bemerkt er noch zu Carmen, bevor er in den Hörer fragt: „Wer spricht?“
„Don Julio?“
„Si“, bestätigt er.
„Hier spricht Comandante Espina. División Valle Sur der FARC.“
Julio, kurz und scharf: „Wieviel verlangen Sie?“
Der andere, mit Betonung auf jeder Silbe: „Nada – nichts“.
Julio, verblüfft: „Aber was sind Ihre Forderungen?“
„Wir haben keine“.
Carmen ist mit einem Sprung am Telefon und drückt die Mithörtaste, während Julio fragt: „Ja, warum haben Sie dann unsere Freunde entführt?“
„Wir haben Ihre Freunde nicht entführt!“

Julio verschlägt es die Sprache. Gedanken schie-

ßen ihm kreuz und quer durchs Hirn. Ein schlimmer Verdacht steigt in ihm auf. Er fragt: „Können Sie das beweisen?“
Vom anderen kommt die Gegenfrage: „Wie sollen wir denn beweisen, dass wir in dieser Angelegenheit nichts getan haben? Wir haben zuerst heute früh in den Nachrichten davon gehört. Heute Mittag hat mir dann meine Schwägerin – sie arbeitet bei Ihnen – heftigste Vorwürfe gemacht, und vorhin hat mich Gutierrez angefunkt und mit ernsten Konsequenzen für unsere geschäftlichen Beziehungen gedroht. Darum versichere ich Ihnen nochmals: Wir haben mit der Sache absolut nichts zu tun.“

Julio ist sich des Risikos dessen bewusst, was er jetzt sagt. Aber wenn sein Verdacht zutrifft, bleibt ihm keine Wahl: „Wenn die FARC mit der Entführung nichts zu tun haben, dann helfen Sie uns, unsere Freunde zu finden. Sie haben ja in den Nachrichten gehört, dass sich das Militär vorläufig zurückhalten will. Aber wenn wir nicht bald etwas von unseren Freunden hören, befürchte ich eine Großoffensive in den Farrallones de Cali. Wir kennen ja alle die Politik der harten Hand unserer Regierung.“
Der andere überlegt eine Zeit lang. Dann sagt er: „Sollten sich die Entführer, als FARC-Leute getarnt, mit den Geiseln in unserem Gebiet in den Bergen aufhalten, werden wir sie bald finden. Ich verspreche Ihnen, dass wir dann alles tun werden, um Ihre Freunde zu befreien und wohlbehalten zu Ihnen zurück zu bringen. Aber ich vermute eher, dass die Entführer zur Küste gefahren sind. Aus dem Gebiet von Buenaventura haben die Paramilitärs uns weitgehend verdrängt. Wenn die Entführer dort untertauchen, wird es schwierig.“

„Was also werden Sie tun?“, fragt Julio.
Kurze Stille am anderen Ende der Leitung, dann: „Wir werden das gesamte Gebiet zwischen Gebirge und Küste absuchen, soweit es uns zugänglich ist – unter einer Bedingung: Keine Militäroperationen im Südwesten Kolumbiens für die Dauer unserer Suche nach Ihren Freunden. Andernfalls brechen wir die Suche sofort ab. Ich halte Sie auf dem Laufenden.“

Damit hängte er auf.

Britta kauerte bis zum Anbruch der Morgendämmerung hinter einem dicken Baum. Nachdem Gregor sie aus dem Wagen gestoßen hatte, war sie die Straße ein Stück weit bergauf gelaufen. Mehrmals hatte sie angehalten in der Hoffnung, dass Gregor nachkäme. Als sie ein Auto hinter sich bemerkte, hatte sie sich in die Büsche am Hang neben der Straße geschlagen – gerade noch rechtzeitig, bevor sie der Scheinwerferkegel erfasste. Ziemlich lädiert auf der Fahrerseite fuhr der Mercedes langsam bergauf. Britta floh weiter in den Bergwald. Ab und zu hörte sie Motorengeräusche. Sie wagte sich nicht hinaus. So schnell würden die Entführer die Suche nach ihr nicht aufgeben.

Als es hell geworden war, schlich Britta zurück zum Straßenrand und begann, die Strecke zurück zu laufen, die sie in der Nacht gefahren waren. Zwischen der Abfahrt in El Carmen und dem Unfall hatte mehr als eine Stunde gelegen. Und immer ging es jetzt für sie bergauf. Die Schrecken der Nacht waren der brennenden Sorge um Gregor gewichen. Sie musste so schnell wie möglich zurück in die Zivilisation, um Hilfe zu mobilisieren. Aber bald wurden ihre Schritte langsamer. Wenn nur ein Bus käme.

Personenwagen wich sie weiterhin ins Gebüsch aus. Sie glaubte an die Hartnäckigkeit ihrer Entführer. Im Schatten des Blätterdachs der Urwaldriesen war es erträglich. Doch wenn die Straße bisweilen ins Freie führte, brannte die Sonne heiß. Brittas Durst wuchs. Ab und zu öffneten sich Mulden neben der Straße, in die sich aus dem Hang klare Bäche als kleine, glitzernde Wasserfälle ergossen. Doch Britta wusste: „Wenn ich jetzt trinke, habe ich morgen die Amöbenruhr.“

Ein leichtes Schwindelgefühl kam als Vorwarnung. Britta lief weiter. Auch als ihr Ringe vor den Augen tanzten, gab sie nicht auf. Dann wurde ihr schwarz vor Augen.

Sie erwachte in einem kleinen, dunklen Raum, der von einer schwachen Glühbirne spärlich erhellt wurde. Über sie beugte sich das faltige Gesicht einer älteren Frau in schwarzem Kopftuch. Große, dunkle Augen schauten sie mitleidig an.

„Wo bin ich?“, flüsterte Britta.

„In El Queremal“, antwortete die Frau behutsam. „Mein Sohn und ich haben Sie heute Nachmittag auf der Fahrt nach Buenaventura gefunden. Sie lagen am Straßenrand, zum Glück im Schatten. Was ist passiert? Hier, trinken Sie erst einmal etwas Hühnersuppe.“

Dankbar schlürfte Britta die warme Brühe aus einem Becher, dessen Außenwand Auskunft über viele frühere Mahlzeiten gab. Sie war sich sicher, dass sie der Frau vertrauen durfte und erzählte ihr das Vorgefallene.

„Sie sind die entführte Alemana, von der heute früh das Radio sprach?!“ rief die Frau aus. „Da müssen wir sofort die Polizei benachrichtigen.“

„Nein, bitte nicht“, bat Britta. Zuviel hatte ihr Car-

men schon früher von der Zusammenarbeit zwischen miserabel bezahlten Polizisten und dem organisierten Verbrechen erzählt. „Gibt es hier ein Telefon?“
„Ja, aber nur auf dem Polizeiposten.“
„Würden Sie meine Freunde im Valle anrufen?“
„Ich würde das gerne für Sie tun, Señora. Aber die Polizisten werden eine einfache Frau wie mich sofort hinauswerfen. Sie müssen schon selber gehen.“
„Geht heute noch ein Bus nach Cali?“
„Der letzte ist vor einer Stunde abgefahren.“
„Und Ihr Sohn?“
„Der hat sich sofort wieder auf den Weg nach Buenaventura gemacht. Er will dort ein paar von unseren Hühnern im Hafen verkaufen.“

Sie musste zur Polizei. Vorher stärkte sie sich noch auf Drängen der Frau mit gekochter Yuca-Wurzel und Hühnchenfleisch und trank drei Tassen Kaffee. Ihre Kräfte kehrten zurück. Sie machte sich frisch und ließ sich den Weg zum Polizeiposten zeigen. Mehrfach musste sie klopfen, bis sich einer der drei diensthabenden Polizisten von der Fernsehübertragung des lokalen Fußballduells Deportivo Cali gegen America losreißen konnte und öffnete. Ihrem Brustbeutel hatte sie zuvor eine Zehn-Dollar-Note entnommen.
„Bitte, ich muss dringend mit Cali telefonieren“, sagte sie zu dem Polizisten und streckte ihm den Geldschein hin.
Der musterte sie und ihre Begleiterin nur kurz, nahm das Geld, zeigte zum Telefon an der Wand: „Bedienen Sie sich“, und stellte sich in die Tür zum Fernsehraum, das Spiel und sie abwechselnd beobachtend. Britta wählte die Nummer von La Esperanza. Als sich Carmen meldete und Britta ihren Namen gesagt hat-

te, hörte sie einen Jubelschrei am anderen Ende der Leitung. Dann fragte Carmen nach Gregor. Brittas Antwort beendete den Jubel. Julio hörte inzwischen mit.

„Geh' mit Deiner Retterin zurück in ihr Haus. Verlass das Haus nicht, bevor Du einen Hubschrauber hörst. Dann tritt vor die Tür und schwenke eine Petroleumlampe oder eine brennende Zeitung oder sonst was Brennbares über dem Kopf. Sobald Du mich siehst, aber nicht vorher, läufst Du zum Hubschrauber. Wenn alles gut geht, sind wir innerhalb einer Stunde da."

Während sie in der ärmlichen Hütte am Ortsrand von El Queremal auf den Hubschrauber warteten, eine brennende Petroleumlampe stand bereit, versuchte Britta, die Frau zum Mitkommen nach Cali zu bewegen. Aber die wollte ihre Hühner nicht im Stich lassen. Sie und ihr Sohn lebten davon. So gab ihr Britta den Inhalt ihres Brustbeutels und war froh, dass sie ihre alte Gewohnheit beibehalten hatte, einen Teil ihrer Reisedevisen immer am Körper zu tragen.

Sie wartete auf lautes Hubschrauber-Geknatter. Erst als ein dumpfes Brummen in der Luft zum zweiten Mal über El Queremal kreiste, eilte sie vor die Tür und schwenkte die Petroleumlampe. Der Hubschrauber schwebte zur Straße, Julio sprang heraus, Britta umarmte ihre Retterin, riss sich los und lag nach zehn Metern in Julios Armen. Sich unter die wirbelnden Rotoren duckend rannten sie zum Einstieg, zwei Soldaten halfen ihnen ins Innere. Die Maschine schoss in die Höhe und drehte ab nach Osten. Der Pass wuchs ihnen entgegen, und dann sahen sie schon fern in der Tiefe die Lichter Calis aus der Ebene herauf schimmern.

General Ortega erwartete sie am Hubschrauber-Landeplatz und führte Britta und Julio sofort in sein Büro. Julio hatte ihn nach Brittas Anruf über den Wachhabenden telefonisch auf einer Party im Kasino erreicht und wieder die erbetene Hubschrauber-Unterstützung erhalten. Jetzt war es kurz nach Mitternacht. Ortega ließ sich von Britta die Einzelheiten ihrer Entführung und Flucht berichten. Sein Adjudant nahm alles auf Tonband auf. Als Britta den Uniformwechsel in El Carmen vor der Weiterfahrt in Richtung Buenaventura erwähnte, wusste Julio, dass Comandante Espina von der FARC am Telefon die Wahrheit gesagt hatte, und sein Verdacht wurde zur Gewissheit: Die Entführer waren Paramilitärs, wahrscheinlich im Auftrag von James D. Brush.

Er informierte Ortega über sein Telefonat mit Espina und seinen Verdacht. Ortega sagte lange Zeit gar nichts und dann: „Jetzt wird es erst richtig kompliziert.“ Natürlich wusste er von den Kontakten zwischen Militärs und Paramilitärs. Er selber hatte sie bisher gemieden. Sich mit den Schlächtern der Paras einzulassen, verbot ihm seine Berufsehre. Aber Sympathien für die Paras bei seinen Untergebenen waren ihm wohlbekannt. Beim Ausspähen des Gebiets von Buenaventura und einem späteren Angriff auf die Paras zur Befreiung ihrer Geisel konnte er sich auf seine Truppe nicht verlassen. Außerdem war die Hälfte seines Batallons für die Offensive gegen die FARC im Departamento del Cauca eingeplant. Morgen sollte sie beginnen. Dann würden die FARC ihre Suche nach den Entführern abbrechen und alle Kräfte nach Süden werfen.

Julio hegte ähnliche Gedanken. Er räusperte sich: „General Ortega, können Sie die Offensive mor-

gen vorerst stoppen? Was die Entführung betrifft, kann sie nur noch schaden.“
„Sie wollen also der FARC die Suche nach Ihrem Freund überlassen?“
„Was bleibt uns übrig? Ihnen, General, vertraue ich voll und ganz. Wir kennen uns lange genug aus unserer Zusammenarbeit in der Junta Directiva der Fundación. Aber außer uns hat doch nur die FARC ein echtes Interesse an einem guten Ende der Entführung. Wäre es nicht möglich....“ .
„Was möglich ist und was nicht überlassen Sie bitte mir“, unterbrach ihn schroff Ortega. Dann wandte er sich an seinen Adjudanten: „Teniente, vielen Dank. Sie können jetzt schlafen gehen. Bitte fertigen Sie am Morgen als Erstes eine Abschrift des Tonbands an und legen sie diese auf meinen Schreibtisch. Selbstverständlich ist das alles streng vertraulich.“
Der Adjudant erhob sich, salutierte und verließ den Raum.

„Bitte entschuldigen Sie die Unterbrechung und meinen Tonfall, Don Julio.“ Der General wandte sich wieder zu Julio und Britta. „Aber vielleicht ist schon zuviel gesagt worden. Der Adjudant ist erst seit fünf Tagen in meinen Diensten. Vorher war er bei Coronel Guzman in Bogotá. Ich weiß noch nicht, wie er denkt.“ Nach kurzem Nachdenken fuhr er fort: „Vielleicht kann ich den Kommandeur in Popayan zu einer Verschiebung der Offensive um einige Tage überreden. Wir erwarten diese Woche die Lieferung von drei Apache-Helikoptern aus den USA. Einmal einsatzbereit werden die unsere Schlagkraft enorm verstärken – ja, so könnte ich argumentieren. Und dem Erfolg der Offensive dient es auch. Machen Sie Espina Druck, wenn er sich meldet. Viel Zeit bleibt nicht für die

FARC-Option."

Julio und Britta bedankten sich bei General Ortega. Der ließ sie noch mit dem Hubschrauber nach La Esperanza fliegen. Dort fiel Carmen Britta um den Hals. Sie saßen noch bis drei Uhr morgens beisammen, sprachen über Gregor und studierten eine Karte von Buenaventura und Umgebung.

Um sieben Uhr morgens rief der Adjudant von seinem privaten Mobiltelefon die „Emisora del Valle" an, verlangte die Nachrichtenredaktion und sagte: „Heute Nacht haben die Streitkräfte Kolumbiens eine deutsche Geisel befreit." Damit legte er auf.

Eine halbe Stunde später klingelte das Telefon auf La Esperanza. Schlaftrunken hob Julio ab und war sofort hellwach, als der Anrufer fragte: „Können Sie der Emisora del Valle bestätigen, dass eine deutsche Geisel in dieser Nacht befreit wurde?"
„Wer sabotiert hier?", schoss ihm als erster Gedanke durch den Kopf. Dann wurde er plötzlich ganz ruhig und sagte fast fröhlich ins Telefon: „Ja, das bestätige ich gerne. Sie können Ihren Hörern berichten, dass der Frau auf der Straße nach Buenaventura westlich von El Queremal die Flucht gelang. Sie hielt sich im Urwald versteckt und wurde schließlich von unseren Streitkräften gefunden und nach Cali zurückgebracht. Wir vermuten, dass ihr Mann von den Entführern in das Gebiet von Buenaventura verschleppt worden ist."
Damit würden die Leute von der FARC wissen, wo sie suchen mussten.

Für Einzelheiten, die der Mann vom Radio noch wissen wollte, verwies ihn Julio an General Ortega. Der speiste den Reporter mit allgemeinen Bemerkungen zur nationalen Sicherheit ab und schickte die Hubschrauberbesatzung als, wie er sagte, Dank für ihren beispielhaften Einsatz für sechs Tage in das Militär-Feriencamp in Tumaco an der Pazifikküste. Als Vorgesetzten gab er ihnen seinen Adjudanten mit. Damit waren die in Frage kommenden Informanten vorläufig aus dem Verkehr gezogen.

Gregor tauchte auf aus rotem Dunst. Sein Kopf dröhnte. Der Boden unter ihm schaukelte leicht. Er öffnete die Augen. Über ihm segelten drei große Vögel mit weit ausgebreiteten Schwingen und S-förmig gebogenen Hälsen vor dunkelgrauen Wolken. „Pelikane“, dachte er. „Pelikane? Wo bin ich?“ Er versuchte sich aufzurichten. Ein stechender Schmerz schoss durch die Brust und nahm ihm den Atem. Ganz flach nur konnte er weiter atmen. Er schloss die Augen wieder. Langsam kam die Erinnerung zurück. „Britta!“ Liebe und Sorge wallten auf in ihm. Ob ihr die Flucht geglückt war? Er lauschte. Leise gluckste Wasser. Er spürte Bewegung: leichte, kurze Beschleunigung, dann schwaches Schwanken und Gleiten. „Ein Boot. Ich liege in einem Ruderboot“, erkannte er. Halblaut sagte eine Stimme: „Da vorne, dann rechts.“ Er rührte sich nicht. Nach einiger Zeit – war sie lang, war sie kurz, er wusste es nicht – knirschte Kies unter dem Kiel, und es gab einen kleinen Ruck. Jemand sprang ins Wasser, dann noch jemand. Das Boot bewegte sich unter Schleifen und Knirschen ein Stück. „Das reicht“, sagte eine Stimme. Andere, halblaute Stimmen näherten sich. Poltern auf den Bootsplanken.

Gregor spürte zwei Hände unter seinen Armen, zwei Hände an seinen Füßen. Sie hoben ihn hoch mit einem Ruck – wieder der stechende Schmerz in der Brust. Beinahe hätte er laut aufgeschrien. Durchhängend zwischen seinen Trägern schwang sein Körper im Rhythmus ihrer Schritte. Zweimal hörte er: „Vorsicht! Genau auf dem Pfad bleiben." Ab und zu öffnete er kurz die Augen. Seine Träger gingen durch Schilf, vorbei an Bäumen, in denen hoch oben Pelikane saßen. „Pelikane in Bäumen, ulkiges Bild, kommt mir aber irgendwie bekannt vor", ging es ihm durch den Kopf.

Das Stechen in der Brust schwoll an. Mit einem Ruck blieben die Träger stehen. Stöhnen brach aus ihm heraus – da legte man ihn auf eine Decke. Seine Augen öffneten sich. Im Halbdunkel eines Zeltes stand über ihm ein großer, athletischer Mann – helle, gerötete Haut, blonde Haare. Der Mann musterte ihn aufmerksam. „Ich bedauere, dass Sie Ungelegenheiten hatten, Señor Sanders", sagte er dann mit unverkennbarem Akzent. Gregor wusste, wen er vor sich hatte. Mühsam fragte er: „Wo ist meine Frau?"
„Das erfahren Sie, wenn Sie kooperieren."
„Warum hat man uns entführt?"
„Damit Sie kooperieren."

Gregor schwieg. Das Sprechen hatte ihn angestrengt. Die Schmerzen rasten um seine eingetretenen Rippen. Er hustete, spuckte Blut. „Der lebt nicht mehr lange", hörte er jemanden hinter sich sagen. Er wurde wieder ohnmächtig.

Die Nacht ist schwül. Gregor wacht auf, schweißgebadet. Er hört nur leichten Wellenschlag vom Strand her und Schnarchen. Er will seine Beine bewegen. Sie sind an den Füßen gefesselt. Das Dröhnen im Kopf hat nachgelassen. Aber die Schmerzen in der Brust machen tieferes Atmen schier unerträglich. „So müssen Gekreuzigte gefühlt haben“, denkt er unwillkürlich. „Der lebt nicht mehr lange“, hallt es in ihm nach. Todesangst steigt auf. Aber das Schlimmste ist die Verzweiflung, die ihn beim Gedanken an Britta überfällt. Er kämpft mit ihr. Sie droht ihn zu überwältigen. Jetzt hilft nur noch Eines.

Er versucht zu entspannen. Zwerchfellatmung im Rhythmus von „Loslassen, Niederlassen, Einswerden, Neuwerden“ – so hatte er es vor zwanzig Jahren in einem Meditationskurs bei den Benediktinern gelernt. Seine Hirnschale sinkt in die Tiefe, in die dunkle Wolke. Zeit ist nicht mehr.

Er steht vor dem dunklen Todestor. Da – verstreut und dunkelrot erglüht Es: „Ich bin da.“
Er weiß: Je mehr ich loslasse, desto heller wird das Licht werden. Aber er bleibt, wo er ist. Tor und Licht versinken.

Er taucht wieder auf. Schrecken und Verzweiflung sind gewichen. Nie mehr, glaubt er, werden sie wiederkehren. Ruhe erfüllt ihn. Nur normale Angst hockt noch geduckt im Bewusstsein. Später wird Gregor zu Britta sagen: „Was geschah, und was es noch für Folgen haben wird – diese Erfahrung war es wert. Um nichts möchte ich sie missen.“

Gregor gelang es einzuschlafen. Als der Morgen dämmerte, kam Bewegung in seine Umgebung. Jemand brachte ihm Kaffee und gekochten Reis mit schwarzen Bohnen. Ein Motorboot schien abzufahren und nach einiger Zeit zurückzukommen. Der blonde Mann und ein zweiter mit einer Medizinertasche, offenbar ein Arzt, betraten das Zelt. Der Arzt untersuchte Gregor: „Noch besteht keine akute Lebensgefahr, aber er muss schnellstens in ein Krankenhaus. Die gebrochenen Rippen haben Lunge und Rippenfell verletzt. Ich kann ihm im Augenblick nur ein Schmerzmittel geben. Fünf Tropfen, alle zwei Stunden. Sobald er Fieber bekommt, wird es kritisch.“

Gregor schluckte die Tropfen. Der blonde Mann nahm das Fläschchen mit dem Opiat an sich und setzte sich Gregor gegenüber. Nach einer Weile fragte er: „Können wir uns jetzt unterhalten?“ Gregor nickte. Er saß jetzt, die ausgestreckten Beine immer noch gefesselt. Der andere begann: „Sie müssen schnell ins Krankenhaus. Machen wir also keine Umschweife. Mein Name ist James D. Brush. Ich bin hier im Auftrag hochgestellter Persönlichkeiten, die sich Sorgen um den Einfluss der Drogenmafia auf die Politik in Europa und den USA machen. Ich verlange von Ihnen, dass Sie Julio Hernandez anrufen und ihn auffordern, über die Fernsehsender des Landes und durch eine schriftliche Erklärung an die internationale Presse zu bekennen, dass die Schwingen-Parteien durch Drogengelder finanziert werden. Dokumente der Transaktionen, die das beweisen, sind bei der US-Botschaft in Bogotá zu hinterlegen. Sobald Bekenntnis und Dokumente vorliegen, werden Sie nach Buenaventura ins Krankenhaus gebracht und sind frei. Hier ist ein Telefon.“

Gregor ignorierte die ausgestreckte Hand mit dem Mobiltelefon. Er unterdrückte seine erste Reaktion, wieder nach Britta zu fragen. Er kannte ja die Antwort. Von der Erfahrung der Nacht war ihm die große Ruhe geblieben. Kühl überlegte er seine Optionen. Je öfter Julio angerufen würde, desto eher be-

stand die Möglichkeit, Brushs Telefon zu lokalisieren. Nach dem, was er im Centro Isaias Duarte gesehen hatte, verfügte Julio über eine reiche elektronische Ausrüstung. Dann kam ihm noch eine Idee.
„Und wenn ich mich weigere?“, fragte er Brush.
„Dann rufe eben ich an. Wenn dadurch alles länger dauert, ist das Ihr Schaden.“
„Ich weigere mich.“
Brush wählte. Dann sprach er seine Forderungen ins Telefon. Er lauschte kurze Zeit auf die Antwort. Als er dann sagte: „Ich will versuchen, dass er spricht“, stöhnte Gregor leise auf und ließ sich zurück auf die Decke sinken. Er hörte, wie Brush sagte: „Wir melden uns wieder.“

Gregor blieb mit geschlossenen Augen reglos liegen. Er hörte Brush das Zelt verlassen und hob leicht die Augenlider. Er war allein. Nach einiger Zeit meldeten sich seine Rippen wieder. Brush kam zurück und sah, wie sich sein Gesicht verzog. Er stieß Gregor leicht an und sagte: „Wieder Zeit für die Tropfen.“
Gregor simulierte langsam-schmerzhaftes Erwachen: „Die Tropfen, ja bitte.“
„Aber erst, wenn Sie Ihrem Freund bestätigen, dass Sie hier bei mir sind.“
Es lief, wie geplant. Er nickte. Brush drückte die Wiederholungstaste, gab ihm das Telefon und hielt sein Ohr mit an den Hörer. Bei den Schmerzen fiel es Gregor nicht schwer, seine Stimme zu verstellen, als er nach Julios Meldung antwortete: „Hier spricht Gregor Sanders.“
„Gregor, bist Du’s wirklich?“ – das war Brittas Stimme.
Gregor unterdrückte seinen Jubel und antwortete nur müde: „Ja, ich bin’s.“

Er hörte, wie Britta sagte: „Das klingt nicht nach Gregor“, und dann aufschrie: „Die Kerle haben ihn umgebracht.“
„Identifizieren Sie sich“, herrschte Brush ihn an.
„Wie?“, fragte Gregor dümmlich.
„Sagen Sie etwas, was nur Sie und Ihre Frau wissen.“
„Was sage ich denn? Na ja, das könnte passen“, willigte er ein und sprach wieder ins Telefon, diesmal mit weniger verstellter Stimme: „Ich bin es wirklich. Zwei Beweise. Erstens: Mein Lieblingslied in Valdivia war ‘Pelikane in den Bäumen’. Zweitens: Britta hat am linken Zungenrand ein Fibrom – wie eine kleine Warze.“
„Ok“, unterbrach ihn Brush, „und jetzt verlangen Sie, dass meine Forderungen binnen 24 Stunden erfüllt werden.“
Mit wachsender Anstrengung sprach Gregor weiter: „Was die Forderungen von James D. Brush betrifft, so...“.
Er stöhnte laut auf, ließ das Telefon fallen und sank um. Die Verbindung war unterbrochen. Brush stampfte wütend im Zelt herum, versuchte dann, Gregor die Tropfen einzuflößen. Aber der stellte sich so lange ohnmächtig, bis ihn die Schmerzen zur Tropfeneinnahme zwangen, um nicht wirklich ohnmächtig zu werden. Brush ließ Essen und Trinken bringen. „Stärken Sie sich jetzt“, befahl er Gregor. „In zwei Stunden rufen wir wieder an. Dann stelle ich das Ultimatum. Überlegen Sie sich gut, wie Sie Hernandez zur schnellen Erfüllung meiner Forderung bewegen. Vorher kommen Sie in kein Krankenhaus. Fühlen Sie sich nicht schon fiebrig?“

Auf La Esperanza saßen Britta, Carmen und Julio ums Telefon. Britta war erleichtert und verwirrt.

„Es war tatsächlich Julio. Seht her.“ Sie streckte die Zunge heraus und zeigte auf das Fibrom. „Aber was soll der Unsinn mit seinem Lieblingslied in Valdivia? Wir waren nie in Valdivia. Pelikane in den Bäumen – was wollte er damit sagen?“ Plötzlich sprang sie auf und lief zum Bücherschrank. Aufgeregt blätterte sie in der Geschichte des Departamento del Valle, in der Gregor am Freitag Nachmittag gelesen hatte. „Hier ist es“, rief sie und zeigte auf das Bild mit der Pelikan-Kolonie in den Bäumen, das Gregor so ulkig gefunden hatte. Unter dem Bild stand: Peninsula de la Bocana. „Gregor weiß oder vermutet, dass er sich in der Gegend befindet, die das Bild zeigt. Das wollte er mit dem scheinbaren Unsinn sagen.“

„Hoffentlich meldet sich Espina bald wieder.“ Julio ging unruhig auf und ab. „Jetzt wissen wir wo Julio steckt. Die FARC könnte zugreifen.“ Etwa eine Stunde verging, bis das Telefon wieder klingelte. Diesmal war es Espina: „Wir haben immer noch keine Spur.“ „Aber wir.“ Julio berichtete von ihrer Vermutung, dass Gregor auf der Halbinsel Bocana nahe Buenaventura gefangengehalten würde.
„Das ist gut“, rief Espina. „Nach den Nachrichten haben wir eine Abteilung, als Bauern verkleidet, in einem unserer Busse nach Buenaventura geschickt. Sie müßten bald dort sein.“
„Können Sie sich mit ihnen in Verbindung setzen?“
„Klar. Die haben Sender, Empfänger, Peilgeräte – was man so braucht.“
„Dann lassen Sie sie sofort mit dem Peilgerät gegenüber der Bocana in Stellung gehen. Ich rechne damit, dass die Entführer heute noch mehrmals anrufen. Vielleicht können Sie dann ihren genauen Standort feststellen.“

Nach einer dreiviertel Stunde war Espina wieder am Apparat. „Ich habe unsere Leute kurz vor Buenaventura erreicht. Sie beziehen jetzt Stellung im Waldgebiet gegenüber der Bocana.“
Kurz darauf rief Brush erneut an und wiederholte seine Forderungen in ultimativer Form. Julio erklärte des Langen und Breiten, dass die Drogenmafia, in deren Besitz sich alle Dokumente aus der Zeit seines Vaters befänden, ihm zürne und es deshalb fast unmöglich sei, die geforderten Dokumente, wenn überhaupt, innerhalb von 24 Stunden zu bekommen und in der Botschaft zu hinterlegen.
„Je länger Sie brauchen, desto später kommt Ihr Freund ins Krankenhaus“, herrschte Brush ihn an.
„Krankenhaus, warum?“, erschrak Julio.
„Das kann er Ihnen selbst erklären“, antwortete Brush und hielt Gregor das Telefon hin.
„Macht Euch keine Sorgen. Meine Entführer haben mich nur nach dem Unfall etwas hart angefasst“, beruhigte Gregor. „Mein amerikanischer Freund hier versorgt mich mit Medizin.“ Dann erkundigte er sich nach Britta.
„Britta ist in Tränen ausgebrochen, als Du Dein Lieblingslied erwähntest. Vor Freude hat sie angefangen, es selbst zu singen: Wenn die Jäger aufgebrochen, Pelikane in den Bäumen...“
„Schluss mit den Sentimentalitäten“, unterbrach Brush. „Erfüllen Sie schleunigst mein Ultimatum. Ihrem Freund geht es nicht besonders gut.“
Damit unterbrach er die Verbindung. Gregor hatte verstanden.

„Die Peilung weist in das Schilfgebiet hinter den Bäumen am Strand, neben den Ferienhäusern“, stell-

te der Anführer des FARC-Kommandos am Waldrand gegenüber der Bocana fest. „Den direkten Weg über die Bucht können wir nicht nehmen. Boote zu beschaffen, dauert zu lange. Außerdem werden die Paras Wasser und Strand überwachen. Wie lange werden wir brauchen, um uns auf dem Landweg von hinten anzuschleichen?“
Einer seiner Kämpfer, ein Schwarzer aus Buenaventura, rechnete mit fünf Stunden. „Wir müssen vorsichtig sein. Die Leute erzählen, die Paras hätten angefangen, im Schilf am Strand entlang Minen zu verlegen. Ob sie auch schon den Landzugang vermint haben, weiß man nicht. Es ist eher unwahrscheinlich, weil kaum jemand durch den Dschungel kommt. Aber man kann nie wissen.“
„Gut. Achtet auf Eure Schritte. Vor Einbruch der Dunkelheit müssen wir hinter den Ferienhäusern sein.“
Der Anführer skizzierte auf einer Karte von Buenaventura und Umgebung ihren Weg. Drei Mann blieben mit einem Mörser an Ort und Stelle.
„Wenn Ihr zwei Leuchtkugeln über dem Wasser seht, fangt Ihr an, den Strand zu beschießen. Aber nur den Strand. Lasst die Einschläge vom Wasser aufs Land wandern. Hoffentlich hat's dann noch genug Licht.“

Den Tag über aß und trank Gregor alles, was ihm angeboten wurde. Es tat weh genug, aber er kam etwas zu Kräften. Brush gegenüber simulierte er zunehmende Schwäche und bettelte immer häufiger um das Schmerzmittel. „Meine Füße, meine Füße“, stöhnte er. „Das Blut staut sich unter den Fesseln.“ Schließlich ließ Brush ihm die Fesseln abnehmen. Bis zur Abgabe der Erklärung und Übergabe der Dokumente brauchte er ihn lebend.

Eine halbe Stunde vor Anbruch der Dunkelheit war das FARC-Kommando bei den Ferienhäusern angekommen. Alle standen leer. Viele sahen heruntergekommen aus. Vor zehn Jahren hatte das zarte Pflänzchen Tourismus hier noch zaghaft geblüht. Inzwischen war es im Klima der Gewalt erstickt. Am Rande der Ferienhaussiedlung, bevor das Schilf begann, stand der Hubschrauber, mit dem Brush aus Bogotá gekommen war. Dahinter führte ein Pfad ins Schilf.

Zwei Männer in schwarzen Uniformen bewachten den Hubschrauber, gelangweilt Karten spielend. Der FARC-Anführer überlegte: „Anschleichen und Kehle durchschneiden oder mit Schalldämpfer umlegen?“ Beides barg Risiken, wenn die Beiden noch zum Schreien kamen. Er entschied sich für den Überraschungseffekt und schickte einen Mann mit der Leuchtpistole zur Spitze der Halbinsel: „Von dort, parallel zum Strand, über das Wasser schießen!“

Zweimal macht es „Blop“ hoch über dem Strand und zwei rote Leuchtkugeln schweben in der Dämmerung nach unten. Die beiden Wächter am Hubschrauber sind aufgesprungen und starren über das Schilf in Richtung Meer. Von fern ein Wummern, dann aufplatschendes Wasser, gefolgt von einer dumpfen Detonation. Die Wächter rennen los, verschwinden auf dem Pfad im Schilf. Die nächste Explosion kracht hart auf dem Strand. „Adelante!“ Der FARC-Anführer betritt den Pfad ins Schilf, gefolgt von seinen Kämpfern. Sie pirschen sich vor, während vor ihnen vom Strand her immer neue Detonationen dröhnen. Eine Lichtung öffnet sich. James D. Brush steht neben dem Zelteingang, Pistole in der Hand, den Rücken ihnen zugekehrt. Er ist allein, die anderen sind zum Strand gestürmt. Der Anführer springt Brush von hinten an, schlägt ihm die Pistole aus der Hand und würgt ihn. Brush lässt sich zu Boden fallen, rollt ab, befreit sich mit einem Handkantenschlag, springt auf und blickt in drei Gewehrmündungen. Blitzschnell hechtet er seitwärts ins Schilf und rennt in Richtung Strand. Eine Explosion zerreißt die Luft. „Eine Landmine“, stellt der Anführer sachlich fest und reibt sich den Nacken.

Gregor steht mit erhobenen Händen im Zelteingang. „El Aleman?“ fragt einer. „Si, soy Gregor Sanders.“ Kurze Kontrolle. Dann der Befehl: „Rückzug!“ Zwei Mann stützen Gregor. Am Strand rattern jetzt Maschinenwaffen zwischen den Explosionen der Mörsergranaten. „Die Idioten erwarten immer noch einen Angriff vom Wasser her“, meint der Anführer und grinst zufrieden.

Bei den Ferienhäusern stößt der Leuchtkugelschütze zu ihnen. Gemeinsam verschwinden sie im Dschungel. An einem Bach machen sie halt. Der Anführer telefoniert mit der Mörsergruppe: „Feuer einstellen. Alles bestens. Waffen im Wasser versenken. Wir sickern einzeln in Buenaventura ein und treffen uns am Bus.“ Dann ruft er Espina an: „Comandante, wir haben den Aleman. Aber er kann nicht mehr weit gehen. Er braucht bald einen Arzt. Nein, bei der Befreiung ist ihm nichts passiert. Wir hatten nur eine Feindberührung. Mit einem Gringo. Und der erzählt nichts mehr. Sonst hat uns niemand gesehen. Wo wir jetzt sind? An einem Bach. Moment.“ Er leuchtet mit der Taschenlampe auf die Karte. „Es müßte die Quebrada Tortuga sein. Ja, im Wald. Aber nur etwa 1000 Meter Luftlinie von den Ferienhäusern entfernt. Ihn dort allein zurücklassen?

Nein, das kann man nicht machen. Die Paras werden ihn suchen, wahrscheinlich nur im Schilf, aber man kann nie wissen.“ Er hört Espina eine Weile zu. Dann schließt er ab: „Gut, die anderen sollen sich in Sicherheit bringen. Ich bleibe bei dem Aleman, vielleicht mit noch einem Freiwilligen. Wenn die Helfer in der Nähe sind, sollen sie meine Nummer anrufen. Dann setzen wir uns ab. Das Mobiltelefon gebe ich dem Aleman.“

So wurde es gemacht. Der Leuchtkugelschütze blieb noch mit bei Gregor. Die anderen FARC-Kämpfer verschwanden zwischen den Bäumen. Wenn der Nachtwind auffrischte, trug er Stimmen vom Lager der Paramilitärs herüber. Eine Zeit lang stöberte auch ein Suchtrupp in und zwischen den Ferienhäusern herum. Dann ratterten Maschinenpistolen. „Die sind richtig schön frustriert“, freute sich der Anführer, nachdem alles wieder ruhig geworden war. Plötzlich heulte die Hubschrauberturbine auf. „In den Wald!“ Aber ein Blick nach oben beruhigte sie. Das Blätterdach war auch über dem Bachlauf so dicht, dass kein Suchscheinwerfer es durchdringen konnte. Sie hörten, wie der Hubschrauber aufstieg. Dann verklang sein Knattern.

Der Hubschrauber flog ins Landesinnere, am Steuerknüppel ein Offizier aus dem Stabe Guzmans in Bogotá. Hinter ihm lag die Leiche von James D. Brush. Die Mine hatte einen Unterschenkel abgerissen. Er war noch im Schilf verblutet. Er wurde später auf dem Heldenfriedhof in Arlington beigesetzt. Auf seinem Grabstein steht: „Gefallen im Kampf gegen den internationalen Terrorismus.“

Gegen Mitternacht brummte und knatterte es in der Luft, und das Mobiltelefon dudelte seine Salsa. Gregor meldete sich. „Julio – Gott sei Dank! Ihr kommt durch die Luft? Am besten landet ein Hubschrauber bei den Ferienhäusern und der andere hält die Paramilitärs im Schilfgebiet in Schach. Aber Vorsicht. Sie sind schießfreudig. Wenn Ihr gelandet seid, ruf nochmal an. Ich schieße dann Leuchkugeln ab. Ich hoffe, sie durchschlagen das Blätterdach über der Quebrada Tortuga.“ Dann drängte er seine Befreier zum Aufbruch: „Mil gracias. Dios les acompañe. Kommen Sie nach La Esperanza. Wir möchten Ihnen und Ihren Kameraden mit mehr als Worten danken.“ Als das Brummen verstummte und das Telefon wieder dudelte, schoss Gregor eine und dann noch eine Leuchtkugel ab. Die FARC-Kämpfer verschwanden im Urwald.

Bald hörte er Julio rufen: „Greeegor, Greeegor.“ Er antwortete. Dann erschienen Julio und vier Soldaten am Bach. Julio kniete neben Gregor nieder, nahm seinen Kopf in beide Hände und weinte.

Die Soldaten hoben Gregor auf und trugen ihn zum Hubschrauber bei den Ferienhäusern. Die andere Maschine knatterte über dem Rand des Schilfgebiets. Wiederholt tönte aus einem Megaphon an Bord die Warnung: „Ejercito Colombiano. Kein Widerstand! Oder es regnet Clusterbomben.“ Die Paramilitärs hatten genug und blieben ruhig.

Zum Auftanken mussten sie einmal in Buenaventura zwischenlanden. Dann wurde Gregor direkt in die Klinik der Universidad del Valle geflogen, eine der besten des Landes. Die Operation dauerte drei Stunden. Der Morgen dämmerte, als man das Bett mit Gregor in das Krankenzimmer rollte, in dem Britta,

Carmen und Julio warteten. Gregor war kurz zuvor aus der Narkose erwacht. Britta beugte sich über ihn, Sorge und Hoffnung im Gesicht, überstrahlt von der Liebe in ihren Augen. Er lächelte schwach und flüsterte: „Meine Sonne."

„Er wird genesen – aber wir mussten ein Viertel der Lunge entfernen", erklärte später der Operateur. „Die Rippenbrüche sollten in den nächsten Wochen verheilen. Welche Vernarbungen zurückbleiben, können wir noch nicht übersehen. Sie müssen damit rechnen, dass in höherem Alter Probleme auftreten. Auf jeden Fall empfehle ich regelmäßige ärztliche Kontrolle, etwa jedes halbe Jahr."

Am Wochenende fand ein Dankgottesdienst im Centro Isaias Duarte statt. Für die anschließende Fiesta hatten Carmen und Julio köstliche Speisen bestellt, wie sie sonst nur bei den Feiern der Oberschicht gereicht werden. Alle Mitarbeiter des Centro waren mit ihren Angehörigen zu Gast. In der großen Menge fiel eine Gruppe von Männern nicht weiter auf, die man hier noch nie gesehen hatte. Julio hatte Comandante Espina und Gregors Befreier eingeladen. Sie waren gekommen. General Ortega, der nach Espinas Mitteilung an Julio: „Ihr Freund ist befreit und erwartet auf der Bocana seinen Heimtransport nach Cali. Seine Telefonnummer ist..." die Hubschrauber nach Buenaventura geschickt hatte, war auch eingeladen worden. Vielleicht, hatte Julio gehofft, könnte eine erste Begegnung ohne Kenntnis der Identität in einer Atmosphäre der Freude und des Dankes für spätere Friedensgespräche hilfreich sein. Aber Ortega war am Vortag mit der Hälfte seines Batallons nach Puerto Tejada im nördlichen Departamento del Cauca, unweit der Grenze zum Valle, gefahren. In diesen

Stunden begann dort die Offensive gegen die FARC. Noch in derselben Nacht brachen auch Espinas Truppen unter dem Kommando seines Stellvertreters ins Kampfgebiet auf. Sie wurden völlig aufgerieben.

Der Kurier mit der Nachricht vom Abmarsch seiner Truppen erreichte Espina im Centro am nächsten Morgen, zusammen mit den ersten Rundfunkmeldungen über den vernichtenden Überraschungsschlag gegen die FARC im Cauca. Die Hernandez boten Espina und Gregors Befreiern gut dotierte Stellen in ihren Betrieben und im Sicherheitsdienst an. Die akzeptierten. Espina und Ortega würden bei späteren Friedensverhandlungen eine wichtige Rolle spielen.

Rechtsanwalt Winfried Hausmann und Professor Lothar Jacob, Stellvertretender Vorsitzender und Schatzmeister der Schwingen der Freiheit, warteten schon länger als eine halbe Stunde im Vorzimmer des Vorstandssprechers der Germania-Bank. „Wir waren für 11 Uhr verabredet. Wenn Herr Brinkmann keine Zeit für uns hat, haben wir Zeit für die Presse.“ Sie erhoben sich. „Einen Moment, bitte, meine Herren.“ Die Sekretärin drückte eine Telefontaste und sprach in den Apparat. Dann bat sie: „Haben Sie bitte noch einen Moment Geduld. Herr Dr. Brinkmann wird Sie gleich empfangen. Ein wichtiges Ferngespräch mit New York hat ihn aufgehalten.“
„Von wegen New York. Das Spielchen kenne ich: Immer erst mal warten lassen“, zürnte Hausmann innerlich und blieb am Ausgang stehen. Aber kurz darauf ging die Tür zum Chefzimmer auf, und Brinkmann bat sie in sein Büro: „Entschuldigen Sie, aber es ging um eine Großinvestition in den USA.“

„Na, wenigstens bist Du jetzt für uns bis zur Tür gegangen“, dachte Hausmann mit Blick auf den zehn Meter entfernten, riesigen Schreibtisch vor dem breiten Fenster mit edlen Gardinen. Brinkmann wies auf eine Sitzgruppe: „Bitte, nehmen Sie Platz.“ Sie setzten sich.

„Herr Dr. Brinkmann“, begann Hausmann ohne weitere Umschweife, „Ihre Zeit ist kostbar und unsere auch. Wie Sie wissen, stehen wir zur Zeit in Koalitionsverhandlungen.“ Er schaute demonstrativ auf die Uhr. „Als ich Ihnen über Ihre Sekretärin den Vorschlag zu diesem Treffen unterbreitete, erwähnte ich Dokumente, die Sie und Ihre Kollegen interessieren dürften. Hier sind sie.“ Er überreichte Brinkmann einen Aktenordner mit den Kopien, die Gregor in Gutierrez Archiv gezogen hatte: „Die Originale stammen aus der Zeit Ihres Vorgängers.“

Brinkmann studierte eine Zeit lang die Unterlagen, in denen der Name Gutierrez überall geschwärzt war. Dann fragte er: „Was wollen Sie?“ Jacob antwortete: „Es handelt sich hier zweifelsfrei um steuer- und strafrechtlich relevante Tatbestände. Wir haben das sorgfältig geprüft. Die Frage ist, wie man damit umgehen soll.“

Nach längerem Schweigen sagte Brinkmann: „Sie sind ja sicher nicht hierher gekommen, um mit mir ganz allgemein juristische Fragen zu erörtern. Legen Sie die Karten auf den Tisch.“

Hausmann: „Gerne. Sie kennen wahrscheinlich die Kampagne der TZ gegen unsere Partei. Wir haben nun Grund zu der Annahme, dass der Wirtschaftsredakteur der TZ in Prag, Heinz Fahrtmann, unter Berufung auf dubiose Quellen eine neue Schmutzkampagne gegen die SdF starten will. Das kann unseren gegenwärtigen Koalitionsverhandlungen schaden. Die Kredite Ihres Hauses und anderer Institute an die TZ sind bekannt, seitdem auch der TZ das Anzeigengeschäft weggebrochen ist. Sie könnten die Kredite kurzfristig kündigen, wenn man bei der TZ nicht auf, sagen wir, Ratschläge Ihrerseits eingeht. Raten Sie der TZ, keine weiteren Artikel Fahrtmanns gegen die SdF zu publizieren und ihm auch Angriffe in anderen Medien zu untersagen. Dann können wir diese Dokumente als gegenstandslos betrachten."

Brinkmann unterdrückte ein empörtes „Das ist Erpressung." Seine Gegenüber waren im politischen Geschäft hart geworden. Auf seinen Protest hätten sie nur mit spöttischer Verwunderung reagiert. Schließlich erklärte er: „Ich will sehen, was ich tun kann."
„Das ist sehr schön. Wir danken Ihnen", sagte Hausmann und Jacob fügte hinzu: „Wir überlassen Ihnen die Dokumente. Wir haben genug Kopien, die man der Presse zuspielen wird, falls die Sache mit Fahrtmann schief läuft. Übrigens, Sie ersehen daraus ja auch, wie einige Ihrer Konkurrenten in der Vergangenheit gearbeitet haben."

Bei aller Wut – das war ein Aspekt, den Brinkmann nützlich fand. Man schied förmlich-höflich voneinander.

Heinz Fahrtmann saß in seinem Büro und blickte zum Hradschin. Sein Gehirn registrierte kaum, was die Augen sahen. „Was ist geschehen? Was ist geschehen?", mahlten die Gedanken. Vor ihm lag der Brief des Herausgebers der TZ. Es war ungewöhnlich genug, dass der Herausgeber selbst eine Titelgeschichte ablehnte. Und noch ungewöhnlicher war die Begründung: Nicht hinreichend gründlich recherchiert. Er hatte die bei dem Treffen im Lobkovic Palais zusammengetragenen Verdachtsmomente gegen die Schwingen-Finanzierung, in Verbindung mit einem von Hubert Schmanz autorisierten Interview über die Vorgänge auf der Petersberg-Konferenz, in einem, wie es ihm schien, überzeugenden Artikel präsentiert, der die sich hinziehenden Koalitionsverhandlungen gesprengt hätte. Die TZ hatte schon mit viel schwächeren Artikeln die Stimmung im Lande angeheizt.

Nachdem Danielle Lepen nur Misserfolge aus der Schweiz meldete und ein Fax aus Sullivans Büro ihn vom Tode des James D. Brush unterrichtet hatte, hatte er beschlossen, aus den vorhandenen Informationen die Geschichte zu produzieren, die er schon längst hätte publizieren sollen. Und nun diese Ablehnung, verbunden mit dem Hinweis, dass die TZ von allen ihren fest angestellten Mitarbeitern in diesen schwierigen Zeiten selbstverständlich erwarte, dass sie sich ausschließlich in der TZ journalistisch äußerten. Kündigen und anderswo schreiben war keine Option bei dem leergefegten Stellenmarkt in Europa. Ja, zu Sullivan in die USA gehen und dort die Geschichte hochkochen, das wäre was gewesen. Aber Sullivan hatte Tatjana und ihre Kiewer Musik-Truppe in die USA eingeladen und sie mit einem Fünf-Jahres-Vertrag beim Fix-Channel an sich gebunden. Tatjana hatte Fahrtmann geschrieben, dass sie diese Chance für sich und ihre Freunde ergreifen müsse und ihn gebeten, ihre Sachen an Sullivans Privatadresse zu schicken. Mit Grauen dachte er an seine einsame Wohnung und griff zur Wodka-Flasche.

Die Sanders hatten aus Cali ihre Kinder und die Instititutsleitung vom ZEUS angerufen und mitgeteilt, dass sich wegen eines Unfalls die Rückkehr um einige Wochen verzögern würde. Nun war die Familie in Gemünden wieder vereint. Es war Abend, und sie betrachteten gemeinsam die Dias, die sie auf La Esperanza, im Barrio Rio Azul und in Cali aufgenommen hatten. „Der Unfall, ja der passierte wegen des Leichtsinns des Fahrers bei einem Ausflug nach Buenaventura. Der wollte unbedingt den Rennfahrer Pablo Montoya imitieren“, war ihre Erklärung für Gregors Verletzungen. Er hatte sich davon schneller als erwartet erholt und wollte in einer Woche seinen Dienst wieder antreten. Zum Glück hatte die deutsche Presse von der Entführung, wie von vielen anderen Ereignissen in Kolumbien, keine Notiz genommen. Als sie den Dia-Projektor wegpackten, sagte Gregor zu Britta: „Vielleicht schreibe ich die ganze Geschichte mal auf – als Rentner.“

Kapitel 6

Berlin

6.1 Koalition

„Fünf Monate vor der Bundestagswahl steckt Deutschland in einer Krise, die an die Ölpreisschocks und die RAF-Attentate der 1970er Jahre erinnert. Die Europäische Union fährt in schweren Gewässern. Wir sollten schon heute beschließen, ob wir bei dem zu erwartenden Wahlausgang die nächste Minderheitsregierung zumindest tolerieren würden. Oder wären wir auch zur Übernahme von Regierungsverantwortung bereit, sofern unsere Energiesteuerpläne Teil des Koalitionsvertrags würden?“ Damit eröffnete Helmut Eschenbach die Debatte auf dem Parteitag der Schwingen der Freiheit im Berliner Congress Centrum.

Getuschel ging durch den Saal. Schließlich hob Erich Wetter die Hand. Eschenbach reichte ihm das Mikrofon.

„Helmut ist schon hartnäckig“, begann Wetter und erinnerte die Versammlung daran, wie Eschenbach nach der letzten Bundestagswahl nachdrücklich dafür plädiert hatte, der aus Ökosozialen und Teilen der Konservativen gebildeten Minderheitsregierung die Tolerierung durch die SdF zu garantieren, sofern die im Wahlkampf von den Konservativen angekündigte drastische Absenkung des Spitzensteuersatzes nicht umgesetzt würde. Die Partei war ihm trotz des Erhalts der entsprechenden Zusage nicht gefolgt. „Und so“, fuhr Wetter fort, „trat ein, was zu befürchten war. Viele Protestwähler hatten die Rechts- und Linkspopulisten erheblich gestärkt. Und, ich erkenne es nur ungern an, deren Parteivorsitzenden sind zwei blitzgescheite, durchsetzungsstarke, telegene Frauen, deren charismatischer Populismus den zuvor praktizierten nüchternen Populismus aussticht. Die beiden haben die Regierung im Bundestag ja so in die Zange genommen, dass es bisweilen zum Erbarmen war. Hätten wir die eine oder andere durchaus vernünftige Regierungsvorlage unterstützt, stände Deutschland vieleicht jetzt weniger traurig da. Unser Land kann sich keine weiteren Instabilitäten mehr leisten. Darum plädiere ich dafür, im Wahlkampf unsere Bereitschaft zur Übernahme von Regierungsmitverantwortung zu erklären, und zwar in Koalitionen unter Auschluss der Extremisten, sofern unser Energiesteuerkonzept Bestandteil des Koalitionsvertrags wird.“

Viele Gründungsmitglieder der SdF in den vorderen Reihen nickten Zustimmung. Da rief aus der hinteren Saalhälfte eine kräftige Stimme: „Widerspruch!“ Ein Ordner trug das Mikrofon zum Rufer. Der räusperte sich kurz, klopfte aufs Mikrofon – es funktionierte – und begann: „Ich heiße Hans Spitzer. Ich bin Mitarbeiter der GITZ, der Gesellschaft für Internationale Technische Zusammenarbeit. Nach zwei

Afrika-Jahren bin ich vor drei Monaten nach Deutschland zurückgekehrt und seit einem Monat Mitglied der SdF.“ Kurze Pause, dann: „Wenn die SdF einem künftigen Kabinett mit der Vorsitzenden der Konservativen beitritt, verlasse ich die Partei wieder.“
Da drehten sich alle Köpfe nach hinten, und Eschenbach bat: „Herr Spitzer, kommen Sie doch bitte nach vorn aufs Podium. Sie wollen sicher noch mehr sagen, und wenn wir Sie sehen, verstehen wir Sie auch besser.“

Ein stämmiger, bärtiger Mann, Mitte 30, kam zum Podium und fragte: „Wie lang darf ich denn reden?“
„Ach“, meinte Eschenbach, sich im Saal umschauend, „fangen Sie mal an. Wenn die Leute unruhig werden, kommen Sie bitte zum Schluss. Notfalls helfe ich Ihnen dabei.“
„Na denn“, sprach Spitzer, „dann fasse ich sie erst mal kurz – meine ganz persönliche Abrechnung mit der einstmals mächtigsten Frau der Welt.“
„Oho“ und „Hört, hört“, ließen sich einige vernehmen.
Dann legte er los: „Die Dame ist intelligent, nervenstark und bescheiden im Auftreten. Sie hatte ja auch anerkannt, dass der wirtschaftliche Aufschwung Deutschlands in den ersten zwölf Jahren ihrer Kanzlerschaft zu einem Gutteil der Agenda ‘Flexibilisierung des Arbeitsmarkts’ ihres Vorgängers zu verdanken war. Damit ist aber auch schon alles Positive über sie gesagt. Denn sie handelt nach dem Cicero-Prinzip, ohne jedwedes Gespür für die langfristigen Folgen widersprüchlicher Politik in einer komplexen, modernen Gesellschaft, die durch überstürzte Kehrtwendungen destabilisiert wird.“

Schlagartig war es völlig still im Saal. Dann der Zwischenruf: „Was is'n das, das Cicero-Prinzip?"
„Pardon", antwortete Spitzer, „ich vergaß, dass nur noch Wenige, so wie ich, ein humanistisches Gymnasium durchlitten haben. Das einzig Nützliche, das ich daraus mitgenommen habe, ist eine gründliche Kenntnis der römischen Geschichte, insbesondere des von Cäsar eingeleiteten Umbruchs am Ende der Römischen Republik."
„Und das Cicero-Prinzip?"
„Cicero war mal Verbündeter, mal Gegner Cäsars. Seinen Aufstieg vom einfachen Advokaten zu einem der letzten Konsuln der Republik verdankte er der Befolgung des Rats, den ihm sein Bruder zu Beginn seiner politischen Karriere gegeben hatte: 'Denk immer daran, dass die Leute nach kurzer Zeit vergessen haben werden, was Du heute sagst. Wenn Du übermorgen Deinen Reden und Taten von heute widersprichst, macht das gar nichts, so lange Du die Stimmung triffst, die dann gerade herrscht.' Damit hatte es Cicero weit gebracht. Reicht das – oder soll ich noch ein Beispiel bringen?"
„Beispiel, Beispiel", riefen mehrere. Eschenbach nickte Zustimmung.
„Also, am Anfang seiner Laufbahn brachte Cicero einen räuberischen Statthalter von Sizilien, den der damalige Staranwalt Roms, ein aristokratisches Mitglied des Senats verteidigte, durch glänzende, mutige Reden zu Fall. Das trug ihm gewaltige Sympathien beim Wahlvolk ein. Später, als er das Konsulat anstrebte, was ohne die Unterstützung der Aristokratie nicht gelingen konnte, verteidigte er mit ebenso glänzenden Reden erfolgreich einen anderen, ähnlich schurkischen Statthalter der Provinz Gallia Narbo-

nensis, der ein Freund des Pompeius war. Historiker wie Mommsen verurteilten Cicero später als einen der Totengräber der Römischen Republik. Aber seine Reden waren so gelungen, dass auch ich sie noch übersetzen musste."
„Und was hat das mit der Chefin der Konservativen zu tun?"
„Erinnern wir uns doch an ihre Kehrtwendungen in Sachen Krieg und Frieden, Energie und Umwelt, Migration und Kapitalflucht!"
„Da machen Sie aber drei große Fässer auf", unterbrach ihn Eschenbach. „Wie lange wollen Sie denn darin rühren?"
„Wenn allen klar ist, was ich meine, bin ich fertig."
„Ist allen klar, was Herr Spitzer meint?", fragte Eschenbach ins Publikum.
„Nöö", schallte es zurück.
„Sehen Sie, es funktioniert noch immer – das Cicero-Prinzip", schmunzelte Spitzer in Richtung Eschenbach. Der schlug eine kurze Pause vor. Niemand war dagegen.

Der Parteivorstand versammelte sich in einem Nebenzimmer. „Wo sind eigentlich die Sanders?", wollte Wetter wissen.
„Die sind nach Cali geflogen. Sie haben sich dort eine Wohnung gekauft. Mit der gibt es Probleme, um die sie sich sofort kümmern müssen. So hat es mir Gregor vorgestern am Telefon gesagt", gab Eschenbach Auskunft.
„Sieh an", so Wetter, „da sind sie ja elegant dem Parteitag entkommen. Na ja, wie geht's hier nun weiter?"
„Ich glaube, der Herr Spitzer muss noch Dampf ablassen", vermutete Dzenana Nemetsch, Elektroingenieurin und zweite Vorsitzende der SdF. „Sollen wir

ihn lassen?“

„Der kann noch lange reden und uns die Programmplanung aushebeln“, befürchtete Eschenbach. „Ich kann mir schon denken, was er mit den ersten beiden Kehrtwendungen meint. Nicht aber, was hinter Migration und Kapitalflucht steckt. Das würde mich schon sehr interessieren. Doch es geht ihm wohl um den Dreierpack.“

Frau Nemetsch machte einen Kompromissvorschlag, der akzeptiert wurde. Man informierte Hans Spitzer. Der war einverstanden.

Eschenbach rief per Lautsprechergong alle in den Saal zurück und sprach: „Bisher hatten wir auf unseren Parteitagen zuerst das Inhaltliche und dann das Formale behandelt. Ich schlage vor, dass wir es diesmal umgekehrt machen: Zuerst, und zwar jetzt gleich, das juristisch Unvermeidliche. Danach das Inhaltliche, das diesmal möglicherweise mehr Zeit als geplant beanspruchen wird. Das heißt: Wir nehmen uns sofort die Rechenschaftsberichte und die Entlastungen von Vorstand und Beirat vor. Alle, die sich zum Parteitag angemeldet haben, sind, wie vorhin festgestellt, anwesend. Einspruch? Das ist nicht der Fall. Danach ist offiziell für heute Schluss. Aber wer mag, kann ab 20 Uhr Herrn Spitzers Erläuterungen zu den drei von ihm genannten Kehrtwendungen lauschen. Für alle, die das dem Abendbummel durch Berlin mit Restaurantbesuch vorziehen, würde ich einen Pizza-Service mit Bier und Wasser bestellen. Für wen darf ich bestellen?“

„Da will der Eschenbach wieder mal was durchpowern“, murrten einige. Doch die meisten besprachen sich in Ruhe. Schließlich meldeten sich etwa zwei Drittel der Leute für den Pizza-Service. Nachdem die genaue Zahl festgestellt worden war, wurden die Rechenschaftsberichte entgegengenommen, zügig diskutiert und die Entlastungen erteilt. „Morgen stimmen wir über die Koalitionsaussagen ab und wählen anschließend den neuen Vorstand. Im übrigen wünsche ich allen einen schönen Abend, wo auch immer Sie ihn zubringen mögen.“ Damit schloss Eschenbach die Sitzung.

Um 20 Uhr war der Saal voller als erwartet. Etliche hatten es sich noch anders überlegt, ihr Abendbrot an Würstchen- und Dönerbuden in der Nähe des Konferenzzentrums eingenommen und waren anschließend dorthin zurückgekehrt. „Herr Spitzer, Sie haben das Wort. Wann Sie es wieder loslassen, ist Ihre Sache“, erklärte Eschenbach, winkte Spitzer aufs Podium und setzte sich neben Frau Nemetsch in die erste Reihe.

„Meine Damen und Herren, ich danke Ihnen sehr, dass Sie einem Neuling wie mir Ihre Abendaufmerksamkeit schenken. Ich sollte diese nicht überstrapazieren. Man hat mir bedeutet, dass Migration und Kapitalflucht vielleicht die Meisten interessieren dürfte. Darum will ich vorher nur kurz auf die anderen beiden Kehrtwendungen der Konservativen-Chefin eingehen, die mich so erbittern.“

Spitzer räusperte sich und fuhr fort: „Ich bin Wirtschaftsingenieur und war im Dezember 2010 als Systemanalytiker in der Abteilung *Nichtfossile Energien* des Forschungszentrums Jülich eingestellt worden. Die Bundesregierung hatte zuvor den Atomkonsens der Vorgängerregierung mit der Energiewirtschaft aufgekündigt und eine erhebliche Laufzeitverlängerung der Kernkraftwerke durchgesetzt. Sie erinnern sich vielleicht noch an die Empörung in den

Umweltverbänden und den Parteien links der Konservativen. Mich hatte das nicht weiter aufgeregt, denn wie viele Kollegen in der quantitativen Energie- und Umweltforschung war und bin ich der Meinung, dass angesichts der Risiken des vom Menschen verursachten Klimawandels durch steigende Emissionen von Treibhausgasen, insbesondere Kohlendioxid infolge der Verbrennung von Kohle, Öl und Gas, wir schnellsten unsere Energieversorgung umstellen müssen auf Sonne und Wind. Zur Abdeckung des verbleibenden Grundlastbedarfs an Strom bei sukzessiver Stilllegung der Kohlekraftwerke müssten jedoch die bestehenden Kernkraftwerke bis zu den festgelegten Laufzeitenden in Betrieb bleiben – das ergaben alle systemanalytischen Energie-, Emissions- und Kostenoptimierungen. Nun setzte die Bundeskanzlerin noch eins drauf und erklärte den Protestlern, dass eine verlängerte Laufzeit der Kernkraftwerke für Klimaschutz und Energiesicherheit noch besser, ja sogar unverzichtbar wäre. 'Das sage ich Ihnen als Physikerin'. Dann, Sie erinnern sich, kurz vor einer wichtigen Landtagswahl, wurde Japan am 11. März 2011 von einem der schwersten Erdbeben seiner Geschichte heimgesucht, und ein Tsunami zerstörte die nur unzureichend gegen Überflutung geschützten Notstromgeneratoren von vier Kernreaktoren in Fukushima. Zuvor schon war deren Verbindung zum Stromnetz ausgefallen. Mangels Kühlung kam es in drei Reaktoren zur Kernschmelze und zu einer Knallgasexplosion im abgeschalteten vierten, die dessen Brennelemente im Abklingbecken freilegte. Insgesamt wurden aber nur 10 bis 20 Prozent der radioaktiven Emissionen des Tschernobyl-Unfalls freigesetzt. Kurz danach beschlossen Regierung und Bundestag in einer überstürzten Kehrtwendung der Energiepolitik die sofortige Stillegung von acht Kernkraftwerken und die Abschaltung des letzten Atommeilers im Jahr 2022. Begründet wurde der Schwenk von der Kanzlerin mit 'Das Restrisiko der Kernenergie wurde bisher unterschätzt.' Das hat mich empört. Denn schon kurz nach dem 11. März 2011 war bekannt geworden, dass in Fukushima kein Restrisiko realisiert worden war, sondern dass die Anlage aus wirtschaftlichen Gründen sicherheitstechnisch völlig unzureichend gegen die wohlbekannten Risiken von Erdbeben und Tsunamis ausgelegt worden war. Und als Physikerin wusste die Kanzlerin ja genau, was 'Restrisiko' bedeutet. Dann begann das Herumgestolpere der deutschen Energiepolitik. Was großspurig als 'Energiewende' bezeichnet wurde, führte zu steigenden Kohlendioxid-Emissionen aus Kohlekraftwerken, steigenden Strompreisen, Bürgerprotesten gegen die Gleichstrom-Höchstspannungsleitungen, die Windstrom aus dem windreichen Norden in den Süden transportieren müssen, dessen verbliebene Kernkraftwerke der Stilllegung harrten, dem Import von Atom- und Kohlestrom aus französischen und tschechischen Kraftwerken zu Spitzenlastzeiten bei Windstille und schwacher Sonneneinstrahlung, und dem Export zu Negativpreisen von stoßartig auftretendem, überschüssigem Strom aus Wind- und Solaranlagen, der die Aufnahmekapazität des deutschen Netzes überforderte. Das deutsche Beispiel hat den Rest der Welt so abgeschreckt, dass nunmehr die Vereinten Nationen im Interesse des Klimaschutzes einen wohlabgestimmten Ausbau von Wind-, Sonnen- und Kernenergie empfehlen, der das Pferd nicht von hinten aufzäumt."

Spitzer schaute auf die Uhr. „Oh je, ich fürchte, ich habe mich zu lange in die Energiewende verbissen. Bitte haben Sie Nachsicht mit jemandem, der beim Energiewende-Umbau der Wissenschaft und der damit verbundenen Schließung seiner Abteilung ‘Nichtfossile Energien’ seinen Job verloren hatte. Glücklicherweise fand ich nach längerer Arbeitslosigkeit meine jetzige Stelle als Projektentwickler in der GITZ. Die Tätigkeit ist spannend. Aber natürlich gibt es auch Frustrationen. Das betrifft meinen nächsten Punkt: Migration und Kapitalflucht.“

„Moment mal“, rief Eschenbach. „Wollten Sie nicht auch über eine Kehrtwendung in Sachen Krieg und Frieden sprechen?“

„Verzeihung, ja gewiss. Meine Frau sagt immer, ich solle, wenn ich in Fahrt bin, nicht die Kontrollabteilung des Gehirns ausschalten. – Vielleicht geht es ja ganz kurz: Erinnern die Stichworte *George W. Bushs Koalition der Willigen* und *Bengasi* an die zeitlich erste dramatische Kehrtwendung der Dame, um die es hier geht?“

Eschenbach, der glaubte verstanden zu haben, stand auf und schaute sich im Saal um.

Einer meldete sich: „An Bushs Koalition der Willigen erinnere ich mich. War ja auch schlimm genug. Aber was hat das mit Bengasi und Kehrtwendung zu tun?“ So ging es auch anderen.

„Herr Spitzer, wenn Sie vielleicht die Fakten einfach knapp aufzählten?“

„In Ordnung. 2002: Die USA beantragen im UN-Sicherheitsrat die Ermächtigung zu einem Angriffskrieg gegen den Irak. Grund: Der Diktator Saddam Hussein verfüge über Massenvernichtungswaffen. Die Vetomacht Frankreich und, in enger Ab-

stimmung mit ihr, auch Deutschland lehnen eine derartige Ermächtigung wegen begründeter Zweifel an der Existenz der Massenvernichtungswaffen ab. Deswegen wird die Bundesregierung kurz vor der Bundestagswahl von der Parteichefin der Konservativen, unserer späteren Langzeitkanzlerin, scharf angegriffen. Die Regierung isoliere Deutschland innerhalb der Staatengemeinschaft des Westens. Originalton: 'Die Isolierung einer großen Nation, gerade einer Exportnation wie Deutschland, ist auf Dauer überhaupt nicht durchzuhalten'. "
Zwischruf: „Stimmt das wirklich?"
„Sie können's im Bundestagsprotokoll vom 13. September 2002 nachlesen, ist leicht zugänglich. Doch die Bundestagswahl bestätigt die Regierung im Amt. März 2003: Bombardierung Bagdads, US-amerikanische und britische Bodentruppen überschreiten die Grenze zum Irak. Frankreich und Deutschland verweigern den Beitritt zu George W. Bushs 'Koalition der Willigen'. Am 1. Mai 2003 erklärt Präsident Bush den Krieg für siegreich beendet. Massenvernichtungwaffen werden nicht gefunden. Zuvor war die Chefin der Konservativen nach Washington geflogen und hatte Bush versichert, dass sie als Kanzlerin Deutschland in die Koalition der Willigen geführt hätte. Unvergessen der derbe Kommentar zu dieser Aktion auf einem Düsseldorfer Karnevalswagen."
Jetzt erinnerten sich einige und lachten.
„Das scheint zu genügen. Also weiter. Der größeren Regierungspartei ist die Agenda 'Flexibilisierung des Arbeitsmarkts' schlecht bekommen. Darum 2005 vorgezogene Bundestagswahlen. Damit beginnt die Kanzlerschaft der Dame, die Deutsch-

land so lange regiert hat. Nunmehr ihre Kehrtwende. Januar 2011: Beginn des Aufstands gegen Lybiens Diktator Muammar al-Gadaffi im Gefolge des Arabischen Frühlings. Im Februar erobern die Aufständischen Bengasi, die bedeutendste Stadt Ostlybiens. März 2011: UN-Resolution zur Errichtung einer Flugverbotszone über Lybien und Autorisierung des Schutzes der Zivilbevölkerung mit militärischen Mitteln. Die Truppen Gadaffis stehen kurz vor der Eroberung Bengasis. Ein Massaker droht. Es wird durch massive Luftschläge der französischen und US-Luftwaffe verhindert. Deutschland verweigert jedwede Unterstützung und zieht sogar seine Besatzungen aus den AWACS-Aufklärern über dem Mittelmeer ab. Selbstisolation Deutschlands gegenüber unseren wichtigsten Verbündeten. Reicht das?“
„Nun mal langsam“, protestierte einer. „Es war doch gut, dass sich Deutschland nicht an der anschließenden Zerschlagung der staatlichen Ordnung Lybiens bis hin zur Ermordung Gaddaffis beteiligt hat.“
„Hätten wir bei der Verhinderung des in Bengasi drohenden Massakers mitgemacht, hätte Deutschland darauf hinwirken können, dass Luftschläge nur zum Schutz der Zivilbevölkerung und nicht auch zur Unterstützung der aufständischen Milizen geführt worden wären.“
„Hätte, hätte – Fahrradkette“, tönte Widerspruchsgemecker.

Eschenbach wandte sich seiner Nachbarin zu: „Dzenana, bevor es hitzig wird – könnten Sie die Diskussion etwas steuern? Ich muss meine Gedanken sortieren.“

Frau Nemetsch ließ sich ein Mikrofon geben und sagte: „Wie die meisten von Ihnen wissen, bin

ich 1992 als bosnische Muslima während der Kriege im zerfallenden Jugoslawien mit Mutter und Bruder nach Deutschland geflohen. Wir wurden gut aufgenommen, erhielten nach acht Jahren die deutsche Staatsbürgerschaft, und ich studierte mit Bafög. Was verantwortungloses Gerede auf dem Balkan angerichtet hatte, habe ich nur zu leidvoll erfahren. Darum merke ich mir gut, was die führenden Frauen und Männer in meiner neuen Heimat sagen. So weiß ich auch noch, dass die Kanzlerin auf einer Bundespressekonferenz in Juli 2016 erklärte: ‘Ich unterstütze nie einen Krieg. Ich habe auch den Irakkrieg nicht unterstützt’. Ich glaube, das stützt Herrn Spitzers These, dass die Kanzlerin auch in Sachen von Krieg und Frieden das – wie er es nennt – Cicero-Prinzip befolgte. Können wir es dabei bewenden lassen und Herrn Spitzer bitten, zum letzten Punkt zu kommen?“
Während sie noch redete, hatte jemand auf seinem Smartphone herumgetippt. Gleich darauf rief er: „Ich habe gerade mal *Deutschland und die Koalition der Willigen im Irakkrieg des George W. Bush* gegoogelt. Sofort erschienen etliche Links zu Websites, die Frau Nemetschs Aussage bestätigen.“ Andere bearbeiteten daraufhin auch ihre Smartphones und Tablets und riefen: „Stimmt“.
Damit war der Punkt abgehakt.

„Danke, Frau Nemetsch, für die perfekte Überleitung zu Migration und Kapitalflucht, meinem Hauptanliegen, das mich in die SdF geführt hat“. Hans Spitzer deutete eine Verbeugung in Richtung von Dzenana Nemetsch an und fuhr fort: „Kurz nach der Jahrtausendwende geriet Deutschland dank des Dublin Abkommens in die komfortable Lage, von sicheren Drittstaaten umgeben zu sein, in dem Flüchtlinge ihre Asylanträge zu stellen hatten. Wenn dann, etwa seit Regierungsbeginn der Kanzlerin, immer häufiger Flüchtlinge und Migranten, hauptsächlich aus Afrika, die Fahrt über das Mittelmeer oder den Atlantik in maroden Schlepperbooten nicht überlebten, nahm man das in Deutschland bedauernd zur Kenntnis. Im übrigen jedoch sollten die Italiener und Spanier mit denjenigen fertig werden, die es zu ihnen doch noch geschafft hatten. Währenddessen entwickelte sich in Deutschland nach dem Vorbild Schwedens eine Willkommenskultur für Asylbewerber und Migranten; die meisten waren aus dem Irak, Afghanistan und dem Iran gekommen. Man unterstützte auch deren Protestaktionen zur Beschleunigung der Asylverfahren, z.B. Zeltlager auf öffentlichen, städtischen Plätzen, Hungerstreiks und Zusammennähen der Lippen. Das beschäftigte Ärzte, Pfleger und Polizisten. Die Asylbewerber informierten über Smartphones ihre Angehörigen in den Heimatländern, und auch die Medien berichteten immer häufiger wohlwollend über die deutsche Willkommenskultur. Nach den Verbrechen der Nazibarbarei repräsentierten die Willkommenskulturschaffenden das andere, bessere Deutschland. Ich war als Student einer von ihnen.“

Spitzer nahm die kleine Wasserflasche vom Podiumstisch, trank und fuhr fort.

„Dann stürzte der Arabische Frühling die muslimischen Anrainerstaaten des Mittelmeers ins Chaos. Am schlimmsten wurde es in Syrien. Bushs Koalition der Willigen hatte sich nicht um die Waffenlager der geschlagenen irakischen Armee gekümmert. Daraus bedienten sich die aus der Armee entlassenen sunnitischen Anhänger von Saddam Husseins, verübten Anschläge im ganzen Land, schlossen sich dem im zweiten Anlauf schnell erstarkenden sog. Islamischen Staat an und mordeten dann mit anderen Dschihadisten im syrischen Bürgerkrieg. Dessen Flüchtlinge drängten übers Mittelmeer, die griechischen Inseln und die Balkanroute bevorzugt in Richtung Deutschland. Iraker, Afghanen und Pakistanis schlossen sich ihnen an. Ihren Schleppern zahlten sie viele Tausend Euros. Der deutsche Bundespräsident erklärte über Funk und Fernsehen, dass Deutschland ein reiches Land sei, in dem Flüchtlinge willkommen seien. Danach stieg auch die Zahl der Mittelmeerüberquerungen und -tragödien von Afrikanern steil an. Der somalische Boss der größten afrikanischen Schlepperorganisation wurde immens reich, und die römische Mafia wechselte von Drogenhandel und Prostitution in die Betreuung und den Weitertransport von Migranten und Asylbewerbern. Bis dahin war die deutsche Regierung hinter dem Dublin-Abkommen in Deckung geblieben. Doch dann kam im September 2015 die Kehrtwende der Kanzlerin. Sie erinnern sich, wie sie aller Welt über alle Kommunikationskanäle die offenen Grenzen Deutschlands verkündete?“

„Ja was hätte sie denn machen sollen angesichts der Bilder von den vielen Tausend Menschen, die im Budapester Hauptbahnhof gestrandet waren?“, rief eine Anhängering von Eschenbachs Kurs pro Regierungsbeteiligung.

„Entweder die Bahnhofsleute, und nur die, nach Deutschland wohlkontrolliert einreisen lassen, aber doch nicht mit der Proklamation der offenen Grenzen den Schleppern auch noch das zugkräftigste Werbeargument liefern. Oder mit Hilfe des Technischen Hilfswerks auf ungarischem Territorium schnell ausreichende Unterkünfte bauen lassen. Dass die THW-

Leute so was gut können, beweisen sie doch immer wieder – sogar im Himalaja. Das hätte die humanitäre Situation entspannt“, hielt ein Senior dagegen.
„Oder“, ergänzte ein Dritter, „warum wurden nicht Schiffe direkt an die Küsten des Libanon und der Türkei geschickt, um die Flüchtlinge aus den erbärmlichen Lagern der Levante an Bord zu nehmen und bis auf weiteres nach Mecklenburg-Vorpommern in Zufluchtszentren zu bringen, ohne dass damit irgendein Rechtsanspruch verbunden gewesen wäre?“
„Neue Konzentrationslager im Osten?“, empörte sich eine junge Frau.
„So'n Quatsch. Das UN-Flüchtlingshilfswerk betreibt die Zentren, und Deutschland bezahlt sie. Das wäre viel billiger und humaner gewesen, als die Leute durch die Mühlen des plötzlich überlasteten deutschen Asylsystems mit vielen teuren, neuen Verwaltungsangestellten, Dolmetschern, Richtern und anderem gemäß Asylrecht erforderlichen Personal zu drehen“, polterte ihr Vorredner zurück.
„Das wäre doch niemals gegangen, so was Absurdes“, schimpften gleich mehrere.

Während dessen schaute Hans Spitzer, etwas hilflos, zu Dzenana Nemetsch und Helmut Eschenbach. Die tuschelten miteinander. Da ergriff er selbst die Saalglocke und schwang sie so lange, bis der Tumult abebbte. „Verzeihen Sie meine Amtsanmaßung“, bat er in Richtung Eschenbach und Nemetsch. „Ich wollte ja nur die dritte Kehrtwendung schildern, doch keineswegs eine Diskussion über Alternativen und Bewertung lostreten. An das, was danach passierte, erinnern wir uns ja alle noch gut. Für mich war es jedenfalls der Grund, mit der GITZ nach Afrika zu gehen, um dort die Fluchtursachen zu bekämpfen.“

„Kommen Sie jetzt zur Kapitalflucht?“, fragte Eschenbach, den Nemetsch gebeten hatte, die Zügel wieder in die Hand zu nehmen.

„Ja, und bald bin ich fertig. Also, ohne Kapitalflucht hätte Afrika nicht seinen Ruf als Katastrophenkontinent. Denn Afrika ist nicht nur schön, sondern diesseits und jenseits der Sahara ist es auch reich an natürlichen Ressourcen. Seine Menschen können unter den richtigen Bedingungen genau so viel leisten wie unsereiner. Das habe ich in meinen Projekten erlebt. Aber die Bedingungen sind schlecht. Es fehlt an Arbeitsplätzen in wohlorganisierter, nachhaltiger Landwirtschaft. Es fehlt an Arbeitsplätzen in modernen Industrien. Es fehlt eine ordentliche Verwaltung. Und warum? Weil die korrupten Eliten, deren Familiendynastien, teilweise schon jahrzehntelang, ihre Länder regieren und ausplündern, ihre Beute nicht in die wirtschaftliche Entwicklung ihrer Länder investieren und dabei Arbeitsplätze schaffen, sondern das zusammengeraffte Kapital in verschwiegenen Schweizer, deutschen, luxemburgischen, britischen, US-amerikanischen und südostasiatischen Banken bunkern. So glauben besonders im subsaharischen Afrika viele einfache Leute, dass ihnen nichts anderes übrig bliebe, als Geld für Schlepper zu sammeln und einen der Ihren, meist einen jungen Mann, als Asylbewerber nach Europa zu schicken. Per Smartphone, Rundfunk und Fernsehen sind die Leute durchaus darüber informiert, dass die Schlepper ihre Kunden in der Wüste aussetzen, sobald es Probleme gibt, oder im Mittelmeer ertrinken lassen, wenn europäische Rettungsschiffe nicht rechtzeitig eintreffen. Aber die Vorstellungen vom Paradies Deutschland und die Aussichten auf Geldüberweisungen daraus und Familiennachzug dorthin locken immer noch stärker als alle Todesgefahren abschrecken. Schließlich haben die Familienclans viele Menschen, und oft bestimmt der Clanchef deren Schicksal. Aus meiner Sicht gibt es nur eine Möglichkeit, im Rahmen des internationalen Rechts die Fluchtursachen zu bekämpfen, und das ist die Einführung von Kapitalfluchtbremsen. Ich danke Ihnen.“ Hans Spitzer verbeugte sich und blieb abwartend stehen.

Eschenbach kam aufs Podium: „Danke Herr Spitzer. Wer hat Fragen?“

Viele Hände schossen in die Höhe, und mehrere Leute riefen fast gleichzeitig: „Wie funktioniert die Kapitalfluchtbremse?“ Eschenbach nickte Spitzer zu.

„Wie die Sperrung des Zugangs zu den internationalen Finanzmärkten, die einmal gegen den Iran und ein andermal gegen etliche Mitarbeiter des russischen Präsidenten als politische Strafmaßnahme verhängt wurde“, antwortete dieser.

Man konnte sehen, wie es in den Köpfen arbeitete.

Spitzer erläuterte: „Allen Banken wird von den Staaten, die einem Kapitalfluchtbremsen-Abkommen beigetreten sind, unter Androhung des Lizenzentzugs verboten, von natürlichen und juristischen Personen aus Afrika – und anderen Ländern mit entsprechendem Korruptionsniveau – Gelder anzunehmen und, in welcher Form auch immer, außerhalb des Heimatlands der betreffenden Person anzulegen.“

„Und wie soll dann der Handel zwischen diesen Ländern und dem Rest der Welt abgewickelt werden?“, warf Wetter ein.

„Über Transferbanken der Vereinten Nationen.“

„Und deren Mitarbeiter sind dann unbestechlich? Ist das nicht ein bisschen naiv?“

„Das kommt darauf an, wie man das Personal aussucht. Nichtregierungsorganisationen, und auch staatliche Institutionen der internationalen Zusammenarbeit, haben genügend Kontakte zu technisch und wirtschaftlich kompetenten Vertretern der Zivilgesellschaften in Afrika und Lateinamerika, die für Gehälter von, sagen wir, deutschen Landräten so korrekt wie diese arbeiten dürften. Mit denen sollte man anfangen."

Es gab dann noch Diskussionen über Bürokratie, den Sinn und Unsinn direkter Hilfen Europas für Afrika in Form von Altkleiderspenden und subventioniertem Export von Nahrungsmittelüberschüssen, sowie über die ethische Verantwortbarkeit, afrikanische Ingenieure, Krankenschwestern und Ärzte nach Europa abzuwerben, um dem hiesigen Nachwuchsmangel abzuhelfen. Einig war man sich darin, dass man Westafrika bei der Bekämpfung der Fischpiraterie vor seinen Küsten helfen sollte. Die Bundeswehr könnte doch den westafrikanischen Staaten einige zur Ausmusterung vorgesehene Kampfschiffe schenken. Bemannt würden sie von jungen, einheimischen Fischern, denen die Fischpiraterie nichts mehr zum Fangen übrig lässt und die von deutschen Marineoffizieren ausgebildet würden. Das Aufbringen, und notfalls Versenken illegaler europäischer und asiatischer Fischfabrikschiffe würde nicht nur Wirtschaft und Ernährung der Westafrikaner verbessern und den Migrationsdruck mindern, sondern auch zur Erholung der Fischbestände im Südatlantik beitragen.

Inzwischen war es 23 Uhr. „Wir müssen Schluss machen" , sagte Eschenbach. „Herr Spitzer, haben Sie noch ein Schlusswort?"

„Ja. Ich lese Ihnen einfach den letzten Absatz eines

Artikels aus einem schon älteren Nachrichtenmagazin[1] vor. Darin wird Désireé Assogbavi, damals Verbindungsmann von Oxfam bei der Westafrikanischen Union in Addis Abeba, zitiert, der zur Idee eines Marshallplans für Afrika sagte: 'Wenn unsere westlichen Partner uns dabei helfen würden, die 60 Milliarden Dollar Schwarzgeld, die jedes Jahr aus Afrika abfließen, auf dem Kontinent zu halten, würde es uns prima gehen, und wir könnten auf jeden Marshallplan verzichten.' Sie sehen, es ist schon lange bekannt, was getan werden muss. Packen wir es endlich an!"

Nach teils kräftigem, teils höflichem Beifall schloss Eschenbach die Versammlung: „Ab 8:30 Uhr beraten wir morgen das Wahlprogramm. Gute Nacht."

Am nächsten Morgen wurden zwei Anträge eingebracht, formuliert von zwei Gruppen, die nach spontaner Bildung am Vorabend in den frühen Morgenstunden gearbeitet hatten. Der erste Antrag unterstützte die Position, die Eschenbach zu Beginn des Parteitags vertreten hatte: Regierungsbeteiligung, falls das Eintreten für eine international abgestimmte Verlagerung der Steuer- und Abgabenlast vom Produktionsfaktor Arbeit auf den Faktor Energie Bestandteil des Koalitionsvertrags würde. Der zweite Antrag enthielt die zusätzliche Bedingung, dass auch das Eintreten für eine international abgestimmte Einführung der Kapitalfluchtbremse Eingang in den Koalitionsvertrag finden müsse. Eschenbach hatte an beiden Antragsformulierungen mitgewirkt.

Hans Spitzer wiederholte seinen Einwand gegen jedwede Regierungsbeteilung zum jetzigen Zeitpunkt

[1] DER SPIEGEL, 3/2017/43

und begründete ihn zusätzlich damit, dass Deutschland nach dem Scheitern seiner angestrebten Vorreiterrollen in Sachen Klimaschutz und Mitmenschlichkeit international kaum mehr etwas bewegen könne. Deshalb solle man den zweiten Antrag als zentralen Punkt ins Wahlprogramm der SdF aufnehmen, aber keine Bereitschaft zur Übernahme von Regierungsverantwortung erklären. Wenn die nächste Regierung richtig abgewirtschaftet habe, könne man bei der übernächsten Wahl die überzeugende Alternative anbieten.

„Fundamentalopposition hat noch nie etwas gebracht“, widersprach Eschenbach. „Demokratie lebt vom Kompromiss – meine ich jedenfalls. Aber wir halten uns jetzt ans Tagungsprogramm. In den nächsten drei Stunden werden alle Anträge zum Wahlprogramm diskutiert, und dann wird abgestimmt.“

So geschah es. Am Schluss der Debatte erklärte sich Eschenbach für den zweiten der beiden vorformulierten Anträge. Der wurde angenommen.
„Herr Spitzer, treten Sie jetzt aus der SdF aus?“, fragten etliche Befürworter des zweiten Antrags. „Das wäre sehr schade“.
Spitzer, nach kurzem Zögern: „Ich werde es mir überlegen“.

Der Wahlkampf war hart aber meist fair gewesen. Die Koalitionsverhandlungen zogen sich lange hin. Die SdF konnte ihre Programmpunkte ‘Energiesteuern’ und ‘Kapitalfluchtbremse’ im Paket nur gegen den großen Widerstand der Vorsitzenden der Konservativen durchsetzen. Und die Ökosozialen waren nur bereit, mit den Konservativen und den Schwingen eine Koalition einzugehen, wenn ihr Vorsitzender nach der Hälfte der Legislaturperiode die Kanzlerschaft übernähme. Nach zähem Ringen wurde solches vereinbart. Hans Spitzer blieb in der SdF.

6.2 Russischer Frühling

In den USA hatten nationalistische und isolationistische Strömungen die Oberhand gewonnen. Durch fortschreitende Automatisierung und internationale Arbeitsteilung waren im Land viele industrielle Arbeitsplätze verloren gegangen, in denen die Angehörigen der Mittelschicht früher ihr gutes Auskommen gefunden hatten. Bedroht von sozialem Abstieg wandten sich besonders die weißen Wähler in den früher prosperierenden Industriegebieten wie auch in den sowieso eher konservativen agrarischen Landesteilen ab von den liberalen Ideen, die die USA seit der Mitte des 20. Jahrhunderts geprägt hatten. Sie wählten einen Präsidenten, dessen einziger Progammpunkt „America First“ war. In der Folge waren zum Schutz und zur Schaffung amerikanischer Arbeitsplätze Handelsverträge aufgekündigt und hohe Importzölle eingeführt worden. Besonders hart hatte es die deutsche Exportwirtschaft getroffen. Sie blickte wieder nach Osten.

Die Wirtschaftsbeziehungen zu Russland hatten sich sehr verschlechtert. Grund dafür waren die Sanktionen, mit denen der Westen Russland wegen der Krim-Annektion und des schwelenden Konflikts in der Ost-Ukraine bestraft hatte. Wahlkampfreden in den USA hatten in Russland die Hoffnung auf ein Ende der Sanktionen genährt. Doch die widersprüchliche, sprunghafte neue Politik Washingtons machte diese Hoffnung schnell zunichte.

Die wirtschaftlichen Probleme Russlands wuchsen. Denn ähnlich wie vor dem Zusammenbruch der Sowjetunion war der Weltmarktpreis eines Barrels Rohöl von über 100 US-Dollar auf weniger als dessen Hälfte abgestürzt. Der Vorgänger des jetzigen russischen Präsidenten war mit dem steilen Anstieg des Ölpreises während der ersten 15 Jahre seit der Jahrtausendwende zu Macht und Ansehen gekommen: Die Erlöse aus dem Öl- und Gasexport erlaubten, wie während der Ölpreisexplosionen der 1970er Jahre, die Bezahlung der dringend benötigten Konsumgüter-Importe und die allmähliche Hebung des Lebenstandards der Bevölkerung. Doch mit schrumpfenden Einnahmen aus dem Energie-Export sank die Popularität des Präsidenten derartig, dass er keine weitere Amtszeit mehr anstrebte. Der neue Präsident suchte neue Einnahmequellen für den Staat und politische und wirtschaftliche Beziehungen zu Westeuropa, die über den Energie-Export hinausgingen. Er berief einen Beraterstab aus russischen Wissenschaftlern und Wirtschaftsexperten mit guten Kontakten zu ihren Kollegen im Westen. Pjotr Davidov, dem nach der Petersberg-Konferenz Erich Wetter zu einer Anstellung in den Mitteldeutschen Elektrizitätswerken verholfen hatte, und der es dort inzwischen zum Leiter der Abteilung „Systemanalyse“ gebracht hatte, war einer von ihnen.

Inwischen hatte sich in Deutschland das gemeinsame Regieren von Konservativen, Ökosozialen und Schwingen harmonischer entwickelt als erwartet. Die mit den transatlantischen Traditionen brechende neue US-Politik erleichterte den Umbau des Steuersystems gemäß den SdF-Plänen. Gegen die

Einführung von Grenzausgleichsabgaben konnten die USA juristisch nicht mehr vorgehen, weil sie alle Verträge innerhalb der Welthandelsorganisation aufgekündigt hatten. Innerhalb der EU konnte Deutschland natürlich nicht so ohne weiteres die Importwaren gemäß der zu ihrer Produktion und ihrem Transport aufgewendeten Energie mit Zöllen in einer Höhe belegen, die den Energiesteuern im Inland entsprachen, und umgekehrt den Exporteuren die gezahlten Energiesteuern zurückerstatten. Aber Deutschland wurde für den Zeitraum von fünf Jahren ein Versuch mit den Grenzausgleichsabgaben nach Einführung des neuen Energiesteuersystems gestattet. Als Gegenleistung schaffte Deutschland die PKW-Maut für Ausländer wieder ab. Am Ende der Periode wurden von der EU-Kommission die Wettbewerbsvor- und -nachteile ermittelt und ausgeglichen.

Nachdem sich herausgestellt hatte, dass die starke Senkung der Lohnnebenkosten zu mehr hochwertigen Arbeitsplätzen geführt hatte, verlagerten nach und nach alle EU-Länder die Steuer- und Abgabenlast von der Arbeit auf die Energie. Mit den Handelspartnern außerhalb der EU einigte man sich nach längeren Verhandlungen auf angemessene Grenzausgleichsabgaben.

Auch die Einführung der Kapitalfluchtbremse gelang. SdF, AdL, WoF und deren Verbündete in Wissenschaft und Medien hatten den Wählern das Prinzip publizistisch gut erklärt. Schließlich war der Migrationsdruck aus Afrika, dem Nahen und dem Mittleren Osten so groß geworden, dass die Bevölkerung Westeuropas die Politik zu schnellstmöglicher Einführung der Kapitalfluchtbremse drängte. Die Bankenlobby war dagegen hilflos. Die USA machten natürlich nicht mit. Aber sie hatten das Reisen in die USA so erschwert, dass selbst die Reichen der Entwicklungs- und Schwellenländer nicht mehr sicher sein konnten, ihre in die USA geschmuggelten Vermögen dort jemals problemlos genießen zu können. Nach dem Brexit, für den ja mit der Verhinderung weiterer Zuwanderung geworben worden war, und dem Umzug der Finanzindustrie-Hauptquartiere von London nach Paris, hatte auch England seine Attraktivität für Fluchtgelder verloren. Es war dann auch nicht mehr schwer gewesen, die Steueroasen in der Karibik auszutrocknen.

So verblieb endlich das in Afrika und Lateinamerika gebildete Finanzkapital in seinen Ursprungsländern und wurde dort zu Realkapital, d.h. zu Maschinen und den dazugehörenden Gebäuden und Anlagen. Die für den Maschinenbetrieb benötigte Energie bezogen beide Kontinente aus ihren noch gut gefüllten Öl- und Gasquellen, und in zunehmendem Maße aus Sonne und Wind. Westeuropa half dabei. Dank seiner Energiesteuern nahm in Europa die bisherige Verschwendung von Energie und knapper werdenden Materialien wie Phosphat und Seltenen Erden ab. Der resultierende Rückgang der Kohlendioxid-Emissionen kompensierte eine Zeit lang den Emissions-Anstieg in den sich zügig industrialisierenden Entwicklungsländern. Deren Menschen fanden zunehmend besser bezahlte Arbeitsplätze und blieben in ihrer Heimat.

„Ja, Hans“, sagte Pjotr Davidov in einem Restaurant am Kurfürstendamm, „bald werden trotz aller Emissionsminderungen in Westeuropa die globalen Treibhausgas-Emissionen wieder ansteigen, und

ich fürchte sogar stark. Wir kommen einfach nicht schnell genug voran mit dem Bau eines gut vernetzten globalen Systems aus Windturbinen, Solarfarmen, Höchstspannungsleitungen und Energiespeichern."
„Na ja", wandte Spitzer ein, „rein theoretisch könnte man mit dem Strom aus Photovoltaik-Anlagen, die 19 Prozent der Sahara bedecken, den Energieträger Wasserstoff durch Elektrolyse des Wassers in solchen Mengen produzieren, dass man damit 10 Milliarden Menschen mit so viel Energie pro Kopf versorgen könnte wie 1970 jedem Franzosen zu Verfügung stand. Das ist doch was, und auch schon lange bekannt." [14]
„Und ebenso bekannt ist, dass viele Weltjahresproduktionen von Stahl oder Zement für die Armierung der Sonnenfarmen benötigt würden. Außerdem, wer garantiert die Unversehrtheit dieser verletzlichen Anlagen in unsicheren Zeiten? – Ohne die deutsche, mit dem Atomausstieg vollzogene Rolle rückwärts hätte Westeuropa vielleicht die Vorreiter-Rolle in der Einführung von Thorium-Hochtemperaturreaktoren übernommen, in denen es aus physikalischen Gründen zu keiner Kernschmelze kommen kann."
„Wem sagst Du das?", klagte Spitzer. „Diese Reaktoren waren ja in Jülich erfunden worden, und ich hatte an ihrer Systemeinbindung mitgearbeitet. Aber wie die Dinge nun einmal liegen, müssen wir das Beste aus der jetzigen Situation machen. Lass uns über Deine Pläne reden."

Davidov hatte als Gast an dem letzten SdF-Parteitag teilgenommen und sich danach länger mit Spitzer unterhalten. Ähnlich ausgebildet, und offen für Neues, verstanden sich die beiden gut und wurden bald Freunde. Dem neuen russischen Präsidenten hatte er nach seiner Berufung in dessen Beraterstab von der Kapitalfluchtbremse der SdF erzählt. Der Präsident zeigte sich durchaus interessiert und wollte mehr darüber wissen.

„Pläne ist zu viel gesagt", bremste Davidov. „Ich habe nur einen Plan. Und der betrifft Dich."
„Uii. Schieß los."
„Kannst Du in der übernächsten Woche mit mir nach Moskau fliegen, zu einer Sitzung des ökonomischen Beirats des Präsidenten, dem ich angehöre?"
„Ich? Und was soll ich da?"
„Die Kapitalfluchtbremse erläutern – und, wenn sie überzeugt, bei ihrer Einführung in Russland mithelfen."

Spitzer sagte erstmal gar nichts und dachte nach. Die GITZ wollte ihn nach seinem derzeitigen Heimaturlaub wieder nach Afrika schicken. Er sollte dort die Installation von Photovoltaik-Modulen im ländlichen Raum vorantreiben, der noch immer nur unzureichend ans afrikanische Stromnetz angeschlossen war. Dank der Kapitalfluchtbremse standen die Mittel dafür zur Verfügung. Aber den Bedarf an Systemexperten musste man zum Teil noch durch Ausländer decken. Er galt als der richtige Mann dafür. Andererseits, es gab viele gute Systemanalytiker. Die GITZ würde einen passenden Ersatzmann für ihn finden. Die Kapitalfluchtbremse jedoch war sein ureigenstes Hirnprodukt. Und er war noch nie in Russland gewesen. Und die Stabilität Russlands war im höchsten Interesse Europas. Und, und, und, ... Ja, er würde es machen – im Auftrag der GITZ, wenn diese auch Davidov auf ihre Gehaltsliste setzte. Dann könnte

Pjotr nach Russland zurückkehren und die Entwicklung dort steuern.

Das sagte er seinem Freund. Der bekam leuchtende Augen. Wenn das klappte und er zu seiner Familie nach Akademgorodok zurückkehren könnte und nicht nur alle sechs Wochen nach langen Berlin-Novosibirsk Flügen für wenige Tage mit ihr zusammen wäre, und vielleicht auch wieder Anschluss an die Wissenschaft fände ....

Hans Spitzer rief den Minister für Wirtschaftliche Zusammenarbeit und Entwicklungshilfe an. Der SdF-Mann fand die Idee ausgezeichnet und sprach mit dem Direktor der GITZ. Der musste noch seinen Verwaltungsrat konsultieren.

Vier Tage später summte Spitzers Smartphone. Er saß gerade in Davidovs Büro, der ihm Hintergrundinformationen zum ökonomischen Beirat des russischen Präsidenten gab.

„GITZ-Sekretariat“, sagte eine freundliche Frauenstimme, „ich verbinde“.

„Hallo, Herr Spitzer“, meldete sich der Direktor. „Die Sache mit Russland geht in Ordnung – so wie Sie es vorgeschlagen haben. Viel Erfolg.“

„Danke Chef“, strahlte Spitzer. Da wusste auch Davidov Bescheid. Er holte aus dem hintersten Fach seines Aktenschranks eine Flasche „Wodka Sibirskaja“ und füllte zwei kleine Gläser. „Na dsarowje, Hans!“

„Na dsarowje, Pjotr!“

Später, nach der erfolgreichen Installation der Kapitalfluchtbremse in Russland und den darauf folgenden wirtschaftlichen Umbrüchen würde man diese Tage in Berlin als den Beginn des „Russischen Frühlings“ bezeichnen.

Kapitel 7

Akademgorodok

7.1 Das Birkenrindenmuseum

Der Bus mit dem Schild „Akademgorodok Conference“ hinter der Frontscheibe bog von der breiten Magistrale in die Ulitza Gorkogo ein und hielt vor einem einstöckigen Gebäude. Aus fünf hohen Fenstern, umrahmt von weißen Holzläden, schaute das Haus auf die schmale, baumbestandene Straße. Sein von einer Gaupe mit vorgelagertem weißen Balkon unterbrochenes Dach endete in schönen Holzschnitzereien.

Die Reisegruppenleiterin, eine schlanke Frau in den Zwanzigern – apartes, ovales Gesicht mit hohen Wangenknochen und lebhaften, leicht mandelförmigen, braunen Augen – stieg als Erste aus und führte ihre Gruppe zur Eingangstreppe neben dem Haus. „Nachdem wir vorhin die alte Eisenbahnbrücke über den Ob besichtigt haben, möchte ich Ihnen jetzt noch ein ganz anderes Zeugnis russisch-sibirischer Kultur zeigen“, erklärte sie in bestem amerikanischen Ostküsten-Englisch, „nämlich das Birkenrindenmuseum.“

Die Gruppe folgte ihr durch den schmalen Eingang zur Kasse in eine Art Wohnzimmer, an das sich die weiteren, ebenfalls wohnzimmergroßen Museumsräume anschlossen. Zwei Herren und eine Dame standen freundlich lächelnd in den Durchgängen – bereit, Fragen der Besucher, offenbar der ersten an diesem Tage, zu beantworten. Einen der Herren bat die Reiseleiterin um eine kurze Einführung in das Museum. Sie übersetzte seine russischen Erklärungen.

Nur noch an wenigen Orten Russlands würde die alte Kunst gepflegt, aus hauchdünner Birkenrinde, zu Schichten von 40 bis 60 Lagen zusammengepresst, Figuren, Bilder und Gegenstände herzustellen, wie dieses Museum sie zeige. Hier in Novosibirsk sei diese Kunst in den letzten Jahren wieder aufgeblüht. Auch in der Ukraine gäbe es noch einige Künstler, die diese besondere, mühevolle Art der Formgebung beherrschten. „Schauen Sie sich in Ruhe um. Viele der Kunstwerke können Sie auch käuflich erwerben. Sie sagen viel aus über die Kultur und Geschichte Mittelsibiriens."

Die Besucher wanderten umher und waren fasziniert von der Vielfalt und Ausdruckskraft der Dinge, die aus millimeterdicken Birkenrinden-Lagen gefertigt waren. Von den Wänden schauten markante Gesichter, in dunklen Linien und Flächen aus gelbbraunem Untergrund hervorgehoben, Ikonen gleich auf den Betrachter. Reich verzierte Gefäße, ihre Muster mit feinem Stift aus der Birkenrinde herausgearbeitet, standen auf Tischen und Regalen neben Fabelwesen und Haustieren, zusammengesetzt aus kegeligen Formen, zu der die Birkenrinde gerollt worden war. 30 bis 60 cm hohe, zylindrische bis kugelige Figuren stellten teils deftige Bauernszenen dar:

Männer und Frauen Erntegeräte voll Lebensfreude schwingend, oder mit hochgeschlagenen Röcken und heruntergelassenen Hosen fröhlich kopulierend, oder zu sechst, teils übereinander, auf einem Besen reitend.

Im letzten Zimmer blieben die Besucher lange vor Reliefarbeiten mit starker erotischer Ausstrahlung stehen. Sie zeigten in verschiedenen Variationen dasselbe Thema: Ein sich tief in den Hintergrund verlierender Wald, im Gras des Vordergrunds ein nacktes Paar in Liebesvereinigung, er sehnig-muskulös, sie stramm und prall; im Mittelgrund nähern sich einander unbekleidete Frauen und Männer zwischen den Bäumen. Die Reiseleiterin übersetzte die Erklärung des Museumsführers: „Als in den Wäldern Sibiriens die Urbevölkerung in kleinen Stammesgemeinschaften weit verstreut über das dünnbesiedelte Gebiet lebte, trafen sich benachbarte Stämme einmal im Jahr, um sich auszutauschen – auf verschiedene Art und Weise. Am zweiten Tag des sommerlichen Treffens wurden die Frauen des einen und die Männer des anderen Stamms in ein großes Waldgebiet geschickt, von entgegengesetzten Enden aus. Sie gingen nackt, und wenn sie sich begegneten und einander gefielen, paarten sie sich. Am dritten Tag waren die beiden anderen Gruppen an der Reihe. Die bei diesen Begegnungen gezeugten Kinder wurden von den Ehemännern ihrer Mütter als vollwertige Mitglieder der eigenen Familie anerkannt. Auf diese Weise frischten die Stämme ihr Blut auf und vermieden Inzucht.“

Am Ende des eineinhalbstündigen Museumsrundgangs wurden einige kleinere Exponate gekauft. Dann stiegen alle wieder in den Bus, in dem die Reiseleiterin zum letzten Mal das Mikrophon ergriff: „Wir fahren jetzt zurück ins Stadtzentrum. Dort endet unsere Rundfahrt. Ich darf mich schon jetzt von Ihnen verabschieden. Für die 40 km bis Akademgorodok brauchen Sie vielleicht etwas länger als heute früh bei der Hinfahrt. Lassen Sie dabei unseren weiten Himmel auf sich wirken. Doswidanja.“

Während der Bus über die schnurgerade Krasnyi Avenue rollte, fragte einer noch die junge Frau, die ihnen seit dem Morgen die Sehenswürdigkeiten von Novosibirsk mit so viel Liebe zu ihrer Heimat gezeigt hatte: „Wo in den USA haben Sie Ihr perfektes Englisch gelernt?“

Sie antwortete: „Ich war nie in den USA. Ich will auch gar nicht dorthin. Ich habe da so meine Vorbehalte.“

„Aber Ihr Englisch...?“

„Das habe ich während meines Studiums für das Lehrfach Englisch von den Tonbändern des Sprachlabors der Universität von Novosibirsk gelernt.“

„Ach, Sie sind Lehrerin?“

„Ich war. Aber davon kann man hier nicht mehr leben. Jetzt helfe ich gelegentlich im deutschen Generalkonsulat von Novosibirsk aus und betreue für das Reisebüro Altai ausländische Besuchergruppen.“

Nachdem der Bus Novosibirsk hinter sich gelassen hatte, fuhren sie durch weites, flaches Land, unterbrochen von dichten Kiefern- und lichten Birkenwäldern.

„Die Wälder als Mittler der genetischen Verjüngung in der sibirischen Urbevölkerung – das war doch eine interessante Lektion im Birkenrindenmuseum“, sagte Danielle Lepen zu Heinz Fahrtmann an ihrer Seite.

„Ja“, lachte der leise, „und wahrscheinlich haben die an der Blut-Auffrischung Beteiligten den jährlichen Stammenstreffen stets besonders erwartungsvoll entgegengesehen. Abwechslung vom heimischen Erotik-Menu zum Wohle der Gemeinschaft – eine durchaus reizvolle Vorstellung."

Amüsiert betrachtete Danielle ihren Nachbarn aus den Augenwinkeln und bemerkte leichthin: „Aber Ihrerseits besteht ja wohl kein Bedürfnis nach Abwechslung – wenn ich an unsere bezaubernde Gastgeberin damals in Ihrer Prager Wohnung denke."

Fahrtmanns Miene verdüsterte sich. „Da Sie Prag schon ansprechen", begann er nach kurzem Schweigen, „sollten wir uns vielleicht erzählen, wieso ausgerechnet wir beiden mit 'Schwingen'-Delegierten hierher gekommen sind. Ich muss schon gestehen, dass ich mehr als überrascht war, Sie bei dem Eröffnungsempfang neben Francois Vitoux zu sehen. Wie ging es denn Ihnen, als er Helmut Eschenbach und mich Ihnen vorstellte?"

Danielle Lepen lächelte ein wenig und antwortete: „Meine Überraschung war nicht ganz so groß, weil mir Vitoux schon auf dem Flug von Paris nach Novosibirsk die Liste der Konferenzteilnehmer gezeigt hatte. Ich habe mir dann so meine Gedanken gemacht."

„Welche?"

„Darüber sollten wir nicht jetzt und nicht hier sprechen."

„Sondern wann und wo?"

„Wie es sich ergibt."

7.2 Austausch

Der Bus überquerte den gewaltigen Ob. Als immer mehr Straßenschneisen den nunmehr zusammenhängenden Wald durchschnitten, nahm Pjotr Davidov vorne neben dem Fahrer das Mikrophon und wandte sich an die Reisegruppe: „Ich schlage vor, dass wir uns nach dem Abendessen noch einmal für vielleicht eine Stunde im Auditorium des Wissenschaftshauses zusammensetzen, um die Pläne für morgen zu besprechen. Die Frage ist: Wollen wir noch weiter die technischen Probleme des Last- und Systemmanagements eines westeuropäisch–russischen Stromnetz-Verbundes diskutieren, oder wollen wir uns den damit zusammenhängenden wirtschaftspolitischen Fragen zuwenden? Wenn wir das geklärt haben, ist der Rest des Abends frei für den privaten Austausch.“

Der Chef von „Euro Solar-Nuklear“, der Schwede Olaf Bergson, schlug vor, mit der Diskussion der wirtschaftspolitischen Probleme zu beginnen. „Für die technischen Probleme gibt es Lösungen. Das haben ja die Vorträge und Diskussionen der letzten beiden Tage gezeigt. Der Teufel steckt in den politischen Details. Darum sollten wir uns jetzt vorrangig kümmern.“ Das fand allgemeine Zustimmung.

Akademgorodok erreichten sie auf dem Lavrentev Prospect. Diese breite Allee war einst ins Guiness-Buch der Rekorde als die wissenschaftlichste Straße der Welt aufgenommen worden, mit der größten Dichte an mathematisch-naturwissenschaftlichen und ingenieurwissenschaftlichen Forschungsinstituten. Diese waren nach der Gründung Akademgorodoks im Jahre 1957 vom Sibirischen Zweig der Akademie der Wissenschaften in einer lichten Parklandschaft aus Birken, Fichten und Kiefern angesiedelt worden.

Vom Morsky Prospect bog der Bus rechts ab in die Il’jcha Straße. Kurz darauf hielt er vor dem Hotel „Golden Valley“, einem achtstöckigen, langgestreckten Bau, und entließ seine Passagiere. Diese begaben sich auf ihre Zimmer im sechsten und siebten Stock mit weitem Blick auf die Akademgorodok umgebenden Wälder, machten sich frisch und bummelten dann auf gewundenen Parkwegen durch teils dichtere, teils lichtere Baumgruppen zum Wissenschaftshaus. Nach dem Abendessen versammelten sich alle im Auditorium.

Pjotr Davidov, Carol Hull, Frederick Greenbam, Francois Vitoux und Helmut Eschenbach nahmen auf dem Podium Platz. Pjotr Davidov ergriff das Wort: „Nach den anstrengenden technischen Diskussionen vorgestern und gestern hat unsere heutige Exkursion nach Novosibirsk Ihnen hoffentlich etwas Entspannung geschenkt, so dass wir morgen mit frischer Kraft weitermachen können. Ich sollte vielleicht sagen, dass uns die heutige Exkursion vom Akademgorodok-Fond spendiert wurde. Diesen Fond verdanken wir übrigens einer glücklichen Fügung. Unserem Institut für Geologie, Geophysik und Mineralogie war bei seiner Gründung ein großes Areal in Nordsibirien für Feldforschungen übereignet worden. Dort hat man kürzlich ergiebige Erdöl-Lagerstätten entdeckt. Die ersten Förderanlagen arbeiten. Bei der unvermeidlichen Privatisierung ist es der Institutsleitung dank guter politischer Kontakte gelungen, die Eigentumsrechte an dem Ölfeld auf den eigens zu diesem Zweck gegründeten Akademgorodok-Fond zu übertragen. Dessen Träger und Nutznießer sind alle Institute Akademgorodoks. Das hat die wirtschaftliche Situation hier deutlich verbessert. Natürlich muss der Fond sparsam wirtschaften und kann mit der Exkursion nur einen eher symbolischen Beitrag zu dieser Konferenz leisten. Ich bin aber von der Fonds-Leitung ausdrücklich gebeten worden, heute Abend noch einmal den Stiftungen der Schwingen-Parteien, insbesondere der amerikanischen und englischen WoF, der französischen AdL und der deutschen SdF, für die Ausrichtung dieser Konferenz hier in Akademgorodok zu danken. Diesen Dank gebe ich gerne an die wissenschaftlichen Vorstandsmitglieder dieser Stiftungen weiter, die hier neben mir auf dem Podium sitzen. Es sind übrigens gute Bekannte von der Petersberg-Konferenz, mit der vor Jahren der ökonomische Umschwung im Westen eingeleitet worden war."

Olaf Bergson meldete sich: „Im Bus hatten wir uns vorhin ja schon darauf geeinigt, dass wir morgen die wirtschaftspolitischen Bedingungen für einen westeuropäisch-russischen Stromnetz-Verbund diskutieren wollen. Nun kann die Wirtschaft mit vielem leben, nur nicht mit häufig wechselnden Rahmenbedingungen. Wir haben uns in Westeuropa inzwischen auf Energiesteuern mit vorhersehbarer Entwicklung bei insgesamt gleichbleibender Steuerquote eingestellt und kommen auch im internationalen Wettbewerb zurecht, nachdem der Streit mit den USA über Grenzausgleichsabgaben beigelegt werden konnte. Wie aber werden sich die energiewirtschaftlichen Rahmenbedingungen in Russland entwickeln? Solange da nicht mehr Klarheit herrscht, sehe ich große Probleme für den Stromverbund. Ich schlage deshalb vor, dass sich morgen als erstes unsere russischen Kollegen dazu äußern."

„Und konkret würde ich gerne von den Vertretern der russischen Energiewirtschaft hören, welches marktwirtschaftliche System sie unter Langzeitperspektiven persönlich bevorzugen: das traditionelle, wie es noch in den USA existiert, oder das reformierte Westeuropas. Oder sollte Russland vielleicht einen dritten Weg suchen?“, ergänzte der Chef der Mitteldeutschen Elektrizitätswerke.

„Dann“, legte auch noch der stellvertretende Energiekommissar der Europäischen Union nach, „sollten wir auch darüber reden, wie man hierzulande einen möglichen Beitritt Russlands zur Euro-Zone des Öl- und Gasmarktes beurteilt.“

„Damit liegt der Ball morgen im russischen Spielfeld“, schloss Pjotr Davidov. „Wir Russen müssen uns also noch Gedanken machen, am besten in Gruppen. Das gilt jedenfalls für das lokale Organisationskomitee. Den anderen wünsche ich einen entspannenden Abend.“

„Setzen wir uns noch etwas in der Altrussischen Teestube zusammen, die Davidov vorgestern empfohlen hatte?“, fragte Francois Vitoux beim Verlassen des Auditoriums Hull, Greenbam und Eschenbach. Die waren sofort einverstanden.

Nachdem ihnen die Kellnerin aus silbernem Samowar echt russischen Tee eingeschenkt hatte – sein Aroma war so viel reicher als das des Lipton-Tea, Made in China, den sie sich morgens zum Frühstück in Aufgussbeuteln überbrühten – sagte Vitoux: „Über den Hintergrundgesprächen mit den Leuten aus Wirtschaft und Politik an den vergangenen zwei Abenden ist das Persönliche bisher zu kurz gekommen. Erzählt doch mal, wie die Dinge bei Euch so laufen. Und was wisst Ihr von den anderen aus dem Petersberg-Organisationskomitee? Am besten bin ich noch über Erich Wetter durch seine Publikationen informiert, mit den Sanders besteht nur gelegentlich formaler Kontakt in ihrer Eigenschaft als Treuhänder des Schweizer Kontos – aber viel Unterstützung mussten unsere Ailes de la Liberté in den letzten Jahren nicht mehr beantragen – und von Carmen Hernandez weiss ich rein gar nichts."

„Ein bisschen kann ich dazu was sagen", bot Eschenbach an. „Nach meiner Berufung in Wetters Ökonomieabteilung am Dresdner Max-Planck-Institut für Evolutionsforschung habe ich den Aufschwung dieses Instituts aus nächster Nähe mitverfolgen können. Was Wetter betrifft: Ihm geht es wissenschaftlich und persönlich blendend. Die Sanders habe ich neulich in Gemünden besucht. Beide sind weiterhin im Schweinfurter Zentrum für Energie- und Umwelt-Studien tätig, haben jedoch ihre Arbeitsbelastung reduziert und teilen sich jetzt eine Stelle. Britta Sanders ist ganz die alte, doch Gregor Sanders macht einen etwas angeschlagenen Eindruck. Offiziell heißt es, dass er in Kolumbien einen Unfall hatte, als er und Britta bei den Hernandez organisatorische Probleme mit dem Schweizer Konto klären wollten. Es gibt aber auch Gerüchte, dass der Unfall bei einer Entführung passierte. Ich habe Gregor direkt darauf angesprochen, aber der hat nur abgewinkt und gesagt: 'Später vielleicht einmal'. Von den Sanders erfuhr ich, dass Carmen Hernandez und ihr Mann sich sehr um den Fortgang der Friedensgespräche zwischen der Guerrilla und der kolumbianischen Regierung kümmern. Sie arbeiten auch im Reformflügel der konservativen Partei mit und versuchen dort, unser Steuerprogramm einzuführen. Nach Venezuela wurden auch schon Fühler zwecks Gründung von Alas de la Libertad ausgestreckt."

Davidov ergänzte noch: „Nicht alle von Euch kennen Hans Spitzer persönlich, dem ich es verdanke, dass ich jetzt wieder in Akademgordok leben und arbeiten kann. Aber da Ihr ja inzwischen alle die Kapitalfluchtbremse als wichtige Ergänzung des Energiesteuerprogramms schätzt, interessiert es vielleicht, dass mein Freund inzwischen im Auftrag der GITZ wieder in Afrika wirkt – pro Kapitalfluchtbremse und nicht-fossile Energien.“

„Das klingt gut, wenn man von Sanders absieht“, meinte Greenbam, dem man sein hohes Alter immer noch nicht anmerkte. „Besonders freut es mich, dass die internationale Kooperation immer besser in Gang kommt. Ohne sie und das dafür notwendige Minimum an Vertrauen sind die Probleme von Energie und Wirtschaft, bei denen alles mit allem zusammenhängt, langfristig ja auch nicht lösbar.“

„Wenn das nur endlich mehr meiner Landsleute kapierten“, seufzte Carol Hull. „Die meisten wählen immer noch die Politiker, die sich einbilden, sie könnten der Welt befehlen, wo es langgehen soll. Die WoF hat jetzt zwar 56 Sitze im Repräsentantenhaus und wir stellen auch drei Senatoren, je einen aus Maine, New Hampshire und Vermont. Aber bei unserem Mehrheitswahlrecht bringen wir es so schnell nicht zu entscheidendem politischen Einfluss. Dafür sind unsere Anhänger zu weit über das ganze Land verstreut. Bei den Haushaltsabstimmungen haben wir immer die Mehrheit der beiden traditionellen Parteien gegen uns, unser Präsidialsystem ist auf Koalitionen nicht angewiesen, und den Präsidenten werden wir wohl noch lange nicht stellen können. Ein bisschen Misstrauen bleibt bei den Wählern auch von der ständigen Hetze des Fix-Channels gegen die WoF hängen, obwohl wir alle Prozesse gegen Ted Sullivan bisher gewonnen haben. Gerade neulich wurden uns nach drei

Prozessjahren zehn Millionen Dollar Entschädigung zugesprochen. Davon hat unser Anwalt drei Millionen kassiert, aber immerhin. Sullivan hatte wiederholt behaupten lassen, die Schwingen-Parteien finanzierten sich aus Drogengeldern. Nichts konnte er beweisen, nun muss er zahlen. Aber deshalb verliert sein Kanal keine Zuschauer, im Gegenteil. Seine Shows mit osteuropäischen Künstlern sind enorm populär, und mit seinem Programm 'East Art' geriert er sich neuerdings als menschenfreundlicher Förderer junger Talente aus Osteuropa. Darüber vergessen die Leute seine Lügen."

„Tja, Carol", meinte Eschenbach, „da muss sich jetzt das alte Europa auf seine Weise bei den Vereinigten Staaten dafür bedanken, dass sie ihm geholfen haben, Militarismus, Faschismus und Kommunismus zu überwinden."

„Aha, wie denn?"

„Indem wir der Verschwendungswirtschaft, in die Euer Kapitalismus entartet ist, das Wasser, oder richtiger: das Öl, abgraben und zeigen, dass eine Soziale Marktwirtschaft auch unter den Bedingungen der Globalisierung nachhaltig funktionieren kann. Dann sollten Eure Wings of Freedom ihre Chance bekommen und die USA wieder an die Spitze des wirtschaftlichen und zivilisatorischen Fortschritts führen können. Zuvor aber wird es weh tun – hat es in Europa ja auch."

„Spielst Du an auf die Verhandlungen mit den Öl und Gas exportierenden Staaten über die Bezahlung der Energielieferungen in Euros statt Dollars?"

„Klar. Du weißt ja, dass die Konferenz hier die Dinge Russland gegenüber sondieren soll. Hinter der wissenschaftlichen Fassade verbergen sich knallharte ökonomische Absichten. Der stellvertretende Energiekommissar der EU ist nicht der einzige Vertreter der Exekutive. Die anderen halten sich nur bedeckt. Wenn Energie auf dem Weltmarkt nicht mehr in Dollars gehandelt wird, wird der Dollar nicht mehr durch die Energiereserven anderer Länder gedeckt, und die USA können nicht mehr wie bisher die Güter und Ressourcen der ganzen Welt ansaugen und verschwenden. Darauf soll doch auch General Wheeler beim Gründungskongress der Wings of Freedom hingewiesen haben. Und die Summen, um die es dabei geht, hast Du ja auf der Petersberg-Konferenz selbst genannt.“

Carol lachte: „Wenn das jetzt Ted Sullivan hören könnte, wüsste er, wie er die WoF angreifen müsste: Als eine Bande von Vaterlandsverrätern im Dienste von – ja im Dienste von wem?“

„Im Dienste der Vernunft“, antwortete trocken Francois Vitoux, und dann, mit nur halb gespieltem Pathos: „Vive la raison!“ Er nahm sich gleich zurück: „Verzeihung, aber schließlich hat Frankreich einmal im Namen der Dame Vernunft eine Revolution gemacht.“

„Aber mach Dir keine Sorgen, Carol“, sagte Eschenbach, scherzhaft beruhigend. „Wenn die Sondierungen hier erfolgreich verlaufen und Russland tatsächlich auf Euro-Kurs einschwenkt, wird Dir keiner aus der Konferenzteilnahme einen Strick drehen. Schließlich geht es hier offiziell nur um Wissenschaft, und Wissenschaft jenseits des militärisch Nützlichen ist Eurer derzeitigen Machtelite doch herzlich gleichgültig. Die werden erst durch Schaden klug. Je früher, desto besser.“

Jetzt war Carol Hull etwas irritiert: „Seit wann

bist Du denn unter die Zyniker gegangen? Den Schaden haben doch alle Amerikaner, auch wir von der WoF.“

„Aber der Schaden wird Eure politische Chance sein. Und wenn’s bei den Hulls Schwierigkeiten mit den Jobs gibt – kommt nach Dresden. Erich Wetter schätzt Eure Arbeiten sehr. Wir haben gut dotierte Gaststellen am Institut.“

Greenbam schmunzelte: „Das nenn’ ich Dialektik. So ähnlich haben wir früher in der KP auch argumentiert: Erst muss alles zusammenbrechen, dann wird alles besser. Sind wir vielleicht doch alle heimliche Kommunisten und wissen es nur nicht?“

Daraufhin meinte Vitoux: „Bevor wir weiter enttarnt werden, sollten wir lieber zu Bett gehen.“

Das taten sie dann auch.

Auf dem Weg ins Hotel sagte Greenbam noch zu Eschenbach: „Als junger Mann wäre ich zu gerne nach Akademgorodok, dem Wissenschaftszentrum des Sozialismus, gegangen, um im Institut für Politische Ökonomie zu arbeiten. Aber daraus wurde nichts. Nun gibt es das Institut nicht mehr, und den Sozialismus auch nicht. Doch dank der Wings of Freedom bin ich wenigstens noch nach Akademgorodok gekommen. Und vielleicht kommt es ja auch noch zum globalen gesellschaftlichen Wandel, wenn auch anders, als ich es mir in meinen Marx- und Engels-Träumen vorgestellt hatte.“

Heinz Fahrtmann hatte Danielle Lepen am Ausgang des Auditoriums abgefangen. „Darf ich Madame auf einen Becher Bier in die New-York Pizza einladen, s’il vous plaît?“, fragte er mit gespielter Förmlichkeit und fuhr dann normal fort: „Neben der Altrussischen Teestube, die Vitoux und seine Freunde gerade ansteuern, ist sie das einzige Lokal, das hier abends geöffnet hat. Ich war gestern mal dort. Das Mobilar ist hart, das Licht grell, die Musik laut, das Bier kalt – und wir sind unter uns.“

Sie zögerte nur kurz. Der Abend war warm, ein kühles Bier würde gut tun, und außerdem war sie neugierig, ob sie die Melancholie in Fahrtmanns schönen, braunen Augen richtig deutete. „Einverstanden“, willigte sie ein.

Fahrtmann hatte die New-York Pizza korrekt beschrieben. Nur der Musik-Automat spielte noch lauter als am Vortag, so dass eine Unterhaltung fast unmöglich war. Sie tranken jeder einen Becher Bier und unterfütterten ihn mit Pommes Frittes, die sie gemeinsam aus einer Tüte fischten. Dabei berührten sich ihre Finger manchmal wie zufällig. Aber bald klagte sie über beginnende Kopfschmerzen und bat um Entschuldigung: „Der Schalldruck ist zu groß für eine alte Frau wie mich.“

Er protestierte galant gegen „alte Frau“ und bot die Terrasse vor seinem Hotelzimmer im siebten Stock als ruhigeren Gesprächsort und den Sekt aus der Minibar als Alternative zum Bier an.

Ihr Miene verriet kaum, dass sie sich eine Frage beantwortete. Dann sagte sie einfach: „Ja, gehen wir.“ Auf den schmalen Parkwegen zum Hotel streiften sich ihre Arme immer wieder einmal. Schließlich hängte sie sich wortlos bei ihm ein.

Zwei Stühle und ein Tischchen waren schnell aus Fahrtmanns Zimmer auf die Dachterrasse geräumt. Er schoss den Korken der Krimsektflasche in den Nachthimmel. Den Sekt goss er ihr in das einzige

Weinglas der Minibar und sich in sein Zahnputzglas ein. Als sie sich zuprosteten, sagte sie: „Ich bin die Danielle“.
„Und ich der Heinz“ – seine Freude war unüberhörbar.

„Danielle, verraten Sie mir jetzt Ihre Gedanken, die Sie im Bus erwähnt hatten?“

„‘Danielle’ und ‘Sie’ – er wahrt noch Abstand, nicht unsympathisch“, dachte sie und antwortete laut: „Tadeln Sie mich, wenn ich zu direkt bin und daneben liege, aber ich denke: Ted Sullivan hat Ihnen Ihre – wie hieß sie noch? Ja, richtig: – Tatjana ausgespannt, und dann haben Sie die Seiten gewechselt.“

„Stimmt“, bekannte er mit verlegenem Lächeln. „Sie haben wohl von Tatjanas Auftritten im Fix-Channel und ihrer Übersiedlung in die USA gehört. Aber die Zusammenhänge sind noch etwas komplizierter.“

„Mag sein, aber ich wusste jedenfalls schon in Prag, dass Sie Tatjana an Sullivan verlieren würden. Schließlich kenne ich ihn als Mann nur zu gut.“

„Haben etwa auch Sie wegen Tatjana...?“

„Oh nein“, lachte Danielle. „Mit Sullivan war ich schon lange vor Prag fertig. Ich war damals nur noch seine Angestellte.“

„Und jetzt?“

„Wie wäre es, Heinz, wenn erst einmal Sie Ihre Geschichte erzählten und dann erzähle ich die meine?“ Dabei legte sie ihre Hand auf die seine und schaute ihn voll an. Zum ersten Mal, seit Tatjana ihn verlassen hatte, fühlte er wieder die alten Kräfte.

Dann berichtete er, wie er nach der privaten Katastrophe auch beruflich in die Sackgasse geraten war. Die unverständliche Ablehnung seines Artikels über die Finanzierung der Schwingen-Parteien durch den Herausgeber der TZ und der gleichzeitige Aufstieg eines modischen Schwätzers zum Chef-Kolumnisten des Blattes hatten ihm viel von seinem kämpferischen Schwung genommen, der sein Markenzeichen gewesen war. Er hatte gekündigt und, im Wesentlichen von seinen Ersparnissen lebend, mit Recherchen zu seinem eigentlich für den Ruhestand geplanten Buch „Geschichte des ökonomischen Denkens“ begonnen. Dabei hatte er sich auch wieder, und diesmal intensiv, mit der Kritik der den Schwingen-Parteien nahestehenden Autoren an den traditionellen Theorien von Produktion, Wachstum und Verteilung beschäftigt. Diesmal sah er ihre Berechtigung und die produktionstheoretischen Gründe für das Energiesteuer-Programm der Schwingen ein. Dessen Erfolge bei der Eindämmung der gesellschaftlichen Erosionsprozesse in Europa, die ja inzwischen allenthalben sichtbar waren, hatten schließlich den Ausschlag dafür gegeben, dass er an Gregor Sanders geschrieben, seine früheren Angriffe auf die Schwingen bedauert und um eine Zusammenkunft gebeten hatte. Nach geraumer Zeit hatte Sanders relativ zurückhaltend geantwortet und ihn für persönliche Kontakte an Helmut Eschenbach verwiesen. Er, Sanders, müsse aus Gründen, die er nicht näher erläutern könne, leider darauf verzichten. Nach mehreren Gesprächen mit Eschenbach in Dresden hatte dieser Fahrtmanns Einstellung als Referent bei der SdF-Stiftung mit dem Argument durchgesetzt: „Einen besseren Mitarbeiter können wir nicht gewinnen als einen Saulus, der zum Paulus geworden ist.“

Er schaute über die dunklen Wälder. Der Nachtwind rauschte in den Bäumen. Sein Blick wanderte zurück zu Danielle, die ihn aufmerksam ansah.

„Und nun begegne ich auf meiner ersten Dienstreise als SdF-Referent der Frau, mit deren Hilfe ich die SdF vernichten wollte.“

„Und deren Schuld es ist, dass dies nicht gelang“, ergänzte sie leise.

In Fahrtmanns Überraschung hinein erklärte sie geradeheraus, warum und wie sie als „Doppelagentin“ in den Diensten von Ted Sullivan und Attac den Plan des Prager Treffens an die Sanders verraten und die Recherchen in der Schweiz sabotiert hatte. „Ich nehme an, dass die Reise der Sanders nach Kolumbien Material zu Tage gefördert hat, das einflussreiche Kreise in Deutschland veranlasste, auf eine Einstellung der Attacken gegen die SdF zu drängen. Jedenfalls hat Francois Vitoux einmal eine Andeutung in diese Richtung gemacht. – Können Sie mir verzeihen?“

Sein Herz schlug schneller. Die kaum merkliche Besorgnis in ihrer Stimme erregte ihn fast noch mehr als die vorangegangenen Berührungen.

„Das Vorstandsmitglied von Attac, dessetwegen Sie die Seiten gewechselt haben ...?“

„Hat inzwischen eine Jüngere.“

„Und Vitoux?“

„Ist mein Chef in der AdL-Stiftung und glücklich verheiratet.“

Jetzt sprachen nur noch ihre Augen. Als er langsam aufstand, erhob auch sie sich und kam ihm entgegen. Er legte seine Arme um sie. Mit leicht geöffneten Lippen erwartete sie seinen Mund. In ihrem Kuss versank die Zeit. Nachdem sie zurückgekehrt war, gingen sie von der Dachterrasse zurück ins Zimmer, und

Fahrtmann verschloss die Tür.

7.3 Währungswechsel

Zur gleichen Zeit saß Pjotr Davidov mit den weiteren vier Mitgliedern des lokalen Organisationskomitees auf seinem Zimmer. Sie aßen Schwarzbrot mit rotem Kaviar aus der Büchse und tranken dazu Wodka und Mineralwasser. Der Kollege aus seinem Institut für Systemanalyse war Experte für elektrische Netzwerke. Der Leiter des Instituts für Geologie kannte sich bestens mit den Öl- und Gasvorkommen Russlands aus. Er hatte empfohlen, seinen Studienfreund Juryi Semendjajew, jetzt Abteilungsleiter im Finanzministerium der Russischen Föderation, zu bitten, an der Konferenz mitzuwirken. Dieser war maßgeblich am Zustandekommen des Akademgorodok-Fonds beteiligt gewesen. Der vierte Gast auf Davidovs Zimmer, Ilya Felsenstein, war der Nachfolger von Dimitri Roerich im Vorstand der Rusneft. Roerich hatte sich nach massiven Problemen mit der Steuerpolizei und einer Durchsuchung seiner Büros und Privaträume durch Spezialtruppen des Innenministeriums nach Prag abgesetzt.

Allen war klar, dass man morgen zum Kern der Sache kommen würde. Die Konferenz hatte eine ähnliche Funktion wie die chinesisch-amerikanische Ping-Pong Diplomatie in den siebziger Jahren des vergangenen Jahrhunderts: Über binationale Tischtennis-Wettkämpfe sondierten damals die beiden Mächte, ob man miteinander ins Gespräch kommen könnte. Wären die Sondierungen schlecht gelaufen, hätte man es ohne weiteren Schaden oder Gesichtsverlust bei der bisherigen Sprachlosigkeit belassen können. Nunmehr hatte die Europäische Union den russischen Wunsch nach einer Integration der westeuropäischen und russischen Stromnetze zum Anlass genommen, Sondierungen für eine viel weitergehende Verkopplung der Energiewirtschaften vorzuschlagen: Die Bezahlung der russischen Energieexporte zumindest nach Westeuropa in Euros statt Dollars. Da ein Energie-Währungswechsel die Interessen der USA tangieren würde, sollten die Dinge möglichst unauffällig eingefädelt werden. Die Einrichtung einer Euro-Zone des Energiemarktes mit Russland als Mitglied würden die USA wahrscheinlich mit einigem Nachdruck zu verhindern suchen. Dabei konnten sie sich auf eine zwar kleiner gewordene aber immer noch einflussreiche Riege ehemaliger Kader der KPdSU stützen, die zu den Gewinnern der Privatisierung nach dem Zusammenbruch der Sowjetunion zählten und in der russischen Regierung mit dem Eifer von Konvertiten für die in den USA praktizierte Form der Marktwirtschaft eintraten.

Pjotr Davidov sprach gleich den zentralen Punkt an: „Gemäß dem offiziell rein wissenschaftlichen Charakter dieser Konferenz geben alle Äußerungen nur fachliche Überzeugungen oder ganz persönliche Einschätzungen wider. Aber natürlich hat das, was wir morgen sagen, bei entsprechender beruflicher Position auch politisches Gewicht. Und wir wollen ja auch nach Möglichkeit dem Sondierungszweck der Konferenz dienen.“

Damit war klar, dass Juryi Semendjajew, der Mann aus dem Finanzministerium, zu der für die Westeuropäer wichtigsten Frage, der Lieferung von russischem Öl und Gas gegen Euros, Stellung nehmen musste. Er wollte in dieser Angelegenheit gleich nochmal mit seinem Minister telefonieren. Zu den Fragen nach den energiewirtschaftlichen Rahmenbedingungen und der Präferenz für US- oder EU-Marktwirtschaft beschloss man, nichts weiter abzusprechen. Da waren die Dinge in Russland noch zu sehr im Fluss. Vielleicht wollten sich ja auch einige der anderen russischen Teilnehmer dazu äußern. Außerdem sollten die Mitglieder der EU-Delegation erst einmal ihre eigene Beurteilung der westeuropäischen Wirtschaftsreformen vortragen. Abschließend meinte Davidov: „Wichtig ist nur, dass wir die richtigen Signale aussenden, die die Dinge in unserem Sinne offenhalten.“ Damit trennte sich die Runde.

Das Telefonat mit dem Finanzminister dauerte lange. Der Minister befürwortete eine enge Zusammenarbeit mit der Europäischen Union und seine Stellung im Kabinett war stark, aber es stand ihm nicht zu, wirtschaftspolitische Entscheidungen mit weitreichenden außenpolitischen Konsequenzen anzuschieben. Er musste sich aufs Fiskalische beschränken. Da kam Semendjajew eine Idee: „Ich könnte doch morgen ganz spontan Folgendes laut ins Unreine denken: Wenn der Dollar an Wert verliert, entwertet das auch unsere in Dollar bezahlten Energielieferungen. Ein Wechsel der Währung von Dollar zu Euro für den Fall, dass der Dollar unter die Dollar-Euro-Parität sinkt, könnte unsere Energielieferungen gegen Dollar-Entwertungen absichern. Sinkt umgekehrt der Euro unter das Paritätsniveau, wird wieder in Dollar abgerechnet. Das klingt doch ganz fiskalisch und ist politisch neutral.“ Der Minister fand diesen Vorschlag diskussionswürdig, sogar gleich für die nächste Kabinettssitzung, und er hatte gar nichts dagegen, dass sein Abteilungsleiter damit auf eigene Verantwortung in der Öffentlichkeit einen Versuchsballon startete.

„Wir werden ja bald sehen, wie die Märkte und Regierungen reagieren. Wenn's brenzlig wird, habe ich von Ihrer Idee absolut nichts gewusst, und Sie müssen sehen, wie Sie zurecht kommen; und natürlich hat dieses Telefonat nie stattgefunden. Wenn's gut geht, werde ich Sie als Staatssekretär für Energie- und Währungsfragen vorschlagen."

Am nächsten Morgen trug Juryi Semendjajew seine Idee als „Gedanken nach dem Genuss einiger Gläser Wodka" vor. „Vielleicht ist es ja wirklich nur eine Schnapsidee, aber ich wollte sie wenigstens mal rein theoretisch zur Diskussion stellen."

Der stellvertretende EU-Kommissar sprang sofort an: „Wie soll das denn technisch funktionieren, z.B. wenn Dollar und Euro um die Paritätsmarke herum fluktuieren? Soll dann heute in Dollar und morgen in Euro abgerechnet werden? Da spielen die Märkte doch verrückt."

„Das ist eine gute Frage", antwortete Semendjajew und dachte nach.

Der Systemanalytiker meldete sich: „Man könnte doch eine Bandbreite der Fluktuationen vereinbaren, z.B. plus/minus drei Cent ums Paritätsniveau herum. Innerhalb dieser Bandbreite wird in der Währung abgerechnet, die vor dem Eintauchen in die Bandbreite oberhalb derselben lag. Erst wenn ihr Wert unter die Bandbreiten-Untergrenze rutscht, findet ein Währungswechsel statt."

Es gab noch ein langes Hin und Her über die Vor- und Nachteile des Paritätskriteriums, wie man den Vorschlag kurz nannte. „Auf jeden Fall lohnt es sich, weiter darüber nachzudenken“, meinte zum Schluss der stellvertretende EU-Kommissar, der das Signal aus dem russischen Finanzministerium sehr wohl verstanden hatte. „Wichtig scheint mir eine Analyse der positiven und negativen Rückkopplungseffekte in einem solchen Mechanismus zu sein. Ich werde der Kommission der EU vorschlagen, einen entsprechenden Forschungsauftrag auszuschreiben und empfehle dem hiesigen Institut für Systemanalyse, sich um den Auftrag zu bewerben.“

„Das mit den Signalen hat geklappt“, dachte Davidov zufrieden. Dann fragte er seine Landsleute, wer auf die beiden anderen der gestern gestellten Fragen, nach den energiewirtschaftlichen Rahmenbedingungen und Systempräferenzen, antworten möchte. Die Resonanz war verhalten. Beide Fragen hingen ja zusammen, wurde mehrfach gesagt, und in Russland würde man bis auf Weiteres sehr sorgfältig beobachten, welches der beiden Systeme sich besser entwickele. „Als Unternehmer neige ich eher dem System der USA zu“, erklärte schließlich der Vorstandsvorsitzende von Rusneft. „Aber vielleicht kann uns jemand aus der Energiewirtschaft der Europäischen Union die Vorteile einer auf hohe Energiesteuern gestützten Sozialen Marktwirtschaft erklären, sofern er solche erkennt.“

Nach kurzem Zögern hob der Chef der Mitteldeutschen Elektrizitätswerke die Hand: „Als zum ersten Mal die Forderungen laut wurden, dass der Anteil der Energiesteuern am Gesamtsteueraufkommen etwa so hoch sein sollte wie der Beitrag der Energie zum Wachstum des Bruttoinlandsprodukts, habe ich das reflexartig abgelehnt. Aber man hat ja auch Kinder. Meine haben mir ganz schön zugesetzt. Beide,

Sohn und Tochter, steckten damals mitten im Studium als in Deutschland durch eine Reihe aus heutiger Sicht völlig verfehlter Steuerreformen, sprich Steuersenkungen, die öffentlichen Kassen geleert und immer höhere Schuldenberge aufgetürmt wurden. Was die Unternehmen an Steuern sparten, investierten sie im Ausland oder in Rationalisierungsmaßnahmen. Zwar hatten wir für einige Zeit eine Niedrigzinsphase, die von der Europäischen Zentralbank durch den nahezu unbeschränkten Kauf von Staatsanleihen erzwungen worden war, um den hochverschuldeten südeuropäischen Ländern zu helfen. Die deutschen Staatsanleihen hatten die beste Bonität und wurden von den Anlegern sogar zu Negativzinsen nachgefragt. Das minderte zeitweilig die Schuldenlast Deutschlands und den Reformdruck. Sparen lohnte sich nicht mehr, und die Leute kauften drauflos, auch Zeug, das sie eigentlich gar nicht brauchten. Das stütze die Konjunktur etwas. Doch nachdem mit steigenden Ölpreisen auch die Inflation und die Zinsen wieder anstiegen, legten die Bürger, das, was sie an Steuern sparten – ganz ähnlich wie zuvor die Japaner die Mittel aus den japanischen Konjunkturprogrammen – erneut auf die hohe Kante, um für eine ungewisse Zukunft vorzusorgen. Solches wurde ihnen ja auch ständig gepredigt. So kam es weder angebots- noch nachfrageseitig zu irgendwelchen konjunkturellen Impulsen für den Arbeitsmarkt. Die Arbeitslosigkeit stieg wie in allen Industrieländern, die Einnahmen des Staates und der Sozialkassen brachen weiter weg, und überall musste massiv gespart werden. Der Bildungsbereich wurde nicht ausgenommen und geriet in eine schwere Krise, die durch ständige Umstrukturierungen noch verschärft wurde. Meine Kinder wurden mit dem Studium gerade noch rechtzeitig fertig. Doch was sie mir von den neuen Zuständen an den Universitäten erzählten, hat mich sehr nachdenklich gemacht. In Deutschland fanden sie keine Arbeit mehr. Aber gut ausgebildet wie sie durch das alte System noch waren, hat man sie an US-Universitäten gerne eingestellt. Die Amerikaner haben zwar noch mehr Schulden als die Europäer, aber das zwingt sie nicht zum Sparen, solange alle Welt ihre Dollars nimmt. Um unsere Kinder und Enkel zu sehen, müssen wir jetzt immer über den Atlantik fliegen. Tja, und als dann nach starken Rückgängen der Wahlbeteiligungen die Schwingen-Parteien mit ihrem Energiesteuer-Programm überall in Europa die Nichtwähler an sich zogen und in Regierungsverantwortung eintraten – in Deutschland bildet ja seitdem die SdF mit den Konservativen und den Ökosozialen eine Koalitionsregierung – wurde der Trend zur Zerrüttung des Gemeinwesens gestoppt. Darin sehe ich den entscheidenden Vorteil unserer neuen Sozialen Marktwirtschaft."

„Wie sieht die Steuerpraxis aus?", fragte Ilya Felsenstein. „Ist sie nicht mit viel Bürokratie verbunden? Jedenfalls wurde das doch früher häufig von deutschen Unternehmern befürchtet?"

„Ganz im Gegenteil", war die Antwort. „Unser Steuer- und Abgabensystem wurde radikal vereinfacht. Lohnnebenkosten sind für die Unternehmen kein Thema mehr. Bürokratie wuchert, wenn der Staat mit immer neuen Stellschrauben den Missbrauch von Sonder- und Ausnahmeregelungen zu verhindern sucht. Diese sind fast alle abgeschafft. Bei den niedrigen persönlichen Steuern und Sozialabgaben haben die Bürger das auch glatt akzeptiert, abgesehen von den Steuer-Spar-Modellierern und Steuer-

Schlupfloch-Bohrern. Und nichts ist einfacher zu erheben als eine Energiesteuer, weil Energieflüsse so leicht zu messen sind. Weniger stark abgebaut wurde die Sozialbürokratie, die auch für den Ausgleich sozialer Härten beim häuslichen Energiebedarf sorgt.“
„Und wie steht's mit dem Energieschmuggel?“, wollte noch jemand wissen.
„Da gibt es ein gewisses Problem beim Kraftverkehr an den Außengrenzen der EU“, räumte der stellvertretende EU-Kommissar ein. „Aber die Tankfüllungen, die sich PKW und LKW aus dem Grenzbereich, z.B. in der Ukraine, besorgen, kann der Fiskus verkraften. Natürlich wird die Zahl der Grenzübertritte jedes Wagens registriert. Ansonsten ist es ja schwer bis unmöglich, Öl und Gas, oder auch Kohle und Nuklearbrennstoffe, in Pipelines oder Tank-, Last- und Eisenbahnwagen zu schmuggeln.“

„Vielleicht darf ich noch etwas Spekulatives ergänzen“, ließ Eschenbach sich vernehmen. „Zu den Zeiten billiger Energie war in der Wirtschaft ein Managertyp nach oben gekommen, der mit der Parole ‘Speed, Speed, Speed’ seine Mitarbeiter zu immer größerer Eile bei der Eroberung von Märkten antrieb. Die Manager und Ingenieure alten Schlages, die für Sorgfalt bei der Arbeit eintraten, wurden als zu wenig dynamisch aus den Betrieben gedrängt. Darunter litt die Seriosität der technischen und wirtschaftlichen Planung und die Qualitität der Produkte. Es kam zu spektakulären Pannen bei Großprojekten und Imageproblemen früherer Nobelmarken, die sich in Verlusten an Marktanteilen niederschlugen. Das Ganze war vorherzusehen, denn was der Zweite Hauptsatz der Thermodynamik sagt, weiß auch der Volksmund: ‘Haste makes waste – Eile mit Weile’. Nachdem infolge der Energieverteuerung Kostenminimierung nur durch langfristige, systematische und systemanalytische Planung zu erreichen war, kamen wieder mehr Frauen und Männer in höchste Führungspositionen, denen Seriosität und Qualität wichtiger waren als eine Nummer in der Rangliste der 'Global Players'. Man mag bezweifeln, dass diese Entwicklung eine unmittelbare Folge der Energieverteuerung ist, aber jedenfalls ist sie eine wohltuende Begleiterscheinung."

Die Konferenz endete am frühen Nachmittag. Es war heiß geworden. Der Bus, der die auswärtigen Konferenzteilnehmer zum Novosibirsker Flughafen bringen sollte, war für fünf Uhr am nächsten Morgen bestellt. „Wir können noch mit Privatwagen zum Baden an den Ob-See fahren und/oder in den Sibirischen Botanischen Garten", bot Pjotr Davidov an. Man bildete zwei Gruppen. Die eine bewunderte die Fülle exotischer Pflanzen, die mitten in Sibirien anzusiedeln dem Botanischen Garten gelungen war. Die andere genoss den breiten Sandstrand und das frische Wasser des riesigen Sees, zu dem der Ob nahe Akademgorodok aufgestaut ist.

Als Helmut Eschenbach Danielle Lepen und Heinz Fahrtmann Hand in Hand in den See stürmen sah, schoss er mit seiner Digitalkamera mehrere Fotos von ihnen. „Die schicke ich noch heute Abend Gregor auf seinen Rechner. Dann wird er endgültig davon überzeugt sein, dass Fahrtmann mit Verstand *und* Herz bei den Schwingen angekommen ist."

Am Abend bildeten sich mehrere informelle Gruppen, die Resümees für die politischen Stiftungen entwarfen. Die Amerikaner um Carol Hull diskutierten auch, ob es opportun sei, die Öffentlichkeit in den USA über die Perspektiven eines Energie-

Währungswechsels umgehend zu informieren. Sie baten Davidov, Eschenbach, Greenbam und Vitoux zu ihren Beratungen. Man kam zu dem Schluss, dass Offenheit auf jeden Fall im Interesse weiterhin guter Beziehungen zwischen der EU, Russland und den USA sei und dass man den in Akademgorodok gestarteten Versuchsballon in den USA fliegen lassen sollte.

„Wann sehen wir uns wieder?", fragte Helmut Eschenbach beim Abschied Pjotr Davidov. „Ich hoffe bald", war die Antwort, „wenn die Zeit reif ist für die Gründung russischer Schwingen der Freiheit – *Kryilya Swobodyi.*"

General Wheeler starrte aus dem Fenster seines Büros auf den Potomac Park mit Washington Obelisk und Lincoln Memorial. „Amerikanische Tugenden, amerikanische Größe", sinnierte er, „schwindet diese mit jenen?" Der telefonische Bericht Carol Hulls über die akademischen Erörterungen in Akademgorodok zum Thema Energie-Währungswechsel hatte ihn alarmiert. Etwas Derartiges hatte er schon lange befürchtet. Und er wusste, dass Regierung und Kongressmehrheit dieses Problem ebenso wenig richtig einordnen und angehen würden wie die Fragen internationaler Kooperation.

Während Carol und Richard Hull auf eine Antwort warteten, überlegte er: „Sollen wir als WoF die Frage des Energie-Währungswechsels in der Öffentlichkeit hochspielen oder lassen wir sie vorläufig auf der Schiene währungstheoretischer Diskussionen?" Er konnte und wollte nicht alleine entscheiden, ob er zusammen mit Carol Hull in einer Talk-Show des Educational Channels über das Problem mit Vertretern der Regierung und der Wirtschaft reden sollte, wie die Hulls das vorgeschlagen hatten. „Ich muss mich mit dem Vorstand absprechen, zumindest mit John Gerritsen und Donald DeWees. Jennifer Richards ist in China zur Zeit schwer erreichbar, aber sie wird mittragen, was wir beschließen.“ Er griff zum Telefon, erreichte aber keinen der beiden. Er wählte die Nummer der Hulls: „Ich probiere heute Abend nochmal, Gerritsen und DeWees zu erreichen. Wenn ich klar sehe, rufe ich wieder an.“

Bei der abendlichen Telefonkonferenz wurde beschlossen, dass Donald DeWees zusammen mit Carol Hull im Educational Channel auftreten sollte. Als Geschäftsmann besaß er die größte Kompetenz in Währungsdingen. Zur Gesprächsrunde mit dem Thema „Energy and Currency“ in der Sendereihe „Economics of the Future – The Future of Economics“ schickte die Regierung einen Unterstaatssekretär aus dem Handelsministerium und der Unternehmerverband den Senior Economist einer kleinen Ölgesellschaft. Namhaftere Ökonomen, die auch die Regierung berieten, hatten kein Interesse an einem Auftritt in der Sendereihe, in der bisweilen auch Vertreter unkonventioneller ökonomischer Ansichten zu Wort kamen. Außerdem hatte noch keiner von ihnen auch nur einen Gedanken an das Energie-Währungsproblem verschwendet. So kam es, dass in der nicht besonders prominent besetzten Gesprächsrunde Hull und DeWees zwar auf die möglicherweise ernsten Folgen eines Energie-Währungswechsels hinwiesen und ihre Gesprächspartner ihnen verhalten zustimmten, aber die Öffentlichkeit darauf nicht weiter reagierte. Der größere Teil des Fernsehpublikums mied sowieso die eher anspruchsvollen Sendungen des Educational Channels. Im übrigen hielt man das Ganze für eine weitere Kampagne der Wings of Freedom, die wieder einmal auf die Wichtigkeit der Energiefrage und damit auf sich selbst aufmerksam machen wollten.

Dennoch wurde auf Betreiben des National Security Advisors, den der Unterstaatssekretär informiert hatte, der US-Botschafter in Moskau vorstellig. Aber der russische Finanzminister erklärte diesem, dass man von der akademischen Diskussion zwar wisse, aber keine entsprechenden Pläne besäße; doch sei man selbstverständlich an einer offiziellen Stellungnahme der US-Regierung zur Bedeutung von Energie-Währungen für den internationalen Handel und die bilateralen Beziehungen interessiert.

„Scheinheilige Bastards“, schnaubte der National Security Advisor, nachdem er den Bericht des Botschafters gelesen hatte. „Erklären wir die Energie-Währungsfrage für wichtig, wissen die Russen, wo sie am längeren Hebel sitzen. Spielen wir die Frage herunter, ist sie für die Beziehungen zu uns ohne Belang, und sie brauchen keine politischen Rücksichten zu nehmen.“

Bei der nächsten Kabinettsitzung brachte er das Problem zur Sprache. Doch der Vizepräsident und der Verteidigungsminister, die beide aus der Rüstungsindustrie kamen, dominierten die Beratungen mit Vorschlägen für neue Waffensysteme. Diese würden den USA eine derartige militärische Stärke verleihen, dass sie trotz der Rückschläge im Kampf gegen den Terrorismus ihre internationale Führungsrolle weiterhin unangefochten ausüben könnten und keine Rücksichten auf irgendwelche Währungsspielchen des Auslands zu nehmen bräuchten. Damit war das Thema erledigt.

Erbittert fragte sich am Ende der Kabinettsitzung der National Security Advisor: „Erinnert sich denn niemand mehr an Präsident Eisenhowers Warnung vor dem militärisch-industriellen Komplex?“

Nachdem Russland mit der Europäischen Union den Währungswechsel für Energielieferungen so vereinbart hatte, wie er in Akademgorodok in groben Zügen skizziert worden war, trat er von seinem Amt zurück.

7.4 Der Oligarch

Der Brief aus dem Kreml war Elena Davidova am Morgen gegen Empfangsbestätigung ausgehändigt worden. Jetzt beobachtete sie ihren Mann bei der Lektüre. Dessen anfangs angespannte Miene lockerte sich zusehends, bis er den Brief sinken ließ und mit leichtem Lächeln auf die von der Abendsonne beschienene Birke vor dem Fenster ihres Apartments in der Ulitza Voevodsky am Ortsrand von Akademgorodok blickte.

„Die Dinge kommen in Gang“, sagte Pjotr Davidov zu seiner Frau. „Der Brief ist vom neuen Staatssekretär für Energie- und Währungsfragen Juryi Semendjajew. Er hatte an unserer Konferenz über den russisch-westeuropäischen Stromverbund teilgenommen, die zum Energie-Währungswechsel führte. Er schreibt, dass unser Präsident nach einer Partei sucht, die junge Wähler und Nichtwähler mobilisieren kann und die dem seine Wiederwahl unterstützenden Parteienbündnis beitreten würde. Nach den Erfahrungen im Westen denkt er dabei an russische ‘Schwingen der Freiheit' und lässt anfragen, ob ich bereit wäre, einen Parteigründungskongress zu organisieren. Wie man so etwas mache, wisse ich ja sicher durch meine Freunde in den westlichen Schwingen-Parteien."

„Und – willst Du Dich vor einen politischen Karren spannen lassen?", fragte Elena. „In unserem Land ist das schon vielen schlecht bekommen."

„Ja, aber die Verhältnisse ändern sich. Unser Land nähert sich wirtschaftlich Westeuropa immer stärker an. Eine russische Partei mit Verbindungen zu einer einflussreichen, westeuropäischen Parteiengruppe kann dabei wichtig werden, besonders wenn sie zum Machterhalt des Präsidenten beiträgt."

„Und Du hast keine Angst, Dich dabei politisch zu prostituieren – oder den nützlichen Idioten zu spielen?" Davidovs Frau wurde es bei dem Gedanken an politische Aktivitäten ihres Mannes immer mulmiger.

„Natürlich muss man aufpassen, da hast Du schon Recht", gab er zu. „Aber da bietet sich die Chance, etwas zu bewegen. Darf man die verstreichen lassen – selbst wenn sie nur klein ist und Risiken birgt? Immerhin ist Don Quichote das Symbol der Schwingen-Parteien."

„Bevor Du Deinen Gaul sattelst, denk gut darüber nach, ob Du Dich zum Narren machen lassen willst."

Eines war Davidov klar: In Russland durfte man die Energienutzung der Bevölkerung nicht wie im Westen verteuern, zumindest nicht ohne Kompensation. Die Winter sind kalt, die Wärmedämmung der Gebäude ist schlecht, und die Heizungen arbeiten ineffizient. In vielen ans Fernwärmenetz angeschlossenen Wohnungen wird noch immer die Raumtemperatur durch das Öffnen und Schließen der Fenster über heißen Heizkörpern ohne Absperrventile oder Thermostate geregelt. Als Erstes müssten die Gebäude und Heizungssysteme wärmetechnisch saniert werden. Dann konnte man weitersehen. Aber woher die Investitionsmittel nehmen? Der Durchschnittsbürger konnte in der Regel seine im Vergleich zum Westen lächerlich niedrige Energierechnung bezahlen, aber für irgendwelche Modernisierungsmaßnahmen hatten die Wenigsten das Geld.

Wie immer, wenn er mit einem Problem nicht klar kam, sprach Davidov darüber mit seiner Frau.
„Nutzt den Repatriierungsfond. Subventioniert daraus die Investitionen in die wärmetechnische Sanierung der Gebäude und den Transport zwischen Heim und Arbeitsstelle – zumindest für eine Übergangszeit“, schlug Elena vor.
„Da hätte ich auch selbst drauf kommen können“. Davidov schlug sich mit der flachen Hand an die Stirn. „Gut, dass die Ehe den Mann mit seiner besseren Hälfte ausstattet.“

Der Repatriierungsfond war zusammen mit der Einführung der Kapitalfluchtbremse eingerichtet worden. Russische Hacker hatten die Codes und Passwörter aller relevanten Geldinstitute im In- und Ausland geknackt. Sie kannten alle Kontostände und die Namen der russischen Staatsbürger, die ihr Geld außerhalb des Landes angelegt hatten. Diese Informationen hatten sie der Leitung der russischen Transferbank übergeben. Im Zuge des Russischen Frühlings war das Land dem Internationalen Kapitalfluchtbremsen-Abkommen beigetreten und konnte die Zurücküberweisung aller im Ausland angelegten Gelder seiner Staatsbürger verlangen. Diese wurden von der russischen Transferbank im Namen ihrer Eigentümer verwaltet und investiert. Die

Eigentümer wurden zu 10 Prozent an dem mit ihrem Kapital erwirtschafteten Gewinn beteiligt. Der Rest floss in den Repatriierungsfond und musste für gemeinnützige Zwecke im weitesten Sinne verwendet werden.

Davidov hatte schon früher darüber nachgedacht, wie das Programm russischer Schwingen der Freiheit aussehen müsste. Er besprach seine Vorstellungen mit Kollegen aus der Akademie der Wissenschaften in Akademgorodok und bat per E-Mail Eschenbach, Greenbam, Hull und Vitoux um ihre Meinungen.

Eschenbach hatte von Gregor Sanders erfahren, dass die Abteilung für Energie-Wirtschaftsrecht an der Universität von Medellin ganz ähnliche Gedanken für Kolumbien und Venezuela entwickelt hatte. Dort ging es um die vorläufige Beibehaltung niedriger Preise für Elektrizität und Flüssiggas im Haushalt sowie der Treibstoffe des öffentlichen Nahverkehrs trotz Einführung der Energiesteuer. Die Ergänzung der Kapitalfluchtbremse durch einen Repatriierungsfonds nach russischem Vorbild, und mit russischer Hacker-Hilfe, könnte hier helfen.

Zwischen Akademgorodok und Medellin kam es zu reger elektronischer Korrespondenz.

Als Staatssekretär Juryi Semendjajew auf eine Entscheidung zur Gründung von *Kryilya Swobodyi* drängte, bestand Davidov auf einer Stellungnahme des Präsidenten zu dem Parteiprogramm, wie es ihm vorschwebte: „Eine Partei kann ja für den Präsidenten nicht mit einem Programm werben, das dieser ablehnt.“
„Ok. Schicken Sie mir ein Memorandum. Ich werde es dem Präsidenten vorlegen. Dann rufe ich Sie an.“

Der Anruf kam acht Tage später: „Pjotr Nikolajewitsch, der Präsident findet Ihr Programm durchaus interessant. Aber es könnte Probleme mit den Herren der Energiewirtschaft geben. Er schlägt vor, dass Sie die Sache einmal mit unserem gemeinsamen Bekannten Ilya Semjonowitsch Felsenstein durchsprechen. Ich habe bei dem schon vorgefühlt, mit präsidialer Empfehlung. Er hat verstanden, dass es wichtig ist und lädt Sie nach Moskau ein. Können Sie am Freitag fliegen?“ Davidov konnte und bat seine Frau mitzukommen: „Pass auf mich auf, damit ich mich nicht zum Narren mache.“

„Sie meinen also, dass auch Russland die in Akademgorodok schon mal erwähnten Energiesteuern einführen sollte, und zwar bald“, eröffnete Ilya Felsenstein das Gespräch mit Davidov.

Er hatte Pjotr und Elena mit seiner gepanzerten Mercedes-Limousine am Vorabend vom Flughafen Domodedowo abholen und auf seine Datscha vor den Toren Moskaus bringen lassen. Als Partner im Organisationskomitee der Akademgorodok-Konferenz hatte er Davidov zwar professionell kennengelernt. Aber wenn es um wichtige geschäftliche Interessen ging, war es immer nützlich, sich auch persönlich näher kennen zu lernen.

„Also, ich glaube, ich könnte mich an ein Oligarchendasein gewöhnen“, hatte Elena Davidova am Morgen zu ihrem Mann gesagt, nachdem sie den geschmackvollen Luxus ihrer Unterkunft auf sich hatte wirken lassen.

Jetzt saßen sich Davidov und Felsenstein im Kaminzimmer an einem runden Tisch gegenüber. Rechts und links von Felsenstein hatten zwei jüngere Herren

Platz genommen, die er als seine Berater vorgestellt hatte.

„Ja, das russische Volk muss endlich von den naturgegebenen Reichtümern unseres Landes profitieren. Dann können auch diejenigen, die diese Reichtümer erschließen und vermarkten, in einer stabilen Gesellschaft die schönen Früchte ihrer Arbeit ungestört genießen“, antwortete Davidov auf Felsensteins Feststellung und ergänzte: „Übrigens, meine Frau ist ganz begeistert von der behaglichen Eleganz Ihrer Datscha. Wir wissen Ihre Gastfreundschaft sehr zu schätzen, Ilya Semjonowitsch.“

„Es freut mich, dass Sie sich in meiner Hütte wohlfühlen“, sagte Felsenstein schmunzelnd. „Und Sie meinen, wenn Ihr Vorschlag meine Einkünfte aus Rusneft schmälert, könnte ich immer noch ganz gut leben.“

„Ja“, entgegnete Davidov einfach und dachte zufrieden: „Felsenstein bringt die Sache schnell auf den Punkt. Das schafft Klarheit.“

„Sehen wir mal von mir und den Gewinnerwartungen meiner Kollegen und Konkurrenten im Energiegeschäft ab“, fuhr Felsenstein fort. „Führte Russland Ihr Energiesteuersystem ein, würde es sich in der Gemeinschaft der energieexportierenden Nationen isolieren. Sorgfältig gepflegte Geschäftskontakte und -absprachen würden erheblich gestört. Und ich befürchte auch Turbulenzen an den Börsen.“

„Gewiss kann man kurzfristige Verwerfungen am Aktienmarkt nicht ausschließen“, räumte Davidov ein. „Aber ich bin sicher, dass sich diese bald wieder glätten, wenn sonst alles richtig läuft. Stellen wir uns einmal den Idealfall vor. Wir gründen *Kryilya Swobodyi*. Ilya Semjonowitsch Felsenstein unterstützt diese

Partei, ihr Programm und die Wiederwahl des Präsidenten. Als Folge muss Russland wohl den Club der Energie-Exporteure verlassen und kann nicht mehr von deren Absprachen profitieren. Doch seine internationale Stellung hängt im Wesentlichen doch von seiner Marktmacht ab. Die wird jedenfalls angesichts der andernorts schwindenden Reserven billig zu fördernden Öls in naher Zukunft auch wieder wachsen. Und zudem könnten Sie mit Ihrer Firma einsteigen in das Geschäft mit der energetischen Sanierung des Landes im Zuge der Einführung modernster Energiespartechnologien. Das wird ja auch vom Repatriierungsfond gefördert."
Davidov machte eine kurze Pause. Dann fuhr er entschlossen fort: „Und werden die staatlichen Einnahmen aus den Energiesteuern gezielt für die Verbesserung der wirtschaftlichen Verhältnisse breiter Bevölkerungsschichten eingesetzt, deren Steuern und Abgaben sowieso sinken, wird im Land der Zorn auf die Oligarchen schwinden. Hat der Staat mehr Geld für die Bildung, können wir unsere Nobelpreisträger aus dem Ausland zurückholen und das riesige Intelligenzpotenzial unserer Jugend erschließen. So werden wir Hochtechnologie-Produkte entwickeln und den Weltmarkt damit bedienen. In Rüstung und Raumfahrt haben unsere Wissenschaftler und Ingenieure ihre Weltklasse schon längst bewiesen. Sie werden das auch im zivilen Sektor tun. Dann werden wir nicht mehr fast ausschließlich von Rohstoffexporten abhängen. Russland ersteht wieder als Weltmacht, diesmal aber wirtschaftlich, zivil und stabil."

Davidov hatte sich regelrecht in Begeisterung geredet, während ihm Felsenstein zuerst leicht amüsiert, dann aber nachdenklicher werdend zugehört hatte.

„Und wenn die Energiesteuer-Einnahmen, so wie die bisherigen Staatseinnahmen, mehr oder weniger in den Taschen korrupter Bürokraten verschwinden?“, verwies einer der Berater auf die Realität, während Felsenstein nachdrücklich nickte. „Das Einzige, was in unserem Lande funktioniert, ist doch der Privatsektor. Das sieht man gerade an der Ölindustrie: verrottet zu Sowjetzeiten, jetzt technologisch und ökonomisch auf Weltniveau.“

„Ilya Semjonowitsch“, wandte sich daraufhin Davidov mit Wärme an Felsenstein, „darüber haben wir in Akademgorodok lange diskutiert, bis uns jemand darauf hinwies, dass Sie selbst die Lösung dieses Problems kennen und auch schon erfolgreich angewendet haben.“
Felsenstein, verwundert: „Jetzt bin ich aber gespannt.“

„Ich trete Ihnen hoffentlich nicht zu nahe, wenn ich an Ihre Rolle in der ‘Itzach Rabin Foundation for Reconciliation’ erinnere“, sagte Davidov. „Diese internationale Stiftung hat entscheidend zur Stärkung der auf Versöhnung und Ausgleich bedachten Kräfte in Palästina gegen die nationalistischen und religiösen Fanatiker in beiden Konfliktparteien beigetragen. Ilya Felsenstein hat nicht nur dafür gespendet, sondern die Stiftungsmittel auch mehrere Jahre lang verwaltet. Er weiß, wie man korrupte Langfinger fernhält. Die Einnahmen aus den Energiesteuern gehören in eine öffentliche Stiftung, die nach den Kriterien der Itzach Rabin Foundation verwaltet und kontrolliert wird. Diese Forderung wird Teil des Programms russischer Schwingen der Freiheit.“

Ilya Felsenstein schwieg lange. Er dachte an die Progrome im alten Russland, an die Ermordung seiner Großeltern durch die Deutschen in Babi Yar, an die Anti-Oligarchenbewegung mit antisemitischen Untertönen im neuen Russland, die Undankbarkeit, die George Soros für seine Unterstützung der russischen Wissenschaft durch die „George Soros Foundation for Science and Development" unmittelbar nach dem Zusammenbruch der Sowjetunion geerntet hatte und was es für ihn für Folgen haben könnte, wenn er sich auf ein Abenteuer wie die *Kryilya Swobodyi* einließe. Den Ausschlag gab der Gedanke an die Stärke des derzeitigen Präsidenten und der Reiz, ihn sich mittels einer neuen Partei zu verpflichten. Und wenn der Neid im Volk durch „Besteuerung von Energie statt Arbeit" gemildert würde, sollte ihm auch eine Minderung seiner Einkünfte Recht sein.

„Ich werde gut bedenken, was Sie gesagt haben, Pjotr Nikolajewitsch", beschloss Felsenstein die Unterredung. „Ich werde mit Juryi Semendjajew sprechen. Vielleicht sehen wir uns in Zukunft häufiger. Mein Wagen kann Sie heute Nachmittag wieder nach Domodedowo bringen."

Elena Davidovas Sorgen waren überflüssig gewesen. Ihr Mann brauchte sich politisch nicht zu exponieren. Ilya Felsenstein übernahm die Gründung der Partei Kryilya Swobodyi und organisierte den Wahlkampf zur Unterstützung des Präsidenten. Dieser bekam 52% der abgegebenen Stimmen, sein Rivale aus dem nationalistischen Lager 31%, und der Rest entfiel auf Kandidaten von Splittergruppen. Die Wahlbeteiligung war auf 76% gestiegen. Das Wahlkampfmotto des Präsidenten, „Russlands Reichtum den Russen", unterstützt vom Steuerreform-Programm der Kryilya Swobodyi, hatte die Wähler mobilisiert und überzeugt. Entscheidend gewesen war für viele das Engagement von Ilya Felsenstein, der während des Wahlkampfs mehreren Anschlägen nur knapp entging. Als deren Drahtzieher vermutete man allgemein eine Oligarchengruppe, die zu spät und vergeblich eine rüde Medienkampagne gegen die Kryilya Swobodyi gestartet hatte. Aber beweisen konnte man natürlich nichts.

In den Verwaltungsrat der Stiftung „Energija dlja Rossija“ wurden vom Präsidenten neben Juryi Semendjajew, Ilya Felsenstein und Pjotr Davidov auch Finanzfachleute westlicher Schwingen-Parteien berufen. Diese kontrollierten die Verwendung der Energiesteuern und arbeiteten eng mit dem Repatriierungsfond zusammen.

Während sich die Zusammenarbeit zwischen Russland und Westeuropa vertiefte, existierte eine Kooperation zwischen Russland und den USA nur noch auf dem Gebiet der Raumfahrt. Arthur Lion, der gute Kontakte zu Ingenieuren der US Luft- und Raumfahrtindustrie unterhielt, informierte dieselben darüber, dass die Stiftung „Energija dlja Rossija“ erhebliche Mittel für die Weiterentwicklung der russischen Trägerrakete „Energia“ bewilligt hatte. Angesichts des alarmierenden Anstiegs von Treibhausgasemissionen und der Weltmitteltemperatur hatte sich Pjotr Davidov dafür eingesetzt und ihm davon berichtet. Die beiden gewannen die Unterstützung der Schwingen-Parteien für eine Bewegung, die in Europa und den USA dafür warb, die bereits seit langem bestehenden Pläne zur Ausweitung der Grenzen des Wachstums wieder aufzugreifen.

Kapitel 8

Tokay Mura

8.1 Anreise

„Zum dritten Male bin ich jetzt hier und immer das gleiche Bild“, sagte Gregor Sanders und wies auf die vielen Herren in weißen Hemden und schwarzen Hosen, die in Doppelreihen an langen Tischen des Tokyoter Hauptbahnhof-Restaurants saßen. Vor den meisten standen große Glaskrüge mit gold-gelbem Bier, auf dem die weißen Blumen des Schaums dahinwelkten; die Reklametafeln hinter dem Tresen priesen Asahi- und Kirin-Bier an. Bisweilen wurde laut gelacht, dann besprach man wieder ernsthaft Firmenangelegenheiten, wie es sich für japanische Angestellte nach Dienstschluss gehört. Nur ganz wenige Frauen, offenbar Touristinnen, lockerten das Bild der den Firmen-Korpsgeist in ihrer Freizeit pflegenden Männerwelt auf.

Die Zeiger der großen Bahnhofsuhr in der Mitte des Restaurants standen auf Zehn nach Acht. „Um 20:30 Uhr kommt der Shinkansen aus Osaka an. Wollen wir auf Arthur Lion und Pjotr Davidov noch war-

ten oder mit dem Essen anfangen?“, fragte Jan van Oisterhuiz. „Also, ich habe Hunger. Suchen wir uns schon mal was aus“, schlug Sanders vor, winkte dem Kellner und schleppte ihn, sich durch Gestik und Mimik entschuldigend, nach draußen vor das Schaufenster des Restaurants, in dem die auf der Speisekarte japanisch beschriebenen Tellergerichte auch optisch, appetitlich aus Plastik modelliert, angeboten wurden. Die beiden zeigten auf zwei der ausgestellten Speisen: „This one – and this one“, und fügten höflich ein bittendes „Dozo“ an.
„Hai, hai“, bestätigte der Kellner heftig nickend die Bestellung, die um zwei Asahi-Biere noch ergänzt wurde.

„Warum ist eigentlich Deine Frau nicht mitgekommen?“, fragte van Oisterhuiz, während sie auf ihr Essen warteten.
„Sie war schon zweimal in Japan und wollte sich jetzt lieber um unser neues Apartment kümmern.“
„Hat es ihr in Japan denn nicht gefallen?“
„Ganz im Gegenteil, sie war von Land und Leuten begeistert. Beim letzten Mal hat uns besonders die Hilfsbereitschaft und Freundlichkeit einfacher Leute beeindruckt. Wir erzählen immer wieder gerne davon. Willst Du's auch hören?“
„Ja, natürlich. Aber erst einmal Prost.“
Das kühle Bier, das der Kellner inzwischen auf ihren Tisch gestellt hatte, schmeckte großartig. „Sehr gut, aber auch teuer“, bemerkte Gregor und begann dann seine Geschichte.

„Im Auftrag unseres Zentrums für Energie- und Umweltstudien hatten wir an einer Konferenz über die Rückhaltung und Entsorgung von CO_2 in Kyoto teilgenommen [15]. Bei einem zehntägigen Mindest-

aufenthalt in Japan kostete der Flug nur ein Viertel des regulären Preises. Wir nutzten die freie Zeit, um uns noch etwas in der alten Kaiserstadt Nara, 40 km südlich von Kyoto, und in Hikone am Biwa-See umzusehen. Beide Städte mit ihren Parks, Tempel- und Burganlagen sind mehr als eine Reise wert. Nur war meine Erlebnisfähigkeit etwas eingeschränkt. Als ich in Nara unsere schweren Koffer im engen Hotelzimmer aufs Bett wuchtete, bekam ich einen Hexenschuss. Am Anfang war er noch erträglich, und beim Umsteigen in Kyoto auf der Fahrt von Nara nach Hikone konnte ich meine Koffer noch selber tragen. Während wir eine lange Treppe emporstiegen, schob sich auf einmal eine Hand sanft an Brittas Koffergriff und half beim Tragen. Sie gehörte einer älteren Frau, die deutlich kleiner als Britta war und wortlos darauf bestand, ihr zu helfen. Als wir oben in der Bahnhofshalle angekommen waren und fragend 'Hikone, Ticket?' sagten, führte sie uns auf langen Wegen zum richtigen Fahrkartenschalter. Dann verschwand sie mit einem feinen Lächeln.
In Hikone regnete es in Strömen. Nach der Burgbesichtigung waren wir klatschnass, und beim heißen Bad im Hotel schoss mir die Hexe zum zweitenmal ins Kreuz, und diesmal richtig. Erst gegen 22 Uhr konnte ich wieder, wenn auch ziemlich krumm, laufen und wir machten einen Streifzug durch ein noch geöffnetes aber fast leeres Kaufhaus. Im obersten Stockwerk bewunderten wir in der Kimono-Abteilung die ausgestellten Gewänder. Schließlich näherte sich uns eine Verkäuferin, eine Dame um die Fünfzig. Sie reichte uns ein aus kostbarem Stoff gefertigtes Täschchen und bat uns, es als Geschenk anzunehmen. Wir erklärten ihr, dass wir nur schauen und gar nichts kau-

fen wollten. Das mache nichts, versicherte sie uns. Das Täschchen sei eines von mehreren, die sie aus ihrem Hochzeitskimono gefertigt habe. Sie möchte es Menschen schenken, die das vielleicht zu schätzen wüssten.
Auf der Rückreise nach Kyoto oblag Britta der Transport unserer vier schweren Koffer. Ich konnte mich gerade nur selbst aufrecht halten. Der Kyotoer Bahnhof wurde damals umgebaut, und das Gedränge auf den langen Wegen war enorm. Ich blieb bei jeweils zwei Koffern stehen, während Britta die beiden anderen so weit schleppte, wie wir uns sehen konnten. Dann tauschten wir die Plätze, unsere abgestellten Koffer immer im Auge behaltend, und Britta holte die zurückgelassenen nach. So arbeiteten wir uns langsam voran in Richtung Ausgang. Als Britta gerade zwei Koffer an einem Büro-Container vorbeitrug, trat ein elegant livrierter Gepäckträger heraus und fragte sie auf Englisch, ob sie allein sei und er ihr helfen könne. 'Ich bin zwar nicht allein, da hinten steht mein Mann, aber der hat's im Kreuz und kann nichts tragen', antwortete sie. 'Wo wollen Sie denn hin?', wollte er wissen. 'Ins Hotel Royal. Es muss ganz in der Nähe des Bahnhofs sein.' 'Einen Augenblick, Madame', bat er. 'Ich hole einen Kollegen und frage unseren Chef. Eigentlich sind wir hier nur für den neuen SuperExpress zum neuen Flughafen von Osaka zuständig, aber mein Chef wird uns schon erlauben, Ihnen zu helfen.' Und dann schleppten die beiden kleinen Japaner unsere großen Koffer über ca. 500 Meter durch dichtes Verkehrsgewühl zum Hotel, während wir unbeschwert neben ihnen her liefen und ich mir richtig erbärmlich vorkam. Als ich zu ihnen sagte, wie Leid es mir tue, dass sie sich so plagen müssten, ohne dass ich mit an-

packen könne, gab mir der Gepäckträger, der die Hilfe angeboten hatte, die unvergessliche Antwort: ‘Don’t worry. It’s free of charge.’ Im Hotel angekommen gelang es uns dann doch, den Stolz der beiden zu überwinden – in Japan sind Trinkgelder verpönt – und uns mit einem angemessenen Betrag für ihre spontane Hilfe zu bedanken. Angeblich“, schloss Gregor seine Erzählung, „verachten die Japaner im Grunde ihres Herzens alle Ausländer. Ich aber bin in diesem Lande nur hilfsbereiter Menschlichkeit begegnet.“

Ihr Essen wurde serviert. Auf den Tabletts lagen Messer, Gabeln und Ess-Stäbchen. „Ich probiere es wieder mit den Stäbchen“, gab Gregor den erfahrenen Japan-Reisenden und beförderte damit mehr schlecht als recht den Reis und Fisch in seinen Mund. Amüsiert beobachtete ihn vom Nachbartisch her ein japanisches Touristen-Ehepaar. „Die haben gut lachen“, brummte er. „Die üben seit Kindertagen.“ Bald darauf bekamen die beiden Japaner ihr Essen – und verspeisten es zügig mit Messer und Gabel.

„Da schauen sich zwei Ausländer im Eingang suchend um“, sagte plötzlich van Oisterhuiz. Sanders blickte auf: „Das sind Arthur Lion und Pjotr Davidov.“ Er winkte heftig, die beiden erkannten ihn und kamen an den Tisch. Gregor machte sie mit Jan van Oisterhuiz bekannt. „Wir haben schon viel von Ihnen gehört“, sagte Lion. „Wie schön, dass Sie wieder ganz auf den Beinen sind.“

„Na ja, ich muss schon etwas aufpassen, wie Gregor übrigens auch, aber diese Gelegenheit, meinen Jugendtraum Gestalt annehmen zu sehen, konnte ich mir doch nicht entgehen lassen.“

Die Neuankömmlinge nahmen an dem Vierertisch Platz und bestellten der Einfachheit halber nochmal die bereits servierten Gerichte. Dann wurden die Reise-Erlebnisse ausgetauscht. Sanders und van Oisterhuis hatten nicht viel zu berichten. Der Direktflug Frankfurt/M. → Tokyo/Narita im mit 580 Passagieren vollbesetzten SuperAirbus war ereignislos gewesen. Sie hatten auf voneinander weit entfernten Plätzen gesessen und zwischen Schlafeinlagen ihre Unterlagen durchgearbeitet. Abwechslungsreicher war es bei Lion und Davidov zugegangen, die keinen Flug mehr nach Tokyo hatten buchen können. Um diese Jahreszeit füllten die heimkehrenden japanischen Auslandstouristen die Flieger. Für beide war nur noch eine Verbindung über Seoul nach Osaka zu haben gewesen. „Aber die Fahrt im Shinkansen von Osaka über Kyoto und Nagoya nach Tokyo war den Umweg wert. Und vorhin der Kegel des Mount Fuji im Schein des Vollmonds – einfach zauberhaft“, schwärmte Lion.

„Wollen wir uns die Nacht hier um die Ohren schlagen oder noch versuchen, eine Hotelunterkunft zu finden?“, fragte Gregor. „Chikara Ohta erwartet uns morgen früh in Mito, um uns in seinem Wagen nach Tokay Mura zu bringen. Ich habe ihm geschrieben, dass wir mit dem Zug kommen, der hier im Hauptbahnhof um sechs Uhr abfährt. Diesen Zug dürfen wir nicht verpassen und sollten deshalb in Bahnhofsnähe bleiben. Allerdings sind die Hotels hier im Marunouchi-Viertel meist ausgebucht.“ Jan van Oisterhuiz hatte keine Lust, mit seinem schweren Koffer auf Zimmersuche durchs nächtliche Tokyo zu ziehen, zumal es zu nieseln angefangen hatte. Lion und Davidov hatten einmal in Seoul übernachtet und fühlten sich gut ausgeruht. „Bleiben wir hier. Eine Nacht im Tokyoter Hauptbahnhof ist ja auch mal was Besonderes“, schlug Davidov vor, und die anderen waren einverstanden.

In einem Nebenzimmer des Restaurants dösten sie eine Weile in bequemen Ledersesseln vor sich hin, wurden wieder wach, bestellten sich erst grünen Tee, dann Bier, und besprachen Privates und die Entwicklungen der letzten Jahre, die sie hier zusammengeführt hatten.

Gregor Sanders machte den Anfang, nachdem Lion und Davidov nach Britta gefragt hatten: „Sie versucht zur Zeit, unser Apartment in Cali zu renovieren und neu einzurichten.“

„Ihr wohnt in Cali? Seit wann denn das?“

„Unser erster Wohnsitz ist immer noch Gemünden. Aber wir hatten vor zehn Jahren einmal sechs Monate in Cali gelebt, um auf Bitten von Carmen Hernandez im Personenschutzprogramm der Internationalen Friedensbrigaden die Friedensverhandlungen zwischen der Guerrilla und der kolumbianischen Regierung zu begleiten, an denen sie und ihr Mann maßgeblich beteiligt waren. Die Immobilienpreise Calis waren damals im Keller, und wir konnten sehr günstig ein schönes Drei-Zimmer-Apartment in einem gut bewachten Hochhaus in der Nähe der Universitätsklinik erwerben, in der ich nach meinem Unfall ein paar Jahre zuvor wiederhergestellt worden war. Gewohnt haben wir in dem Apartment mit unseren Schutzbefohlenen, dem General Ortega als Regierungsvertreter und dem FARC-Kommandanten Espina als Verhandlungsführer der Aufständischen. Auf beide hatten die Paramilitärs schon einige fehlgeschlagene Attentate verübt. Auch in Kolumbien hat sich wieder die Strategie der Friedensbrigaden bewährt, gefährdete Friedensunterhändler permanent von Ausländern begleiten zu lassen und die Weltöffentlichkeit über jeden Schritt des Friedensprozesses zu informieren. Das hatte eine wohltuend abschreckende Wirkung auf die Hintermänner der Paramilitärs in den reaktionären Kreisen der Oligarchie und des Militärs. Und nach dem Ende des Bürgerkrieges ist der Wert unseres Apartments enorm gestiegen. Aber wir verkaufen nicht. Vor islamistischen Terroristen ist man in Kolumbien sicherer als in Europa. Den Winter verbringen wir jetzt meist im sonnigen Cali mit seiner herrlichen Umgebung, geben Ferienkurse an der Universidad del Valle und pflegen die Verbindungen zu den kolumbianischen und venezolanischen Alas de la Libertad.“

„Ihr Sanders scheint ja immer ganz geschickt das Angenehme mit dem Nützlichen zu verbinden“, bemerkte Jan van Oisterhuiz.

„Gewiss. Wer nicht genießt wird ungenießbar“, entgegnete Sanders und schaute versonnen vor sich hin. Dann fragte er zurück: „Jan, warum warst Du eigentlich sofort bereit, als Delegierter der europäischen Schwingen-Parteien nach Tokay Mura zu reisen? Du wolltest Dir doch nach Deinem Herzinfarkt keine Langstrecken-Flüge mehr antun. Und was meintest Du vorhin mit ‘Jugendtraum’?“

Ein wenig verlegen erklärte van Oisterhuiz: „Als Zwölfjähriger hatte ich beschlossen, Physik zu studieren und davon geträumt, an der Eroberung des Weltraums teilzunehmen. Gelandet bin ich in der Physikalischen Chemie, und da gab es so viel Spannendes zu tun, dass für den Traum kein Raum blieb. Aber jetzt, da der Aufbruch der Menschheit in den Weltraum ernsthaft beginnt, bin ich dankbar dafür, wenigstens Augen- und Ohrenzeuge in einem Zentrum des Geschehens zu sein.“

„Es ist schon schade, dass das gesamte Sakashima-Archipel zum militärischen Sperrgebiet erklärt werden musste“, bedauerte Arthur Lion die vor einer Woche vom eurasischen *Solar Power Satellite Consortium* (SPSC) getroffene Entscheidung, die südlichste Inselgruppe Japans am 25. Breitengrad, 400 km östlich von Taiwan, für alle Besucher zu sperren, die nicht unmittelbar mit dem Start der Energia III–Rakete befasst waren. Zusammen mit der Ariane 7, deren Start eine Woche später von Kourou in Französisch Guyana aus vorgesehen war, sollte sie in einer niedrigen Erdumlaufbahn die ersten Module des Raumtransporters deponieren, dem eine Schlüsselrolle beim Aufbau eines Systems von Satelliten-Sonnenkraftwerken zukam. „Ich hätte gerne, wie früher auf Cape Kennedy, den Start auf Ishigaki aus nächster Nähe beobachtet.“

„Aber im Kontrollzentrum Tokay Mura können wir nicht nur den Start sondern auch den ganzen Flug mitverfolgen. Wir sind dort eigentlich optimal platziert“, meinte Pjotr Davidov. „Mit Chikara Ohta als unserem Mann in Tokay Mura hat sich doch manches glücklich gefügt.“

„Ja, es ist schon erstaunlich, wie sich die Dinge entwickelt haben“, sinnierte Sanders. „Ein portugiesisches Sprichwort, Paul Claudel hat es seinem Drama ‘Der Seidene Schuh’ vorangestellt, sagt: ‘Deus escreve direito per linhas tortas – Gott schreibt gerade auch auf krummen Linien’. Passt das nicht gut auf die Ereignisse der letzten Jahre?“

Arthur Lion widersprach: „Lassen wir die Metaphysik aus dem Spiel. Und selbst wenn Jemand im Durcheinander gerade schriebe, könnte ich das Ergebnis kaum als eine Geschichte bewerten, die mir gefiele.“

„Also, Arthur, das wundert mich“, sagte Davidov. „Du hast doch jahrelang für Satelliten-Sonnenkraftwerke [16] getrommelt.“

„Ja schon“ , gab Lion zu. „Natürlich ist der Anlass unserer Reise nach Tokay Mura an und für sich erfreulich. Aber als Amerikaner mit etwas Patriotismus bedrückt mich der Zustand, in den mein Land bei alledem geraten ist. Selbstverständlich liegt die Schuld daran bei uns selbst. Nach der Konferenz in Akademgorodok waren wir ja gewarnt worden. Carol Hull hat mir alles erzählt. Fast alle Energie-Exporte werden inzwischen in Euros abgewickelt. Unsere wirtschaftliche Einfluss-Sphäre endet in Panama, und unsere militärische Übermacht, in die wir so viele Ressourcen investiert haben, sorgt zwar für Frieden zwischen den Staaten, aber auf dem eigentlichen Konfliktfeld der Auseinandersetzung zwischen Arm und Reich ist sie völlig wirkungslos und bringt uns nichts ein. Wir schenken der Welt die Pax Americana, und die Welt bedankt sich bei uns mit technisch-ökonomischen Kooperationen, bei denen wir außen vor bleiben.“

„Ooch, armer Arthur“, bedauerte ihn Davidov mit gutmütigem Spott. „Als einer der Mahner und Warner in Euren Wings of Freedom hast Du das doch alles vorhergesagt, und nun bist Du traurig, weil Du Recht behalten hast. Fühlst Du Dich nicht wenigstens in Deiner intellektuellen Eitelkeit etwas geschmeichelt? Oder fehlt die bei Dir?“

„Auf jeden Fall ist sie nicht so stark, als dass mich das drastische Absinken des Lebensstandards in meinem Land nicht berühren würde.“

„Aber das ändert sich ja vielleicht. Darum bist Du schließlich mit von der Partie. Trinken wir auf einen Erfolg Deiner Verhandlungen mit dem Solar Power Satellite Consortium.“
Sie erhoben ihre Gläser und ließen sie zusammenscheppern.

Plötzlich musste Sanders gähnen und steckte die anderen an. Da stellte van Oisterhuiz seinen Reisewecker auf fünf Uhr und auf den Tisch, zog einen Stuhl vor seinen Sessel, legte die Füße darauf und fing bald leise an zu schnarchen. Sanders folgte seinem Beispiel. Lion und Davidov lasen und nickten dabei immer wieder mal ein.

Um Viertel vor Sechs standen sie auf dem Bahnsteig. Kurz danach wurde der Japan-Rail-Express nach Sendai über Mito und Iwaki bereitgestellt. Die Waggons kamen mit ihren Einstiegen exakt an den auf dem Bahnsteig markierten Stellen zum Stehen. Bevor die vier leicht Übernächtigten auf ihren reservierten Sitzen rechts und links des Gangs Platz nehmen konnten, wurden die Rückenlehnen von flinken Bahnbediensteten so geklappt, dass alle Passagiere in Fahrtrichtung schauten. Auch sonst war das Bahnpersonal während der Fahrt durch das flache Land zwischen Tokyo und Mito um größte Zuvorkommenheit gegenüber den Passagieren bemüht. Wann immer der Schaffner oder der Mann mit dem Speise- und Getränkekarren den Waggon betraten, verneigten sie sich tief an der Tür und erklärten in schneller, eintöniger Rede den Zweck ihres Auftritts vor den verehrten Fahrgästen.

Auf dem Bahnsteig in Mito war kein Chikara Ohta zu sehen. Sie warteten fünf Minuten, stiegen dann die Treppe zur Gleis-Überführung hinauf und schauten sich dort vergeblich um. Gregor kehrte sicherheitshalber nochmal auf den Bahnsteig zurück, und da stand Ohta, aufgeregt umherblickend. Er hatte sich etwas verspätet und sie beim Abstieg über eine zweite Treppe von der Überführung zum Bahnsteig verfehlt. Froh, in der Provinz nicht sprachunkundig gestrandet zu sein, begrüßten die Ankömmlinge Ohta. Jan van Oisterhuiz führte sich mit Nennung seines Namens und vier auswendig gelernten Floskeln aus seinem Mini-Sprachführer ein: „Konnichiwa. Ii otenki desu. Tetsudatte kudasai. Wakarimasen“, wobei einige umstehende Japaner kicherten, denn „Guten Tag. Schönes Wetter heute“ passte nicht so recht auf den regnerischen Morgen; dafür war das abschließende „Helfen Sie mir bitte. Ich verstehe nichts“ umso überzeugender.

Die zwanzigminütige Autofahrt zum Forschungszentrum Tokay Mura direkt an der Pazifikküste verbrachten die Fünf mit kurzem Austausch persönlicher Neuigkeiten und einem Lagebericht durch Chikara Ohta: „Die Montagehalle für die Energia III auf Ishigaki ist mit ihren 140 Metern leider unübersehbar. Nachdem die Komponenten der ersten beiden Stufen aus Russland und die dritte, chinesisch-japanische Stufe angeliefert worden waren, haben sowohl der chinesische als auch unser Geheimdienst eine Zunahme der Schiffsbewegungen in den Gewässern der Sakashima Inseln festgestellt. Auffallend viele Schiffe kamen aus den Staaten der Islamischen Arabischen Union. Diese hatten ja schon kurz nach dem Bekanntwerden der ersten Pläne zum Bau von Satelliten-Kraftwerken durch die Europäische Union, Russland, China und Japan den Weltraum über ihrem Territorium zum nationalen Hoheitsgebiet und alle Flug- und Umlaufbahnen durch diesen Raumsektor für illegal erklärt; angeblich, weil dort zersetzende und pornographische Informationen abgestrahlt und empfangen werden könnten, in Wirklichkeit, weil sie durch Satelliten-Kraftwerke ihre Vormachtstellung auf dem Welt-Energiemarkt bedroht sehen. Das jedenfalls ist die Ansicht der Sicherheitsanalytiker vom Solar Power Satellite Consortium. Besonders erbittert protestiert der Revolutionäre Wahhabiten-Rat Saudi-Arabiens dagegen, dass der Raumtransporter auf seiner Montagebahn auch immer wieder mal Mekka überfliegen wird. Und weil es anscheinend Hinweise auf Sabotagepläne gibt, haben die chinesische und japanische Marine auf Bitten des SPSC trotz aller Proteste aus Riad, Katar und Bagdad die Sakashima Inseln und ihre Umgebung bis zur Küste Taiwans für allen Schiffs- und Flugverkehr gesperrt.

„Hat man denn eine Vorstellung von den sabotagetechnischen Möglichkeiten der Islamisten?“, fragte van Oisterhuiz.

„Nichts Genaues weiß man nicht“, antwortete Davidov. „Als die Fundamentalisten das saudische Königshaus verjagten, haben die Amerikaner angeblich alle Waffensysteme von ihren Basen in Saudi-Arabien abgezogen. Aber eine Kontaktperson im irakischen militärischen Abschirmdienst hat einem Mitarbeiter des russischen Nachrichtendienstes berichtet, dass nach dem Zusammenschluss des Irak, Kuwaits, Katars, der Vereinigten Arabischen Emirate, Omans und Saudi-Arabiens zur *Islamischen Arabischen Union* deren Spitzenmilitärs ein Lager mit Hochtechnologie-Waffen gezeigt worden sei, das die Amerikaner nicht mehr rechtzeitig hatten räumen können.“

„Na großartig“, kommentierte Lion sarkastisch. „Das

wäre dann noch ein besonders eindrucksvolles Ergebnis der weitsichtigen Globalpolitik unserer Superstrategen in Washington.“
Mit den Worten: „Das Startgebiet wird im Umkreis von mehr als 500 km sorgfältig überwacht. Hoffen wir, dass alles gut geht“, beendete Ohta das Gespräch. Ihr Wagen hielt am Eingangstor zum Forschungszentrum Tokay Mura, und sie stiegen aus.

Ihre Papiere und Gepäckstücke wurden von zwei ausgesucht höflichen Sicherheitsbeamten mit größter Sorgfalt kontrolliert. Zur Leibesvisitation bat man die Ausländer in einen kleinen Bau neben der Einfahrt, in dessen Eingangshalle noch der alte Name der Forschungsstätte, „Nuclear Research Center Tokay Mura“, über der Tür stand. Durch das „Nuclear“ hatte man ein schwarzes Klebeband gezogen. Ohta, der seine Gäste begleitet und den verwunderten Blick von Lion auf das überklebte „Nuclear“ bemerkt hatte, erklärte: „Nicht Wenige hier hoffen darauf, dass das Forschungszentrum seinen alten Schwerpunkt und Namen wiederbekommt und demonstrieren das mit derartigen nur provisorischen Namensänderungen. Aber ich glaube nicht daran. Zu sehr haben die kerntechnischen Schlampereien, die im Lande passiert sind, die japanische Öfffentlichkeit aufgebracht. Wie auch sonstwo werden grobe Fehler, die ein Management mit geringer technischer Kompetenz zu verantworten hat, der Technik selbst angelastet. Wir waren mit der Weiterentwicklung des in Jülich konzipierten aber von der deutschen Energiewirtschaft nicht gewollten Hochtemperatur-Reaktors so schön vorangekommen, aber man hat uns umgepolt. Persönlich habe ich allerdings gar nichts gegen die neuen Aufgabenstellungen, im Gegenteil.

Die Wirtschaftsanalysen zur Abkopplung der OECD-Länder von den Energiequellen des Mittleren Ostens mit Hilfe der Satelliten-Sonnenkraftwerke waren eine faszinierende Aufgabe.“ Und artig schloss er: „Dass ich in diesem Zusammenhang gute, alte Bekannte als Delegierte der so erfolgreichen Schwingen-Parteien hier begrüßen kann, freut mich natürlich besonders.“

8.2 Vision

Nachdem sie die Kontrollen ohne Beanstandung durchlaufen hatten, brachte Ohta sie zum Gästehaus des Forschungszentrums, wo sie die nächsten drei Tage verbringen sollten. Bevor sie sich trennten, um sich auf ihren Zimmern etwas frisch zu machen, schlug er als weiteren Tagesablauf vor: „Wenn es recht ist, treffen wir uns in einer halben Stunde hier im Foyer. Dann würde ich Sie gerne zuerst in unsere Cinerama-Show *The Industrialization of Space and Space Colonies* führen, mit der demnächst die Bevölkerung der am Solar Power Satellite Consortium beteiligten Länder über die langfristigen Chancen zur Industrialisierung und Besiedlung des Weltraums informiert werden soll. Seitens des SPSC wäre man Ihnen sehr dankbar, wenn Sie eine Evaluation der Show hinsichtlich ihrer voraussichtlichen Wirkung auf die Wähler in Ihren Ländern vornehmen könnten. Schließlich besitzen Sie ja durch Ihre Arbeit in den Schwingen-Parteien reiche Erfahrung, wie man Wähler für ein neues Projekt gewinnt. Ich verrate Ihnen kein Geheimnis, wenn ich Ihnen sage, dass die Hoffnung auf Ihre Mitwirkung bei den

Werbekampagnen für die weiterführenden Projekte der Weltraum-Industrialisierung der Hauptgrund für die Einladung an die Schwingen-Parteien war, Delegierte als Beobachter des Energia III–Starts hierher zu entsenden. Ich habe dabei ein bisschen Pate gestanden. Der Aufbruch in den Weltraum erfordert gewaltige Anfangsinvestitionen. Wir müssen die Wähler davon überzeugen, dass diese Investitionen sich lohnen."

„Und für wann ist mein Treffen mit dem SPSC vorgesehen?", wollte Lion wissen.

„Ich soll Sie fragen, ob 15 Uhr genehm ist. Mit den anderen würde ich während Ihrer Besprechung einen Rundgang durch das Forschungszentrum machen. Um 17 Uhr findet dann im Kontrollzentrum eine Pressekonferenz mit einer Direktschaltung nach Ishigaki statt, die ganz interessant werden dürfte."

Von der Stirnseite der Cinerama-Kuppel hinter der gläsernen Eingangshalle lächelte aus einem zwei mal drei Meter großen Bild ein Mann mit jugendlichen, markanten Gesichtszügen unter einer Pilz-Frisur. Darunter stand: *Gerard K. O'Neill, 1927–1992.* Chikara Ohta telefonierte kurz. „In fünf Minuten kommt der Filmvorführer", sagte er zu seinen Gästen. „Wir können schon Platz nehmen." Sie betraten den Kuppel-Raum mit seinen im Halbrund steil ansteigenden Sitzreihen durch die Tür unter dem Bild O'Neills und setzten sich im oberen Drittel in die Mitte. „Das Theater fasst 250 Besucher. In zwei Wochen wollen wir damit beginnen, die Show, die wir gleich sehen werden, vor Schulklassen des Bezirks Ibaraki, Studenten ausgewählter Universitäten und Mitarbeitern großer Firmen zu zeigen. Die Zuschauer werden dann gebeten, einen Fragebogen zur Bewertung der Show und des darin vorgestellten Projekts auszufüllen. Ihnen ersparen wir die Fragebögen. Dafür bitten wir Sie um eine frei formulierte Beurteilung. Die Vorstellung dauert 55 Minuten. Meines Wissens zeigt sie den ersten dreidimensionalen Film in holographischer Computeranimation."

Die Lichter im Raum erloschen. Sanft erklang ein Akkord und schwebte im Raum, aus dessen Mitte ein goldenes Schrift-Feld in den Hintergrund lief. Sie lasen: „Durchbruch ins All. Die Industrialisierung und Besiedlung des erdnahen Raums. Planung: Gerard K. O'Neill, Space Studies Institute, Princeton [17]. Ausführung: Solar Power Satellite Consortium. Europäische Union, Russische Föderation, Vereinte Republik China, Kaiserreich Japan."

Das Schriftfeld war im Hintergrund verschwunden. Der Klang tiefer Bässe schwebte, anfangs kaum hörbar, dann mit zunehmender Intensität, durch das Dunkel. Drei lang-gezogene Trompetentöne stiegen übereinander und mündeten in eine strahlende Orchester-Fanfare, bekräftigt durch dröhnende Paukenschläge. Noch zweimal wiederholten sich die Tonfolgen, anschwellend in Stärke und Glanz, während in der Tiefe des Raums ein weißer Lichtpunkt aufglühte, größer wurde und Konturen annahm. Als am Ende der C-dur-Kadenz aus der Sonnenaufgangsmusik von Richard Strauss die Orgel brauste und dann verklang, drehte sich mitten im Raum eine silbern glänzende Kugel um eine lange, metallische Achse, an deren beiden Enden kreuzförmige Radiatoren rötlich leuchteten. Aus dem Nord- und Südpol der Kugel wuchsen aus Ringen zusammengesetzte Zylinder. Kreisförmig über dem Kugeläquator schwebende

Spiegel reflektierten Sonnenlicht über zwei weitere, an den Übergängen zwischen Kugel und Zylindern angebrachte Spiegelsysteme in das Kugelinnere. Auf den inneren Spiegeln ahnte man die Abbilder von Bäumen und Häusern.

Eine warme Frauenstimme sprach: „Dies ist Insel Eins: Ein Habitat für 10 000 Menschen auf einer Bahn um den Lagrange-Punkt L5, der mit der Erde und dem Mond ein gleichschenkliges Dreieck bildet.“ Über den beiden Zylindern erschien die Schrift „Landwirtschaftliche Produktionsanlagen“, und dann folgte eine Tour durch das Innere der Kugel.

Häuser und Gärten konzentrieren sich in der Umgebung des Äquators. Dort herrscht dank der Rotation nahezu Erdschwere, während in der Nähe der Rotationsachse die Menschen fast schwerelos von einem Sprungturm in ein Schwimmbecken schweben oder sich in Hängegleitern von mit Fußpedalen betriebenen Propellern durch die Luft ziehen lassen.

Dabei lief ein Schriftband durch den Raum mit den Informationen: „Kugelradius: 230 m, Fläche pro Person: 45 m^2, Rotationsfrequenz: 1,97 Umdrehungen pro Minute, Strukturmasse: 170 000 Tonnen (150 000 t Aluminium, 20 000 t Glas), Masse von Boden und Gebäuden im Kugelinneren: 400 000 t, Masse der Strahlenschutzhülle (nicht gezeigt und nicht mit rotierend): 3 000 000 t. Massenquelle: Eine quadratische Mondgrube von 4 m Tiefe und 750 m Kantenlänge.“

Insel Eins sank schnell in den Hintergrund, während sich der Mond von rechts in die Cinerama-Kuppel schob und sie bald ganz ausfüllte. Seine Oberfläche wuchs den Zuschauern entgegen. Nunmehr konnte man Einzelheiten erkennen.

Halbkugelige und halbzylindrische Wohncontainer neben einer quadratischen, flachen Grube, in der zwei Bulldozer Material schürfen und zu einer langgestreckten Anlage transportieren. Diese besteht aus einer bis ans Ende der Mondebene reichenden Röhre und einer Rücklaufschiene, von der aus auf der Vorderseite offene Tonnen in eine Füllstation gleiten, bevor sie in der Röhre verschwinden. Dort schießen die Tonnen heraus, werden auf kurzem Wege abgebremst und entlassen ihren Inhalt auf eine Trajektorie, die über die Mondberge am Horizont in die Tiefe des Weltraums führt. Zu beiden Seiten der Anlage erstrecken sich weitausgedehnte Solarzellen-Areale.

Das eingeblendete Informations-Schriftband sagte: „Mondbasis zur Materialgewinnung. Elektromagnetische Material-Schleuder (elektromagnetischer Linearmotor) beschleunigt auf einer Länge von 587 m mit dem Fünfhundertfachen der Erdbeschleunigung Mondmaterial auf die Fluchtgeschwindigkeit des Mondes von 2,4 km/s. Das Material wird im 63 000 km entfernten Librationspunkt L2 eingefangen und in Produktionsanlagen nahe Insel Eins zu Satelliten-Sonnenkraftwerken und weiteren Habitats verarbeitet.“

Der Mond wich zurück, und links tauchte eine blau schimmernde Kugel auf. Während sie größer wurde, erkannte man unter Wolkenbändern die Kontinente und Ozeane der Erde, die langsam über die Kugeloberfläche wanderten. Mit ihnen wanderte ein hoch über dem Erd-Äquator schwebender, rechteckiger, flacher Satellit.

Rechts und links einer roten Scheibe in seinem Zentrum erstrecken sich zwei quadratische Flächen. Stahlblau im Sonnenlicht glänzend erwecken sie den Eindruck von Schwingen eines riesigen Falters in Betrachtung der Erde. Aus der roten Scheibe wächst, nur ganz schwach sichtbar, ein schlanker Strahlenkegel, dessen Spitze in Zentralsibirien ruht.

Das Informationsband verkündete: „Satelliten-Sonnenkraftwerk in geostationärer Umlaufbahn 36000 km über der Erde. Gesamtgewicht: 42 000 Tonnen. Solarzellenfläche: 2 mal 60 km^2. Energieübertragung zur Erde durch Mikrowellen mit einer Frequenz von 2,8 GHz. Durchmesser der Sendeantenne am Satelliten und der Empfangsantenne auf der Erde: 1 km und 10 km. Energie-Einspeisung in das terrestrische Elektrizitätsnetz: Zehntausend Megawatt.“

Die warme Frauenstimme sagte: „Das ist die Zukunft: Saubere Energie für die Erde – Wohnen und Produzieren im All – mit Material vom Mond und Energie von der Sonne.“ Nach einer Pause, während der der Satellit hinter den Köpfen der Zuschauer verschwand und ihnen die rotierende Erde entgegenwuchs bis sie die untere Hälfte der Cinerama-Kuppel völlig ausfüllte, fuhr die Stimme fort: „Und jetzt sehen Sie, wie in unseren Tagen alles beginnt.“

Über dem nur noch leicht gekrümmten Horizont der hell leuchtenden Erde schwebt vor der Schwärze des Alls eine lange, golden glänzende Doppelröhre. Über ihre volle Länge erstreckt sich in ca. 10 m Abstand ein von Metallstangen gehaltenes Solarzellen-Areal, an dem sich mehrere Astronauten zu schaffen machen. An einem mit der Doppelröhre verbundenen, zylindrischen Wohnmodul hat ein Raumgleiter angedockt.

Im Informationsband war zu lesen: „Montage des solar getriebenen Raumtransporters *Moonship 1* in niedriger Erdumlaufbahn. Elektromagnetische Material-Schleuder als Raketenmotor. Masse: 170 Tonnen. Beschleunigung der Reaktionsmasse auf 10000 m/s. Transport von 1300 t Nutzlast in 200 Tagen auf eine Mondumlaufbahn. Die pro Reise benötigte Reaktionsmasse von 2100 t wird aus den externen Tanks der Energia III- und Ariane 7-Raketen gewonnen. Landung der Nutzlast auf dem Mond mittels chemischer Raketen. Bau der Mondbasis, der Raum-Kolonien und der Satelliten-Sonnenkraftwerke."

Die Erde wich zurück, der Raumtransporter wurde kleiner bis zur Unsichtbarkeit, und dann hing der Planet der Menschen in der vollen Schönheit seiner blauen Meere und grünen, gelben und braunen Kontinente unter strahlend weißen Wolken mitten im Raum. Eine Schrift erschien: „If you love the Earth, leave it!" und klein darunter: „L5 Society". Dann erloschen die Projektoren, und das Licht ging an.

Die Gruppe diskutierte eine Zeit lang Verbesserungen der Show. Sanders plädierte dafür, die Emotionen der Zuschauer noch stärker anzusprechen, während Lion sich mehr technisch-wissenschaftliche Detailinformationen gewünscht hätte. Davidov vermisste Hinweise auf die Risiken, und van Oisterhuiz schlug die Einbeziehung von Kosten-Nutzen Analysen vor. Zum Schluss sagte Ohta: „Bitte geben Sie mir Ihre Verbesserungsvorschläge schriftlich. Wir werden versuchen, sie so weit wie möglich in die Show einzubauen. Was nicht hinein passt, können wir ja vielleicht auf Informationsblättern zusammenfassen, die mit Hinweisen auf die Originalpublikationen an die Zuschauer ausgegeben werden."

8.3 Orbit Queen

Arthur Lion war, trübsinnig den Kopf in die Hand gestützt, in seinem Sessel versunken.
„Was ist los, Arthur?“, fragte Sanders. „So schlecht war die Show doch nun auch wieder nicht.“
„Gewiss. Mich deprimiert nur wieder das Versagen der politischen Elite meines Landes“, antwortete Lion.
„Du meinst, dass in den USA O'Neills Pläne ad acta gelegt und nahezu vergessen worden waren, bis andere sie wieder ausgruben und nunmehr umsetzen?“
„Natürlich. Wenn ich daran denke, welche Begeisterung in den 1970er Jahren herrschte: Die L5 Society [18] warb in den USA und weltweit für die Industrialisierung des Weltraums. Wissenschaftler vieler Länder kamen zu den alle zwei Jahre stattfindenden *Princeton Conferences on Space Manufacturing Facilities* [19], die Creme der amerikanischen Industrie organisierte im *Council on Power from Space* die Lobby-Arbeit für den Bau von Satelliten-Sonnenkraftwerken, und die beiden Häuser des Kongresses forderten in einer gemeinsamen Resolution, die Ressourcen des Weltraums zum Nutzen der Menschheit zu erschließen.[1] Doch dann bekamen wir Regierungen mit der ‘Private Business’-Ideologie, die alles der Privatwirtschaft überlassen wollten. Und wie wir ja immer wieder erleben, schreckt die Privatwirtschaft vor Hochtechnologie-Projekten der Zukunftssicherung zurück, wenn die Risiken nicht staatlich abgesichert werden. Jetzt endlich ist

[1] *House Concurrent Resolution 451*, 95th Congress, 1st session, December 15, 1977

man bei uns in den USA aufgewacht und bemüht sich, hoffentlich nicht zu spät, um den Anschluss an Euer eurasisches Projekt. Wenigstens habe ich ein interessantes Technologie-Angebot für meine Verhandlungen mit dem SPSC heute Nachmittag.“ Lions Mine hellte sich etwas auf, und er folgte mit Sanders den anderen zum Mittagessen.

„Unsere Kantine hat eine ganz ordentliche Küche. Probieren Sie Tempura“, empfahl Ohta, und alle genossen die in Teig getauchten und in Pflanzenöl ausgebackenen Garnelen-, Fisch- und Gemüsehäppchen. Zum anschließenden Verdauungsspaziergang stiegen sie über die niedrigen Sanddünen und wanderten den Pazifikstrand entlang gen Süden. Auf dem Dünenkamm sahen sie in regelmäßigen Abständen pfeilförmige Hinweisschilder, auf denen neben einer sich aufsteilenden Welle auf Japanisch und Englisch „Tsunami Shelter“ stand. Dieses Zeichen bemerkten sie dann auch auf diversen Gebäuden während ihres Besichtigungsrundgangs durch die Labors des Forschungszentrums.

Lion hatte sich von der Gruppe abgesetzt. Im Besprechungszimmer des Kontrollzentrums beugte er sich gemeinsam mit zwei Herren und einer Dame vom Solar Power Satellite Consortium über einen Tisch, der von Konstruktionsplänen bedeckt war. Auf allen stand: „Orbit Queen. Aerospike Technology“. Sie zeigten eine wiederverwendbare, aeroballistische Rakete, die den Verbrennungs-Sauerstoff nicht am Boden tankt sondern der Erdatmosphäre entnimmt und die Kosten für den Transport von Nutzlasten auf niedrige Erdumlaufbahn gegenüber denen der Energia III und Ariane 7 Wegwerfraketen um einen Faktor

10 reduzieren würde. Als der erste Prototyp gebaut werden sollte, hatte die US-Regierung die vorgesehenen Mittel gestrichen. Sie wurden für die Entwicklung und Produktion von Tiefenbunker brechenden Kernwaffen benötigt.

Nunmehr jedoch hatten der Wechsel von Dollar zu Euro im Energiehandel und die Verknappungspolitik der Islamischen Arabischen Union die Energiepreise in den USA auf zuvor nie für möglich gehaltene Höhen getrieben. Da endlich griffen die Medien die schon seit langem von den Wings of Freedom erhobene Forderung nach einer Beteiligung der USA am eurasischen Satelliten-Sonnenkraftwerks-Programm auf und machten Druck. Dabei fehlte nie der Hinweis, dass es sich letztendlich um die Realisierung von Plänen amerikanischer Wissenschaftler handele. Der Chief Executive Officer von „Astronautics Enterprises", der sämtliche Patente der „Orbit Queen Corporation" nach deren Konkurs aufgekauft hatte, machte sich beim Vorsitzenden des Senatsausschusses „Aerospace Technologies" für die Entsendung eines prominenten Mitglieds der WoF zu Verhandlungen mit dem SPSC stark. Bekanntlich genoss diese Partei, die sich konsequent gegen Unilateralismus und für internationale Kooperation eingesetzt hatte, im Ausland noch das meiste Vertrauen. Die Orbit Queen wurde gewissermaßen als Aufnahmegebühr in das Solar Power Satellite Consortium angeboten.

Über die Grundlagen einer künftigen Zusammenarbeit verhandelte Arthur Lion eineinhalb Stunden lang mit seinen Gegenüber vom SPSC. Dann war man sich in den wesentlichen Punkten einig. „Wenn auch die Entscheidungsgremien unseren Entwurf eines Grundlagenvertrags akzeptieren, sitzen wir endlich alle in einem Boot“, freute sich Jerome Picard, der Vorsitzende des SPSC, und erkundigte sich noch bei Lion, ob er Einwände gegen eine Erwähnung der Einigung auf der gleich beginnenden Pressekonferenz habe. Das war nicht der Fall.

Sie gingen zum Fahrstuhl, der aus dem oberirdischen Flachbau des Kontrollzentrums mit seinen Besprechungszimmern und Verwaltungseinheiten zur Kommandozentrale in die Tiefe führte. „Die Kommandozentrale ist in einer elastisch gelagerten Stahlbeton-Kugel in 30 m Tiefe völlig erdbebensicher untergebracht“, erklärte Ohta, der mit Davidov, Sanders und van Oisterhuiz am Fahrstuhl zu ihnen gestoßen war. Beim Betreten des Kommandoraums empfing sie Stimmengewirr. Viele Reporter drägten sich mit ihren Kameramännern auf einer Galerie, von der aus man die Monitore der Rechner am Boden und die Bildschirmwand an der gegenüberliegenden, gekrümmten Stirnseite gut überblicken konnte. Jerome Picard führte seine sieben Begleiter zum Flugleiter und Chef der Kommandozentrale, der seinen Ehrengästen, wie er sie nannte, Plätze hinter seinem Schreibtisch in der Mitte des Raums anwies. Auf der Bildschirmwand schimmerte die Energia III-Rakete im Sonnenlicht von Ishigaki vor dem Hintergrund der blauen Weite des Pazifiks.

Der Vorsitzende des SPSC griff zum Mikrophon und begrüßte die Fernsehzuschauer in aller Welt, die der Direktübertragung eines Interviews mit den Kosmonauten 14 Stunden vor dem Start zur Montage des ersten Teils von „Moonship 1“ beiwohnten. Die Raumfahrer erschienen auf den Bildschirmen: Sechs Männer, die auf der Startrampe der Energia III saßen, die Füße baumeln ließen und fröhlich in die Kamera lachten. Sie trugen enganliegende, weiße Anzüge. Von den Ärmeln leuchteten die Flaggen Russlands, Chinas und Japans: weiß-blau-rote Streifen, rotes Feld mit einem Kreis aus sieben silbernen Sternen und rote Sonne auf weißem Feld. Sie stellten sich mit ihren Namen vor und baten um Fragen. Die Reporter im Kontrollzentrum streckten die Arme in die Höhe, und der Vorsitzende des SPSC erteilte ihnen nacheinander das Wort. Aus den Antworten der Kosmonauten entfaltete sich der Plan des Unternehmens auch für diejenigen Zuschauer, denen Einzelheiten bisher nicht zugänglich gewesen waren.

Die Energia III war eine russisch-chinesisch-japanische Weiterentwicklung der Energia-Rakete, die gegen Ende der Sowjetunion konzipiert worden war. Sie kann eine Nutzlast von 50 t und den Buran-Raumgleiter auf eine Erdumlaufbahn in 300 km Höhe befördern. Die Nutzlast umfasst etwa den vierten Teil der Baukomponenten von „Moonship 1“, Werkzeug-Roboter, Verpflegung etc. Nach Brennschluss und Absprengen der unteren beiden Raketenstufen tragen Feststoffraketen deren leere Treibstofftanks aus Aluminium auf die Umlaufbahn von „Moonship 1“, wo sie von Raumgleitern eingesammelt und von Werkzeug-Robotern zur Reaktionsmasse für die elektromagnetische Material-Schleuder von „Moonship 1“ pulverisiert werden. Eine Woche später sollte das zweite Viertel der „Moonship 1“-Komponenten und der Hermes-Raumgleiter mit der Ariane 7 von Kourou in Französisch Guayana aus starten. Ein Bild der ebenfalls sechsköpfigen Ariane-Besatzung wurde eingeblendet. Auf ihren Ärmeln trugen die Männer die Flagge der Europäischen Union: 12 kreisförmig angeordnete, goldene Sterne auf blauem Grund. Ein

Astronaut trug zusätzlich die gelb-blau-roten Nationalfarben von Kolumbien und Venezuela, die mit der EU assoziiert waren.

Der Sprecher der Kosmonauten auf Ishigaki erklärte, dass die Energia- und Ariane-Systeme gleich leistungsfähig und sorgfältig aufeinander abgestimmt seien. Im übrigen habe das gemeinsame Training des Arbeitens unter den Bedingungen der Schwerelosigkeit mit den Astronauten der westlichen Hemisphäre in Unterwassertanks der Karibik großen Spaß gemacht und man freue sich schon auf die Zusammenarbeit bei der „Moonship 1“-Montage im Orbit mit der herrlichen Aussicht auf die Erde.

„Mr. Chairman“, wandte sich ein Reporter direkt an den Vorsitzenden des SPSC, „das ganze Unternehmen ist doch riskant und teuer. Einer unserer Senatoren erklärte noch neulich bei einer Anhörung in Washington: ‘No penny for this nutty fantasy.’ Aus welchen Gründen hatte eigentlich die Europäische Union den Vorschlag der USA zurückgewiesen, gemeinsam, und notfalls mit militärischen Mitteln, die Auflösung der Islamischen Arabischen Union zu erzwingen? Man hätte doch, so war die Argumentation meiner Regierung, mit Hilfe des noch vorhandenen billigen Öls und Gases die industrielle Infrastruktur zur Kohleverflüssigung und Energiegewinnung aus Ölsänden und Teerschiefer aufbauen und so das Energieproblem für die nächsten tausend Jahre lösen können. Und bis dahin stünde dann auch die kontrollierte Kernfusion als sichere und unerschöpfliche Energiequelle zur Verfügung.“

„Darauf gibt es eine kurze und eine lange Antwort. Die kurze Antwort lautet: Die Hauptsätze der Thermodynamik“, erwiderte Picard. „Was für

Sätze?“, wunderte sich der Fragesteller und wollte auch die lange Antwort wissen. Daraufhin bat ihn der Vorsitzende um etwas Geduld. Die Sendezeit für die augenblicklich laufende Übertragung ginge zu Ende, und er wolle noch einige Worte zur aktuellen Situation sagen. Anschließend könne man ausführlicher über die energie- und umweltpolitische Bedeutung des Ersten und des Zweiten Hauptsatzes der Thermodynamik sprechen.

Dann erläuterte er, dass in vier Monaten mit je einem Energia III- und Ariane 7-Start die restlichen Module von „Moonship 1“ samt Ablösung der Montage-Mannschaft zur orbitalen Baustelle gebracht würden. Danach folge eine Testphase. Ginge alles gut, würde man anschließend „Moonship 1“ beladen und mit einer 30-köpfigen Mannschaft auf die lange Reise längs einer Spiralbahn zum Mond schicken. Der Transport der 1500 Tonnen Nutzlast für die Mondexpedition durch Energia III- und Ariane 7-Raketen auf niedrige Erdumlaufbahn sei zwar finanziell gesichert, würde die Energiesteuer-Zahler der beteiligten Länder aber sehr beanspruchen. Darum freue er sich ganz besonders, dass heute erste Verhandlungen über einen Beitritt der Vereinigten Staaten von Amerika zum Solar Power Satellite Consortium und die gemeinsame Entwicklung eines wesentlich wirtschaftlicheren, neuen Transportsystems erfolgreich stattgefunden hätten. Spontan wandte er sich an die Zuschauer in den USA und bat sie mit warmen, eindringlichen Worten um ihre Unterstützung der geplanten Kooperation. Er schloss mit einem Dank für das Interesse an der Übertragung, die Kosmonauten auf Ishigaki verabschiedeten sich winkend von ihrem weltweiten Publikum, und der Flugleiter beendete die Sendung mit: „Sayonara. Auf Wiedersehen morgen früh beim Start.“

„Über die thermodynamischen Gründe für die Weltraum-Industrialisierung sollten wir im Konferenzraum oben reden“, schlug Jerome Picard vor. Während des Wartens im Gedränge vor den Aufzügen fragte er die Schwingen-Delegierten, ob jemand von ihnen den Journalisten die thermodynamischen und ökonomischen Zusammenhänge erklären könne. Die Schwingen-Parteien hätten den Wählern in der EU doch ganz erfolgreich diese spröde Materie als überlebenswichtig vermittelt. „Ich übernehme den Ersten Hauptsatz“, willigte Sanders ein. „Und ich den Zweiten“, schloss van Oisterhuiz sich an.

Im Konferenzraum trat nur allmählich Ruhe ein. Währenddessen schrieb Sanders in großen Buchstaben an die Tafel: „Nichts kann auf der Welt geschehen ohne Energieumwandlung und Entropieproduktion.“ *Energieumwandlung* schrieb er grün, *Entropieproduktion* schrieb er rot. Dann sagte er zu den Reportern: „Dies ist das mächtigste Naturgesetz, dem alle Prozesse im Universum unterworfen sind – vom Entstehen und Vergehen der Sterne bis zu Geburt und Tod der Lebewesen. Ich darf etwas sagen zum hoffnungsvollen, grünen Teil, dem Ersten Hauptsatz der Thermodynamik. Dann spricht Jan van Oisterhuiz zum bedrohlichen, roten Teil, dem Zweiten Hauptsatz.“

Dann erläuterte er, wie sich in der EU auch beim normalen Wähler die Erkenntnis durchgesetzt hatte, dass der in der Geschichte der Menschheit einmalige Massenwohlstand der Industrieländer auf der Umwandlung der chemischen Energie von Kohle, Öl und Gas in Arbeitsleistung und Informationsverarbeitung beruht, wobei in letzter Zeit auch Kernenergie und erneuerbare Energien ins Spiel gekommen waren; wie daraus die wirtschafts- und verteilungspolitische Konsequenz der Besteuerung der Energienutzung gemäß ihrem Beitrag zur Wertschöpfung gezogen wurde und wie man eingesehen hatte, dass die Ergänzung des neuen Systems der Steuern und Abgaben durch Kapitalfluchtbremsen und Repatriierungsfonds die entwicklungs- und sozialpolitisch logische Konsequenz der eigenen Steuerreformen waren. Darum habe man den Vorschlag der USA zur militärischen Erzwingung niedriger Weltmarktpreise für Primärenergieträger um der eigenen Glaubwürdigkeit willen ablehnen müssen und statt dessen die internationale Kooperation zur direkten Nutzung des Fusionsreaktors Sonne ohne die terrestrischen Flächen- und Witterungsbeschränkungen gesucht und in der eurasischen Gruppe gefunden.

Jan van Oisterhuiz fuhr fort mit dem Hinweis auf die zunehmenden Umweltbelastungen. Bei unverminderter Verbrennung fossiler Energieträger würde das Klima instabil mit katastrophalen Folgen. Er betonte, dass die mit jeder Energieumwandlung unvermeidlich verbundene Entropieproduktion in der Form von Stoff- und Wärme-Emissionen angesichts des steigenden Güterbedarfs einer immer noch wachsenden Weltbevölkerung die Verlagerung industrieller Produktionsanlagen in den Weltraum und die Nutzung extraterrestrischer Energiequellen geradezu zwingend vorschreibe; denn deren Emissionen schlucke der unendliche Raum. Die empfindliche Biosphäre der Erde bliebe davon verschont. Somit verlangten die ökonomischen Chancen, die der Erste Hauptsatz eröffne, und die ökologischen Beschränkungen, die der Zweite Hauptsatz auferlege, die Industrialisierung des Weltraums.

Jerome Picard erklärte anschließend sein Bedauern darüber, dass die Regierungen der USA bisher nicht an internationaler Kooperation zur Weltraum-Industrialisierung interessiert gewesen waren, sondern versucht hatten, ihre nationalen Wirtschafts- und Sicherheitsinteressen im Alleingang zu wahren, nach der Devise: Der Starke ist am mächtigsten allein. „Aber nun stoßen die Vereinigten Staaten vielleicht doch noch zu uns“, schloss er hoffnungsvoll. „Raumfahrt-technisch und ökonomisch würde uns das einen großen Schritt voranbringen.“

Die Reporter hätten gerne noch Genaueres dazu erfahren, doch wegen der Vertraulichkeit der bisher geführten Verhandlungen wollte der SPSC-Vorsitzende nicht mehr sagen als: „Ich setze große Hoffnungen auf die Orbit Queen.“

8.4 Tsunami

Die „Abu Sayaf“ lag seit zwei Tagen in der Bucht von Aparri auf Reede. Sie fuhr unter der Flagge des Jemen. Ihr Kapitän hatte die philippinischen Behörden um die Erlaubnis ersucht, hier an der Nordküste Luzons für drei Tage vor Anker zu gehen. Der Frachter habe eine Röhrenlieferung für Korea an Bord und wolle seine Fahrt ins Ostchinesische Meer fortsetzen, sobald die Sperre der Passage zwischen Taiwan und dem Sakishima-Archipel wieder aufgehoben sein werde. Das sollte morgen nach dem Raketenstart auf Ishigaki geschehen. Die „Abu Sayaf“ würde schon während des Schluss-Countdowns auslaufen. Die Liegegebühren waren im voraus bezahlt worden.

Im Gebetsraum unter Deck kniete die Mannschaft mit Gesicht gen Westen. Der Kapitän hatte sie zusammengerufen und den weiteren Verlauf der Versammlung in die Hände von Scheich Ahmed Ibn Taimiya gelegt. „Ibn Taimiya“ war ein Ehrenname, der dem Scheich vom Wahhabiten-Rat für den Dschihad verliehen worden war und an den Hanbaliten erinnerte, dessen Lehren einst Mohammed al-Wahhab zur reinen Form des Glaubens zurückgeführt hatten. Der Scheich hatte den Männern soeben das Ziel ihrer Mission eröffnet. Nun wussten sie, wofür sie ihre Bereitschaft zum Sterben vor Antritt der Reise beschworen hatten und beteten, die Stirnen am Boden, um gutes Gelingen.

Neben der seemännischen Besatzung umfasste die Mannschaft zwei irakische Ingenieure, die in München und Shanghai an den elektromagnetischen Linearmotoren für die deutsch-chinesischen Magnetschwebebahnen gearbeitet hatten, einen technischen Offizier der ehemaligen irakischen Raketentruppen, sowie zwei saudi-arabische Elektronik-Techniker, die früher in Pasadena für die NASA tätig gewesen waren. Sie, wie auch die für Sicherheit und Disziplin zuständigen fünf „Wächter des Islam“, hörten nur auf das Kommando von Scheich Ibn Taimiya.

Nachdem sie das Gebet beendet und die Seeleute sich wieder auf ihre Stationen begeben hatten, besprach der Scheich mit seinen Männern noch einmal die „Fatwa Wahhabs“, wie sie das morgige Finale ihres Unternehmens nannten. „Ich habe mit dem Kapitän vereinbart, dass morgen früh um 4:15 h sämtliche Schiffsdiesel angeworfen werden und bis 6:15 h ausschließlich für das Laden der Kondensa-

torbänke arbeiten. Danach werden die beiden Katapulte ausgefahren und die Tomahawks abgeschossen. Omar“, dabei nickte er einem der Ingenieure zu, „hat mir versichert, dass die elektromagnetische Beschleunigung den Marschflugkörpern die benötigte hohe Anfangsgeschwindigkeit erteilt. Wenn sie dann über dem Babuyan Channel fliegen, werden Hassan und Ali ihre Bordelektronik aktivieren und die Triebwerke zünden. Wir lichten anschließend sofort die Anker und machen uns aus dem Staub.“
„Was heißt hier Staub“, protestierte Omar grinsend. „Der Start erfolgt ohne jedweden Partikel-Ausstoß, nur mit einem Zischen, das der Morgenwind verwehen wird. Hier merkt niemand etwas. Wenn dann die Tomahawks kurz vor dem Abheben der Energia III auf der Startrampe einschlagen, wird die Überraschung vollkommen sein. Ja, elektromagnetische Linearmotoren sind eine feine, reine Sache. Und keine werden im Weltraum fliegen – dank der unserigen und der von den Amerikanern auf der ‘Prince Feisal Base’ freundlicherweise zurückgelassenen Tomahawks. Inschallah.“

Sehr ernst ergänzte der Scheich: „Damit unser Schlag die größtmöglichen Kreise zieht, und zum Schutz unserer Heimat, darf niemals bekannt werden, dass wir ihn geführt haben. Die Tomahawks fliegen im Bogen an, so dass sie beim Einschlag aus der Richtung von Guam zu kommen scheinen. Dort lagern die Amerikaner Marschflugkörper. Dass sie welche an uns verloren haben, haben sie zum Glück nie zugegeben. Also wird man in der eurasischen Gruppe nicht umhinkommen, auch einen Sabotageakt seitens der USA in Betracht zu ziehen. Und wenn die Ungläubigen dann aufeinander losgingen

– welche Freude wäre das für alle Gläubigen. Aber natürlich wird man wie immer auch an Moslems denken. Wir müssen damit rechnen, dass die Luft- und Seestreitkräfte Chinas, Japans und Russlands das Meer weiträumig nach den Attentätern absuchen werden. Darum werden die Katapulte und alles, was dazugehört, im Meer versenkt, sobald wir auf hoher See sind. Sollten wir dennoch verdächtigt und aufgebracht werden, werden Hassan und Ali die Sprengladungen im Schiffsrumpf zünden. Keinen von uns wird man den neuen Verhörmethoden unterziehen.“ Die Männer nickten stumm.

„Und wenn doch jemand an Land etwas bemerkt“, sorgte sich Hassan. „Wäre es nicht sicherer, wir liefen sofort aus und starteten die Tomahawks auf hoher See?“

„Die ist zu unruhig. Der Katapultstart erfordert das ruhige Wasser der Bucht“, erklärte Omar, und der Scheich schloss: „Allah segne Euren Schlaf – bis vier Uhr. Dann erstellen wir die Fatwa Wahhabs.“

Seit Jahren hatten sich die Spannungen in der Erdkruste aufgebaut, während sich die pazifische unter die philippinische Platte schob. Jetzt war der Moment des Ausgleichs gekommen. Am Südende des Marianengrabens ging ein Ruck durch die tektonischen Verkantungen. Die aufgespeicherte Energie wurde freigesetzt und strömte in Wellen durch den Erdmantel und in den Ozean.

Der Seismograph des Kontrollzentrums in Tokay Mura schlug zum erstenmal nach 230 Sekunden, zum zweitenmal nach 400 Sekunden und dann noch einmal nach 790 Sekunden aus. Die letzten Ausschläge waren wild. Der Diensthabende der Nachtschicht rannte zum Rechner, in dem auch die Seismographendaten aus Nagasaki und Sapporo einliefen und ausgewertet wurden. Er erbleichte, als er auf dem Monitor las: „Epizentrum im Süden. Entfernung: 3000 km. Bebenstärke auf der Richter-Skala: 8.8.“ Er drückte den Alarmknopf. Sirenen heulten auf. Rote Leuchtbuchstaben schrieben am Sendemast des Forschungszentrums mit an- und abschwellender Intensität *Tsunami* in die Nacht, und in den Gängen der Gebäude wiesen grüne Leuchtstreifen den Weg zu den Tsunami-Schutzräumen.

In der Kommandozentrale zeigten die Bildschirme den planmäßigen Fortgang der Startvorbereitungen. Die Uhr über ihnen stand auf 4:14 h. Daneben verkündete die Anzeigetafel für den Schluss-Countdown: „Start in 2 h 46 min“. Vor kurzem hatten die Kosmonauten im Buran-Raumgleiter über dem Frachtmodul der Energia III-Rakete ihre Plätze eingenommen, und die Betankung des Raumschiffs mit flüssigem Wasserstoff und Sauerstoff war in vollem Gange. Weiße Dampfwolken waberten im Scheinwerferlicht um den Start-Turm mit den Treibstoffschläuchen.

Sofort nach dem Alarm hatte sich der Flugleiter in einer Schnellschaltung mit den Seismologen der führenden japanischen Erdbebenwarten verbinden lassen. Er bat um ihre Einschätzung der Lage. Musste der Start der Energia III abgebrochen werden? Die Meinung war, dass der Tsunami zwischen 7:15 h und 7:30 h Ishigaki und ca. eine Stunde später Tokay Mura erreichen dürfte, wenn man davon ausginge, dass er sich als ringförmige Oberflächenwelle mit einer Fortpflanzungsgeschwindigkeit von rund 700 km pro Stunde ausbreite, wie das bei

Auslösung durch Seebeben im Pazifik häufig vorkomme. „Die Energia III hebt um 7 Uhr ab. Wir hätten also genügend Luft?“, hoffte der Flugleiter. „Nur, wenn die Tsunami-Geschwindigkeit nicht viel vom Mittelwert nach oben abweicht“, warnten die Experten.

Der Flugleiter beriet sich mit Jerome Picard, der inzwischen eingetroffen war. Ein Abbruch des Countdowns und die Evakuierung der Kosmonauten aus der Energia III bedeutete den Verlust der Rakete. Zu einem Viertel bereits betankt, konnte sie nicht mehr in den Silo unter der Start-Plattform abgesenkt werden, in den sie während der Zeit vor Beginn der Betankung in Sicherheit hätte gebracht werden können. „Die Kosmonauten haben das letzte Wort“, entschied der Vorsitzende des SPSC. „Stellen Sie bitte eine Direktverbindung zu ihnen her.“ Dann schilderte er den Raumfahrern die Lage. Diese berieten sich kurz. Der Kommandant teilte Picard ihren Entschluss mit: „Wir bleiben an Bord. Der Countdown läuft weiter. Nur spürt den Tsunami auf und beobachtet seine Annäherung. Kommt er zu schnell, warnt uns so rechtzeitig, dass wir die Rettungsrakete am Mannschaftsmodul zünden und uns verdrücken können. Wir bitten allerdings um baldiges Auffischen aus dem Pazifik.“
„Geht in Ordnung, Jungs“, versprach Picard. Sofort wies er die Hubschrauber-Staffel auf Ishigaki an, rechtzeitig zu starten und über der Insel in Rettungsbereitschaft zu gehen. Anschließend ließ er sich mit dem Kommandanten des US-Stützpunktes auf Okinawa verbinden und bat um das Aufspüren und die fliegerische Begleitung des Tsunami: „Sie verfügen als Einziger in der Region über die fliegenden Laser-Messgeräte, mit denen man flache, lange Wellenzüge

identifizieren kann.“
„Unsere Maschinen müssen sowieso in die Luft. Wir helfen gern“, war die Antwort des schon von seinen eigenen Seismologen gewarnten Kommandanten. Er versprach, ein Tankflugzeug und fünf Jets seines Aufklärungsgeschwaders fächerförmig gen Süden zu schicken.

Nach kurzer Beratung mit dem Flugleiter verfügte Picard, dass die Übertragung des Energia III-Starts wie vorgesehen ab sechs Uhr durchgeführt würde. „Im Wettlauf mit dem Tsunami hat sie jetzt einen noch höheren Unterhaltungswert. Sollte es schief gehen, haben unsere Steuerzahler wenigstens etwas Spannendes miterlebt. Was danach aus unserem Projekt wird, dürfte nicht zuletzt von den Medien abhängen. Sichern wir uns deren Wohlwollen.“

„So, jetzt können die Reporter und die übrigen Gäste kommen“, verkündete der Flugleiter und gab die Fahrstühle frei. Die Reporter strömten wieder wie am Vorabend auf die Galerie des Kommandoraums. „Schön, dass unser Arbeitsplatz zugleich der sicherste Schutzraum weit und breit ist, mit bester Aussicht auf ein Drama mit Technik und Natur als Hauptdarstellern“, freute sich der Mann von CNN. Mit Blick auf die Uhr, sie zeigte inzwischen 5:30 h, gähnte ein anderer, von der ARD: „Aber so früh, und dann auch noch von Sirenen geweckt zu werden, ist hart. Ich hatte so nette Gesellschaft.“ Die Kollegin neben ihm lächelte kaum merklich und schob ihren Fuß an seinen. Ohta, Davidov, Lion, Sanders und van Oisterhuiz hatten wieder hinter dem Schreibtisch des Flugleiters Platz genommen.

Um dieselbe Zeit arbeiteten auf der „Abu Sayaf“ alle ruhig und mit höchster Konzentration. Nach dem Wecken um vier Uhr hatte Hassan noch einmal eindringlich und erfolgreich dafür plädiert, wenigstens so weit in der Bucht nach Norden zu fahren, bis sie die Hügel auf der östlichen Landzunge hinter sich gelassen hatten und niemand mehr auf ihr Deck blicken konnte. Die flachen Ausläufer der Landzunge boten immer noch genügend Schutz vor den Wellen des offenen Pazifiks. Ruhig lag das Schiff im Wasser. Nur leicht vibrierte es unter dem Stampfen seiner Dieselmotoren, die, bei abgekoppelter Schiffsschraube, die Kondensatorbänke der beiden Abschuss-Katapulte aufluden.

Plötzlich kam der Funker aufgeregt zum Kapitän auf die Brücke gerannt. „Ich habe eben eine Tsunami-Warnung aufgefangen. Sie war leider sehr undeutlich.“

Der Kapitän wies auf den Fernseher. Der zeigte die Kommandozentrale in Tokay Mura mit der Ankündigung: Beginn der Direktübertragung des Starts auf Ishigaki um 6 Uhr. „Dort läuft alles normal. Wahrscheinlich handelt es sich um eine Warnung für den Südpazifik.“

Um sechs Uhr erschien Jerome Picard auf dem Bildschirm und sprach: „Sehr verehrte Zuschauer. Als Vorsitzender des Solar Power Satellite Consortiums begrüße ich Sie zu unserer Übertragung des Countdowns für den ersten Start zur Montage von Moonship 1. Ich darf, oder richtiger, muss Ihnen eine spannende Stunde ankündigen. Wir befinden uns im Wettlauf mit einem Tsunami, der sich uns aus dem Gebiet des Marianengrabens nähert. Zur Zeit erwarten wir sein Eintreffen auf Ishigaki kurz nach sieben Uhr und etwa eine Stunde später hier in Tokay Mura.

Aufklärer der US-Navy werden versuchen, seine exakte Ausbreitungsgeschwindigkeit zu messen. Unsere Kosmonauten haben beschlossen, an Bord zu bleiben. Wir versuchen, den Start zu beschleunigen. Im Notfall wird die Besatzung von ihrer Rettungsrakete weit genug über den Pazifik getragen und nach der Wasserung von unseren Hubschraubern geborgen. Drücken Sie uns die Daumen."

Jezt waren die sechs Kosmonauten in den Liegesesseln des Raumschiffs zu sehen. Aber der Kapitän schaute nicht mehr hin. Er rief Scheich Ibn Taimiya an: „Bitte kommen Sie schnellstens auf die Brücke. Wir haben ein Problem."

Mit zwei Wächtern und Omar erschien der Scheich: „Wo ist das Problem?"

„Auf dem Meer und vielleicht noch eine Viertelstunde entfernt."

„Was soll das heißen?"

Der Kapitän berichtete, was er gerade aus Tokay Mura gehört hatte und fügte hinzu: „Wenn uns der Tsunami hier in der Bucht erwischt, sind wir verloren. Wir müssen sofort auslaufen."

„Unmöglich. Die Diesel werden für das Aufladen der Kondensatorbänke gebraucht – jetzt erst recht", protestierte Omar. „Wenn man in Ishigaki den Start beschleunigt, müssen wir unsere Vögel schnellstens fliegen lassen. Aber sie können nur abheben, wenn die Kondensatoren zu mindestens 90 Prozent geladen sind. Bis dahin dürfen die Diesel für nichts anderes arbeiten! Und", fragte er noch „können wir dem Tsunami denn überhaupt davonfahren?"

„Du kennst wohl auch nur Deine Maschinen", dachte der Kapitän und erklärte laut: „Auf hoher See ist ein Tsunami eine ganz lange, sanfte Welle und völlig

harmlos. Aber im Flachwasser der Küsten steilt sie sich zu einer Wasserwand auf, die höher als 30 Meter werden kann, ins Landesinnere rast und alles verwüstet. Unser Schiff wird sie an den Küstenfelsen zerschmettern."
„Die Fatwa Wahhabs muss die Rakete am Boden erreichen. Alle Diesel arbeiten für die Kondensatoren! Solange bleiben wir hier", entschied der Scheich. Er erinnerte den Kapitän an seinen Schwur und ließ für alle Fälle die beiden Wächter auf der Brücke zurück.

Seit drei Minuten hatte Lieutenant Myers eine abnehmende Zahlenfolge auf der Abstandsanzeige beobachtet. Der künstliche Horizont stand exakt waagrecht, die Fluggeschwindigkeit über Boden betrug 890 km/h. „Eric", informierte er über das Bordmikrophon den Piloten vor ihm, „auf den letzten 80 km hat sich der mittlere Abstand zur Wasseroberfläche um 1,10 Meter verringert. Jetzt beginnt er wieder zu wachsen." Nach weiteren drei Minuten meldete er: „Abstand wieder wie über Normal Null – und weiter wachsend. Wir haben den Tsunami! Wellenlänge 320 km, Wellenhöhe 1,10 m, Geschwindigkeit 710 km/h – wenn unsere Flugrichtung senkrecht zur Wellenfront steht." Sie funkten die Aufklärer nordwestlich und südöstlich ihrer Maschine an und verglichen die Messdaten. In der Tat waren sie ziemlich genau auf dem kürzesten Weg über den Wellenkamm geflogen. „Ich wende und schalte die Nachbrenner ein", kündigte der Pilot an. „Ok. Ich sag's Dir, wenn wir wieder über dem Wellenkamm sind. Dann pass die Geschwindigkeit an. Hey, wenn wir den Mädels daheim erzählen, dass wir einen Tsunami nach Japan geritten haben ...."

Als der Laser den Wellenkamm wieder direkt unter ihnen anzeigte, korrigierte der Pilot Fluggeschwindigkeit und -richtung so lange, bis sie über dem Teil der Kreiswelle flogen, der direkt auf Ishigaki zulief. Dann gaben sie laufend Geschwindigkeit und Position nach Okinawa und Tokay Mura durch. Die Rechner des Kontrollzentrums verwandelten die Daten in das Bild eines Kreises, der sich im Philippinischen Becken aufblähte. Auf der Karte des Westpazifiks, die als Hintergrund der Energia III während des Countdowns in die Fernsehübertragung eingeblendet wurde, sahen die Zuschauer in aller Welt, wie die rote Kontur des Kreises die Philippinen überstrich und sich Taiwan und den japanischen Inseln näherte.

Mit wachsender Unruhe hatte der Kapitän der „Abu Sayaf“ den sich ausweitenden roten Kreis auf dem Fernseher beobachtet. Die Ladeanzeige der Kondensatoren stand bei 88 Prozent.
„Jetzt trifft das Zentrum des Tsunamis die Südostflanke Luzons. Seine Ausläufer können uns jeden Augenblick erreichen. Wir müssen raus aus der Bucht. Ich koppele den Antrieb ein“, rief er dem Scheich zu, der mit Omar und Hassan auf die Brücke zurückgekehrt war. Doch bevor er zum Schalthebel greifen konnte, hatte ihm ein Wächter, auf einen Wink des Scheichs hin, die Pistole an die Schläfe gedrückt.

Der Scheich befahl: „Katapulte ausfahren. Abschuss bei 90 Prozent.“ Von der Brücke bis zum Bug öffnete sich ein Spalt im Schiffsdeck. Während die Stahlplatten der Laderaumabdeckung auseinander und nach oben klappten, sprang die Ladeanzeige des Kondensators auf 89 Prozent. Die Katapulte hoben sich auf Deckshöhe und schwenkten die schimmernden Beschleuniger-Röhren mit den Tomahawks in Richtung Nord-Nord-Ost.

Über die Landzunge schiebt sich ein Schwall Wasser. Dahinter wächst eine Wasserwand in den Morgenhimmel. Fasziniert-entsetzt sehen die Männer sie höher und höher steigen. Dann bricht sie. Eine Wasserwalze rast auf sie zu, hebt und dreht die „Abu Sayaf“. „Feuern“, schreit der Scheich. Omar drückt auf den Startknopf. Die Tomahawks zischen aus den schlingernden Katapulten, steigen steil in den Himmel. „Oh nein!“ stöhnt Hassan. Während das Schiff auf die Seite rollt und Wasser durch die Fenster der Brücke stürzt, schießt ihm durchs Hirn: „Elektronik und Triebwerke aktivieren. Vielleicht finden sie noch ihr Ziel.“ Er kippt den Schalter des Senders an seinem Gürtel. Die Sendeanzeige blitzt auf. Dann zündet er die Sprengladungen im Rumpf.

Auf dem Berggipfel hinter Aparri klammern sich zwei Hirtenjungen aneinander und starren hinunter in die Bucht, durch die die Wasserwalze tobt. „Da, ein gekentertes Schiff“, flüstert der eine. Im nächsten Augenblick bricht aus dem roten Boden des kieloben in den Wassern treibenden Frachters eine riesige Stichflamme. Noch bevor der Explosionsdonner in ihren Ohren dröhnt, sehen die Jungen nichts mehr von der „Abu Sayaf“ .

Die Computer an Bord der Tomahawks blickten mit den Augen ihrer digitalen Kameras auf die Meeres- und Inselwelt unter ihnen und verglichen, was sie sahen, mit ihrem Flugprogramm. Sie waren viel zu hoch und zu weit westlich. Sie korrigierten die Stellungen der kurzen Stummelflügel. Dann berechneten sie die Entfernung bis zum Ziel und strichen den Anflugbogen aus der Route. Nach längerem Sinkflug machten sich die Tomahawks in einer Höhe von 15 Metern über dem Meeresspiegel auf ihren Marsch nach Ishigaki.

Die westlichste Maschine der Aufklärungsstaffel flog über dem Wellenkamm des Tsunamis, der sich Taiwan näherte. „Für ein Monster ist der Tsunami aber ziemlich langweilig. Lass uns doch mal tiefer gehen und schauen, ob er aus der Nähe mehr hergibt“, schlug der Beobachter dem Piloten vor. „Ok“, war der einverstanden und ließ die Maschine sinken. Sie waren knapp eine Minute lang in 18 Metern Höhe über der glatten Meeresoberfläche mit der fast unsichtbaren Neigung geflogen, als auf den Radarschirmen zwei Punkte aufleuchteten. „Achtung! Annäherung zweier Objekte. Relativgeschwindigkeit ca. 180 km/h. Hochziehen!“ Die Maschine stieg steil nach oben. Unter ihr kreuzten zwei schlanke, helle Zylinder dicht über dem Wasser in spitzem Winkel ihre Flugbahn. „Hinterher!“ Der Pilot änderte leicht den Kurs, beschleunigte, bis sie die Zylinder erreichten und drosselte dann die Geschwindigkeit. Bei 880 km/h flogen die beiden Zylinder in konstanter Entfernung 20 Meter unter ihnen.
„Guck Dir mal die Zigarrren genauer an: ca. sechs Meter lang, einen halben Meter dick, Flügelspannweite keine drei Meter, Marschgeschwindigkeit 880 km/h. Mensch, das sind Navy Tomahawks!“
„Und mit Kurs auf Ishigaki“, ergänzte der Beobachter, der gerade ihre Position und Richtung neu bestimmt hatte. Er rief Okinawa: „Tomahawks im An-

flug auf Ishigaki. Ist ein Navy Commander verrückt geworden und imitiert den General im Weltuntergangsfilm ‘Dr. Strangelove’?!“

Der Kommandant auf Okinawa alarmierte das Pentagon und verlangte den Secretary of the Navy. Der sagte zuerst gar nichts. Dann murmelte er: „Die verlorenen Tomahawks.“

„Wie bitte, Sir? Ich verstehe Sie nur schlecht“, kam es überlaut von der anderen Seite des Globus.

„Ich fürchte, da fliegen zwei der Cruise Missiles, die der Air Force in Saudi-Arabien abhanden gekommen waren“, sagte der Secretary gepresst, aber deutlicher.

„Oh no!“ Pause, dann: „Waren dabei auch welche mit nuklearen Gefechtsköpfen?“

„Ja, eine TLAM-N.“

„Und die anderen?“

„TLAM-C.“

„Was können wir tun?“

„Abschießen!“

„Unsere Aufklärer haben keine Bordwaffen.“

„Dann Gnade uns Gott.“

„Ich alarmiere die Japaner.“

„Tun sie das!“

„Eben werden die Treibstoffschläuche gelöst. Jetzt fährt der Start-Turm zurück“, kommentiert der ARD-Reporter im Kommandoraum von Tokay Mura die Ereignisse auf der Bildschirmwand. Das Telefon auf dem Schreibtisch des Flugleiters schrillt. Der hebt ab, lauscht, erstarrt. Dann sagt er leise: „Zu spät. Wir kriegen keine Abfangjäger mehr hoch, sind alle in den Schutzräumen. Dennoch danke! Es geht los.“

Kopfhörer auf den Ohren, den Blick gebannt auf die Bildschirmwand, mit keinem Gedanken bei der

Kollegin, spricht der ARD-Reporter in sein Mikrophon: „Der Countdown steht bei 5 Sekunden, wurde schon wieder angehalten, ohne Angabe von Gründen. Jeden Augenblick wird der Tsunami erwartet! Jetzt läuft der Countdown wieder: 4, 3, 2, 1, 0. Feuer! Noch steht die Rakete, Flammen schlagen aus den Triebwerken. Jetzt hebt sie ab! Sie steigt. Da – Wasser strömt zur Startrampe, verdampft. Steig schneller, schnelleeeeer! Der Tsunami! Steilt sich auf. Was für eine Wand! Jetzt bricht sie! Die Wasserwalze rollt, verschlingt den Startturm....“
Alle starren auf die leeren Bildschirme – lähmendes Schweigen.

„Hallo, Erde“, tönt es fröhlich aus dem Lautsprecher. „Nasse Füße bekommen? Wir sind unterwegs. Alles Roger. Im Orbit melden wir uns wieder.“

Jubel bricht aus im Kommandoraum. Die Menschen liegen sich in den Armen. Der ARD-Reporter hat sich wieder an die Kollegin erinnert. Sie küssen sich und winken in die Kameras, die jetzt durch die Kommandozentrale schwenken. Die Bildschirmwand erwacht wieder zum Leben. Sie zeigt die Flugbahn der Energia III zum Montage-Orbit von Moonship 1.

Unberührt von der allgemeinen Freude stand der Flugleiter am Schreibtisch, das Telefon noch in der Hand. Seine Ehrengäste drängten sich um ihn.
„Was ist los?“, fragte Jerome Picard.
„Aus Okinawa kam eine Warnung, ich habe sie gerade weitergegeben: Zwei Marschflugkörper sind im Anflug auf Ishigaki. Offenbar von Terroristen abgefeuert. Einer trägt möglicherweise einen nuklearen Gefechtskopf.“
Picard starrte ihn an. Dann stöhnte er auf: „O mein

Gott! Die Schutzräume und die Infrastruktur sind für Erdbeben und Tsunamis ausgelegt. Doch ein Kernwaffen-Schlag vernichtet alles. Dann können wir unsere Pläne begraben.“
„Kann man nichts tun?“, fragte Ohta.
„Doch. – Beten“, sagte Picard.

„Wenn wir einem Tomahawk die Augen zuhalten, erkennt er Ishigaki nicht und fliegt drüber weg“, sagte der Pilot im Aufklärer über den beiden Cruise Missiles zum Beobachter. „Ich könnte unter eine Zigarre fliegen. Dann sieht der Computer was anderes als auf seiner Karte und gerät vielleicht durcheinander.“
„Oder er denkt, wir sind die Rakete und zündet! – Und was wird aus dem anderen Tomahawk?“
„Einer trifft, aber eben nur einer.“
„Zu spät. Das da vorne muss Ishigaki sein. Weg von den Tomahawks!“

Die Kameras der Tomahawks erspähten den Küstenstreifen und zeigten den Bord-Computern sein Bild. Es stimmte nicht mit den gespeicherten Bildern überein: Keine Dünen, keine Palmen, keine Gebäude. Der Tsunami hatte Ishigaki neu geformt. Die Elektronen in den Transistor-Schaltkreisen rasten, während die Computer ihre Optionen durchrechneten. Sie kamen zu keinem eindeutigen Ergebnis. Die Informationen widersprachen sich. Das quälte sie. Sie stürzten ab.

Die Tomahawks flogen mit unveränderter Geschwindigkeit in zehn Metern Höhe über die Insel. Nachdem ihr Treibstoff aufgebraucht war, versanken sie im Ostchinesischen Meer.

„Die Tomahawks sind nicht auf Ishigaki niedergegangen. Sie marschieren weiter nach Norden“, meldete der Beobachter des Aufklärers nach Okinawa. „Gott sei Dank! Großartig!“ freute sich der Standort-Kommandant. Er rief den Secretary of the Navy an. „Nördlich von Ishigaki ist nur freies Meer. Da können sie keinen Schaden anrichten“, sagte der erleichtert und schlug vor, dem Solar Power Satellite Council gegenüber das Ganze als einen Fehlalarm darzustellen.

„Sir, ich kann nicht erklären, die besten unserer Aufklärer litten unter Halluzinationen“, weigerte sich der Kommandant. Aber er versprach, den SPSC um Geheimhaltung zu bitten. Im übrigen müsse er sich jetzt um die Tsunami-Schäden auf Okinawa kümmern. Er melde sich später wieder.

„Geht in Ordnung, Commander. Unser Schweigen ist der geringste Dank für die Tsunami-Beobachtung“, versprach Jerome Picard am Telefon dem Okinawa-Kommandanten und wollte noch wissen, was der Tsunami-Besuch auf Okinawa angerichtet habe.

„Die Schäden halten sich in Grenzen. Wir waren ja vorbereitet. Ich hoffe, bei Ihnen verläuft es ähnlich glimpflich“, war die Antwort.

„Und ich hoffe, dass in Zukunft unsere Regierungen so gut zusammenarbeiten werden wie wir es heute getan haben“, schloss Picard. Dann wandte er sich an die Menschen im Kommandoraum: „In einer halben Stunde erwarten wir den Tsunami in Tokay Mura. Bis dahin zeigen wir Ihnen den Computerfilm der numerischen Simulation eines Tsunami, der vor Jahren ein japanisches Dorf attackierte.“[2]

Die japanische Tsunami-Forschung hatte sich

[2]http://www.geophys.washington.edu/tsunami/general/physics/runup.html

wieder einmal bezahlt gemacht. Nach der Fukushima-Katastrophe hatte sie die weltweit strengsten Richtlinien für Tsunami sicheres Bauen durchgesetzt, deren Befolgung von den Behörden trotz mancher Proteste aus der Wirtschaft ausnahmslos erzwungen worden war. Jetzt zeigte sich der Nutzen der „bürokratischen Gängelung“, wie die Lobbyisten gezetert hatten. Die meisten Gebäude des Forschungszentrums, wie auch der anderen Küstenstädte, widerstanden dem Ansturm des Wassers. Als nach dem Ablaufen der Flut Gregor Sanders, Jan van Oisterhuiz, Pjotr Davidov und Arthur Lion mit Chikara Ohta das Kontrollzentrum verließen, um auf ihre Zimmer zu gehen und etwas Schlaf nachzuholen, meinte Sanders: „Es sieht aus, als hätte der Tsunami hier schon ziemlich geschwächelt.“
„Von wegen“, lachte Ohta und zeigte auf das abgerissene Rad eines Lastwagens, durch dessen Reifen ein langes, breites Brett getrieben worden war.

Um die Mittagszeit – alle hatten inzwischen ihre Angehörigen angerufen und beruhigt – traf man sich wieder im Kommandoraum. Dort zeigte die Bildschirmwand die Kosmonauten im Raumgleiter, die sich auf ihren Ausstieg und das Entladen des Frachtmoduls vorbereiteten. In einer Woche würden die Astronauten aus Kourou zu ihnen stoßen. Und auf Ishigaki würde man neue Montagehallen und eine neue Startrampe bauen. Bis der nächste Energia III-Start fällig war, hoffte man, wieder bereit zu sein.

„Das war heute knapp“, sagte Arthur Lion. „Sollte man den Tsunami in die Cinerama-Show aufnehmen?“
„Warum nicht?“, antwortete Pjotr Davidov. „Ich hatte ja sowieso dafür plädiert, auch Risiken anzuspre-

chen. Aber ich dachte natürlich an ganz andere."
„... die im Weltraum – lebt man dort erst einmal in soliden Habitats – viel kleiner sind als auf unserer überfüllten, unruhigen Erde", ergänzte Jan van Oisterhuiz. Dann schaute er seine Gefährten nacheinander an und sprach mit glänzenden Augen: „Dank Euch und aller Mitstreiter für den wirtschaftlichen Wandel sehe ich jetzt als alter Mann den Traum meiner Jugend im Werden: Die Zukunft der Menschheit im Raum."

Kapitel 9

Pflegeheim

„Ja, Frau Hansen. Das ist Ihr Platz. Ja, Sie sind hier völlig richtig.“ Britta ergriff die Hand der alten Dame, schob deren Gehwagen neben den Stuhl und half beim Hinsetzen.
„Ich weiß wieder gar nicht, wo ich bin“, klagte diese leise.
Britta beruhigte sie: „Wir sind hier im Essensraum. Gleich gibt es Kaffee. Sehen Sie, die anderen kommen auch. Alles ist gut.“

Nachdem die Heimbewohner aus dem ersten Stock der Pflegeabteilung im Essensraum 2 Platz genommen hatten, brachten zwei Schwestern eine Platte mit Kuchen und den Nachmittagskaffee. „Sollen wir Ihnen auch ein Gedeck hinstellen, Frau Sanders?“, fragte eine der Angestellten des Senioren- und Pflegeheims.
„Nein, vielen Dank“, antwortete Britta. „Ich leiste hier nur ein bisschen Gesellschaft. Nachher trinke ich drüben mit meinen Nachbarinnen Kaffee – vor dem Kartenspielen.“ Dann kümmerte sie sich noch etwas um die fünf Damen und den einen Herrn an ihrem

Tisch. Dem Herren, er hatte schon einen Teil seines Kaffees verschüttet, führte sie die Hand mit der Tasse, und Frau Hansen legte sie ein zweites Stück Kuchen auf den Teller. Eine der Damen bat: „Ach, können Sie mir sagen, wann wieder einmal Kirche ist? Ich seh' doch so schlecht und kann den Wochenplan nicht lesen."

„Moment, ich schau gerade mal aufs Anschlagbrett", antwortete Britta und ging auf den Flur. Sie kam zurück und verkündete: „Also, am kommenden Samstag hält die Frau Gärtner aus der evangelischen Gemeinde den ökumenischen Gottesdienst. Die Frau Herrmann aus der katholischen Pfarrei wird dann 14 Tage später dran sein. Sicher helfen auch wieder Leute aus den Gemeinden beim Transport in den Gottesdienstraum."

Britta begleitete Frau Hansen noch auf ihr Zimmer. Dann begab sie sich in ihre kleine Wohnung im Nachbarhaus. Die Kaffee- und Kartenrunde mit drei Damen aus benachbarten Apartments verlief recht angeregt. Alle hatten Bilder von ihren Enkeln dabei, zwei sogar von Urenkeln, und berichteten begeistert von den neuesten Sprüchen und Streichen der Kleinen.

„Hatte ihr Mann eigentlich noch alle Ihre Enkel erlebt, Frau Sanders?", fragte eine Nachbarin.

„Den jüngsten nicht mehr", antwortete Britta. „Zwei Monate vor seiner Geburt waren wir aus Kolumbien, wo wir in Cali während des Winters wohnten, nach Deutschland zurückgekehrt. Wir wollten der Tochter ihre beiden älteren Kinder, zwei sehr lebhafte Mädchen, bis nach der Entbindung abnehmen. Aber der Wechsel aus dem sonnigen Cali ins nasskalte Franken ist Gregor auf die Lunge geschlagen, die sowieso schon geschwächt war. Es ging dann ganz schnell."

„Wie lange ist das jetzt her?"

„Fünf Jahre."

„Und seitdem leben Sie wieder dauerhaft in Deutschland?"

„Ja. Ich will in der Nähe des Grabes und meiner Kinder bleiben. Unser Apartment in Cali habe ich einer Stiftung unserer kolumbianischen Freunde vermacht. Vor zwei Jahren hatte ich sie nochmal besucht. Aber es war wohl das letzte Mal. Die Reise ist einfach zu lang. In unserem Alter muss man nach vorne schauen. Drum habe ich mich auch schon im Pflegeheim drüben angemeldet, für den Fall, dass ich es alleine nicht mehr schaffe."

„Meine Kinder bedrängen mich immer wieder, ich solle doch zu ihnen ziehen", bemerkte eine der Damen.

„Meine ebenso", antwortete Britta. „Aber die jungen Leute sollen ihr eigenes Leben führen. Solange wir alten Schachteln noch unsern Spaß miteinander haben – und das Schummeln beim Karteln hat's heute doch wieder gebracht – wollen wir zufrieden sein, oder? Prost, meine Damen!"

Die Damen hoben ihre Likörgläser, nippten daran und lächelten sich zu.

Am Abend brachte das Fernsehen nach den Nachrichten eine Sondersendung aus Insel 2. Die beiden Studiogäste, Mitglieder der Satelliten-Wartungs-Einheit, schwebten im Senderaum, durch den die Rotationsachse des zweiten Habitats verlief, das die L5-Region besiedelte. Sie waren gerade von geostationärer Umlaufbahn zurückgekehrt und demonstrierten für die

Zuschauer auf der Erde, wie unter den Bedingungen der Schwerelosigkeit Solarzellen-Module ausgetauscht werden. Ein Meteoritenschauer hatte am 14. Satelliten-Sonnenkraftwerk einigen Schaden angerichtet. Doch innerhalb einer Woche waren die defekten Module ersetzt worden. Das war neue Rekordzeit, wie der Moderator im Studio betonte.

Die letzten Bilder der Sendung zeigten den Satelliten mit weit ausgebreiteten Solarsegeln vor der blauen Erde. Britta dachte zurück an jenen Nachmittag am Klostersee und flüsterte: „Ja Gregor, die Schwingen der Freiheit.“

Literaturverzeichnis

[1] D. Lindenberger et al., *Energy and the State of Nations*, ENERGY 36, 6010-6018 (2011)
J. Grahl et al., Das Loch im Fass – Energiesklaven, Arbeitsplätze und die Milderung des Wachstumszwangs, Wissenschaft & Umwelt Interdisziplinär 13, 195-212 (2009)
Ch. Hall et al., *The Need to Reintegrate the Natural Sciences with Economics*, Bioscience 51/8, 663-673 (2001)
D. Lindenberger, *Wachstumsdynamik energieabhängiger Volkswirtschaften*, Metropolis, Marburg, 2000

[2] K. Heinloth, *Energie und Umwelt*, Teubner, Stuttgart, 1993

[3] H. Daly, *When smart people make dumb mistakes*, Ecological Economics 34, 1-3 (2000)

[4] U. Witt, *Beharrung und Wandel – ist wirtschaftliche Evolution theoriefähig?*, Erwägen, Wissen, Ethik, Jg. 15 (2004), Heft 1, S. 33 ff

[5] N. Lior, Editorial, *Lessons from California's stumble into the dark ages: Disrespect of knowledge*, ENERGY 26, 743-746 (2001)

[6] H.-G. Hilpert et al., *Aus fremder Quelle. Japans steiniger Weg ins 21. Jahrhundert*, Zeitschrift für Japanisches Recht, Heft Nr. 6, 4. Jg., 139-156 (1998)

[7] http://www.umsteuern-mit-energiesteuern.de/index.html

[8] A.Stahl, *Entropiebilanzen und Ressourcenverbrauch*, Naturwissenschaften 83, 459-466 (1996); *Die Ökologie als Fundgrube für die Anwendung des Entropiegesetzes*, Praxis der Naturwissenschaften 8/46, 21–27 (1997)

[9] W.v. Fabeck, *Agenda 2009*, Solarbrief 2/03, 6 (2003)

[10] R.Baron: Competitive issues related to carbon/energy taxation. Annex I Expert Group on the UN FCCC. Working Paper 14. Paris, ECON-energy, 1997

[11] K. Armingeon, *Energiepolitik in Europa: Hindernisse umweltpolitischer Reformen*, in: Das 1950er Syndrom (Ch. Pfister Hrsg.), Haupt, Bern, 1995, S. 377-389

[12] H.-M. Groscurth, *Rationelle Energieverwendung durch Wärmerückgewinnung*, Physica-Verlag, Heidelberg, 1991

[13] K. Heinloth, *Die Energiefrage*, Vieweg, Braunschweig/Wiesbaden, 1997

[14] P. Erbrich, *Ernährung und Energiegewinnung – Ergebnisse aus dem zweiten Bericht des Club of Rome*, Orientierung 39, 79 (1975)

[15] Proceedings of the Second International Conference on Carbon Dioxide Removal, Kyoto, 24-27 October 1994 (Guest Eds.: J. Kondo, T. Inue, K. Wasa), Pergamon, 1995

[16] P.E. Glaser, *Power from the sun: its future*, Science 162, 857-861 (1968)
P.E. Glaser, *Solar Power from Satellites*, Physics Today, February 1977, 30-38
N. Lior, *Power from Space*, Energy Conversion and Management 42, 1769-1805 (2001)

[17] Gerard K. O'Neill, *The Colonization of Space*, Physics Today, September 1974, 32-40
Gerard K. O'Neill, *The High Frontier*, William Morrow & Co., New York, 1977
Gerard K. O'Neill, *The High Frontier*, Aeronautics and Astronautics, Special Section, March 1978
Gerard K. O'Neill, *Unsere Zukunft im Raum*, Hallwag, Bern, Stuttgart, 1978
http://www.ssi.org

[18] L5 News, Vol. 5, Number 9, September 1980

[19] Space Manufacturing 5 – Engineering with Lunar and Asteroidal Materials, Proccedings of the Seventh Princeton/AIAA/SSI Conference, May 8–11, 1985 , (Eds.: Barbara Faughnan, Gregg Maryniak), American Institute of Aeronautics and Astronautics, New York, NY, 1985